JOHANNES FRÖHLICH

Lauf Gabler, lauf

ROMAN

Autorenfoto: Privat

Titelgestaltung: Agentur Fagott unter Verwendung einer
Zeichnung von Alissa Walser

Verlag: BoD · Books on Demand GmbH, Überseering 33,
22297 Hamburg, bod@bod.de
Druck: Libri Plureos GmbH, Friedensallee 273, 22763 Hamburg

ISBN: 978-3-7693-2652-9

No 1

Gabler stand am Fenster und schaute auf das rosarote T, das am Dach des vierzehnstöckigen Fernmeldegebäudes gegenüber angebracht war. Die Aprilsonne begann langsam dahinter zu verschwinden, es war bereits später Nachmittag.

„Das Leben ist eine rosarote Sackgasse", dachte er. „Alles ist irgendwie rosarot. Nichts Halbes und nichts Ganzes."

Er war gerade erst aufgestanden, den vorigen Abend hatte er bis in die Puppen bei der Eröffnung eines neuen Szenelokals verbracht. Ein entfernter Bekannter hatte ihn gefragt, ob er für das Stadtmagazin etwas darüber schreiben wolle. Die Gastronomie war zwar nicht sein Metier, außerdem hasste er solche Events, wie man das heutzutage nannte, doch er hatte zugesagt. Schon um der paar Kröten willen, die er für die Fotos verdienen konnte.

In seinem Kopf perlten die Reste zahlreicher Gläser billigen Proseccos nach. Er versuchte sich zu erinnern, wie er nach Hause gekommen war. Es musste zu Fuß gewesen sein, soviel stand fest, denn seit über einem Monat hatte Gabler kein Auto mehr. Sein heiß geliebter alter Saab stand abgemeldet auf dem Grundstück eines Gebrauchtwagenhändlers. Der Wagen war Gablers Heiligtum gewesen. Lange Zeit hatte er dafür gespart, nun konnte er ihn nicht mehr finanzieren. Die Reparaturkosten fraßen sein in letzter Zeit immer spärlicher gewordenes Zeilenhonorar auf.

„Und für das Ding wollen Sie noch Geld haben?", hatte der Typ mit seinen grau melierten Schläfen ihn gefragt.

„Na ja, ein wenig wird es schon noch geben."

Wenn er länger als drei Monate steht, kann ich ihn gleich verschenken, rechnete Gabler nach. „Gebrauchtwagenverkaufsprovision" hallte es ihm noch in den Ohren.

Welch widerliches Wort im Zusammenhang mit einem Gegenstand, der einem ans Herz gewachsen war.

Die Eröffnung war ein voller Erfolg gewesen. „Norbert's Event" hatte es auf der Einladung geheißen. Man ging wirklich aus sich heraus, hinein in die Eventklamotten, hinein in die schwitzende Eventmenge, hinein in den kostenlosen Eventalkohol.

„Event", dachte Gabler. „Oh Mann. Mal sehen, was dabei herauskommt."

Die mehr oder minder illustre Schar von Gästen – schwarz dominierte natürlich – eine Mischung aus geladenen Freunden des Wirtes und zu späterer Stunde auftauchenden nicht geladenen Gesichtern, denen man ständig begegnete, wenn es etwas umsonst gab, war voll des Lobes über das einfallsreiche Ambiente: Das gesamte Mobiliar bestand aus hundseinfachen Tischen und Stühlen aus Holz, die mit knallrotem Kunstleder überzogen waren. Als Beleuchtung fungierten einige gelbe Neonröhren an der Decke, Bilder an den Wänden gab es keine. Vermutlich hätten sie gestört.

„Was schreibe ich nur darüber", hatte Gabler gleich gedacht. Die Sache ist doch in drei Sätzen gegessen. Ebenso das ganze Ding selbst, wenn der Besitzer nach dem ersten Ansturm in einem halben Jahr Konkurs anmelden muss. Vielleicht dauert es ein ganzes Jahr.

Auch an der Theke war nichts Besonderes, sie war einfach aus dem selben Holz wie die Möbel, nur ohne den grellen Überzug. Auf die Frage an einen der Kellner nach der Garderobe für den Mantel meinte dieser nur, es gäbe keine. Da würde immer so viel geklaut, es sei besser, wenn die Gäste ihre Jacken bei sich behielten.

„Eine Garderobe ist ja auch out heutzutage", sagte eine junge Frau, welche die kurze Unterhaltung mitgehört hatte.

Eine Garderobe out? Auch das noch. Na ja, vielleicht kommt ja noch was, versuchte Gabler sich bei Laune zu halten.

Es kam tatsächlich noch etwas. Nachdem binnen der ersten Stunde alle mit ihren Beteuerungen abgeschlossen hatten, dass es nett von Norbert sei, den Prosecco kostenlos auszuschenken, folgte eine kurze Ansprache des „Brauereigebietsleiters", wie dieser sich vorstellte.

„Wir sind stolz darauf, hier ein ganz neues Produkt anbieten zu können", meinte er, „es handelt sich um eine spezielle Biersorte, welche auch durch das Etikett auf der Flasche vor allem fortschrittlich denkende Menschen anspricht."

Gabler hatte schon einiges gehört, diese Art von billiger PR jedoch war ihm neu. Ein Bier mit Etikett für fortschrittlich denkende Menschen also.

FRAG war der wundersame Name des Gebräus, und auf den gebrüllten Schlusssatz „FRAG Marsch" der insgesamt zirka zehn bis zwölf Sätze fassenden Ansprache wurden auf Tabletts die ersten Flaschen gereicht. Das Etikett zeigte eine aus dem Wasser auftauchende oder abtauchende Hand - genau konnte man das nicht feststellen - die eine Flasche FRAG umklammerte.

„Bis zwölf Uhr gibt es FRAG umsonst, danach eine Woche zum halben Preis", meinte der Brauereigebietsleiter dann noch.

Die Flasche auf der Flasche, dachte Gabler. Das Prinzip der ersaufenden Matroschka.

Er griff sich ein Exemplar und beschloss, nachdem der Geschmack für ihn der gleiche war wie der vieler anderer Biersorten auch, der Sache auf den Grund zu gehen.

Der Brauereigebietsleiter erwies sich als dankbares Objekt für ein Kurzinterview. Auf die Frage, was es mit der Hand auf sich habe, ob FRAG einen nun ins Wasser rein oder aus dem Wasser raus ziehen würde, erklärte er beim Lösen seines Krawattenknotens, das müsse doch jedem normal denkendem Menschen klar sein. Wer wolle heutzutage noch untergehen, die Wege von uns allen müssten schließlich nach oben führen.

„Und FRAG hilft dabei?", fragte Gabler nach.

„FRAG kann in unserer Welt vieles leichter machen", war die Antwort.

Gabler traute seinen Ohren nicht, doch er wurde heiß auf weitere absurde Informationen. Wie der Name denn zustande gekommen sei, war seine nächste Frage. Ob das Wort eine Abkürzung sei, oder ob es aus einer anderen Sprache stamme.

„FRAG ist ein Fantasiewort. Unsere Firma hat unter mehreren Werbeagenturen einen Wettbewerb ausgeschrieben, ohne die läuft heute ja gar nichts mehr. Den Zuschlag haben wir gegeben, weil die ersten zwei Buchstaben gleich sind wie zum Beispiel bei den Wörtern Freiheit oder Freundschaft. Fröhlichkeit kann man auch assoziieren. -AG haben wir als Endung angehängt, weil das Ganze schön kurz bleibt und man es amerikanisch aussprechen kann, FRÄG. Dabei dachten wir im Übrigen auch an das Wort „Frog".

Gablers Gesichtszüge vermittelten offenbar Unverständnis.

„Sie als Journalist sind doch bestimmt des Englischen mächtig", kam als nächstes. „Frog" heißt Frosch, und das ist doch ein lustiges und sympathisches Tier, nicht wahr? So soll auch unser Bier eines für lustige und sympathische Menschen sein." Gabler war baff.

„Ach Frosch, deswegen die grüne Flasche", stellte er sich verständlich.

„Auf die Idee bin ich noch gar nicht gekommen, Sie sind ja schlauer als ich dachte.

„Nein, die Farbe der Flasche ergab sich daraus, dass grünes Glas momentan das billigste im Recyclingverfahren ist. Eigentlich wollten wir mit Weißglas neutral bleiben."

„Ach so", meinte Gabler. Soweit hatte er alles begriffen. Die letzte Frage stellte er aus rein privatem Interesse, weil er sich gelegentlich schon Gedanken darüber gemacht hatte, in die Werbebranche zu wechseln. Ein ehemaliger Kollege von ihm war vor einiger Zeit bereits abgewandert.

„Würden Sie mir sagen, wie viel die Agentur für ihren Vorschlag bekommen hat?"

„Eigentlich darf ich nicht darüber sprechen, das ist Betriebsgeheimnis", kam als Antwort, „aber die Zahl war vierstellig, das können Sie ruhig wissen."

„Vierstellig?", fragte Gabler zur Sicherheit noch einmal nach. „Nach oben oder unten tendierend?"

„Wo denken Sie hin, nach oben natürlich."

„Und wie lange dauerte dieser Wettbewerb, können Sie mir das noch sagen?"

„Sie sind neugierig, junger Mann, das gefällt mir. Wir hatten von der Ausschreibung bis zu unserer Entscheidung glaube ich an die acht Monate."

Acht Monate. Für vier Buchstaben. Und das vierstellig bezahlt.

Gabler bedankte sich, wechselte von FRAG zu Prosecco und begann auszurechnen, wie viele Zeilen er für die Zeitung schreiben musste, die ihn momentan als Freiberufler beschäftigte, um auf eine vierstellige Summe zu kommen. Vermutlich hätte er bis zum Ende irgendeines seiner vielleicht noch kommenden Leben gebraucht.

Nach der FRAG-Performance des Brauereigebietsleiters

ging man zum gemütlichen Teil des Abends über: Parma-schinken, Melone, billigem Prosecco und reichlich Frosch-bier.

„Froschbier", dachte Gabler.

Genau. Warum eigentlich nicht Froschbier? Als Etikett ein Frosch, der aus dem Wasser springt. Vielleicht im Tau-cheranzug.

Das Ganze war fast schon peinlich, besonders die aus-gelassene Heiterkeit, mit der die Veranstaltung begangen wurde.

Gabler war das alles ziemlich egal, es passte zu dem Ge-fühl von Indifferenz, das er seit Wochen in sich trug. Alles war ihm seit der Trennung von Anne mehr oder weniger gleichgültig geworden. Er erledigte den restlichen Pflicht-teil der Geschichte, machte noch ein paar Fotos, beschloss auf ein zweites Interview mit Norbert, dem Wirt, zu ver-zichten und gab sich anschließend dem Alkohol hin. Seine Kopfschmerzen lieferten ihm nun die Quittung dafür.

No 2

„Schreibt man Ciao eigentlich original italienisch, oder eingedeutscht als Tschau?", dachte Gabler, als er in die Küche ging, um sich einen Kaffee zu kochen.

Ich ruf dich an, hatte er noch im Ohr. Ciao oder Tschau. Oder war es Schau… gewesen?

Schwarzer Stretchmini, frisch diplomierte Germanistin, nach eigenen Angaben inzwischen überzeugte Single-Frau. Wie hatte sie eigentlich geheißen? Irgendwas mit Chris war es gewesen. Christina, Christiane? Gabler hatte sich, als er schon betrunken war, an ihr festgebissen.

„Wie denn seine Erfahrungen mit dem Journalismus hier in einer Kleinstadt seien, in der es nur eine Zeitung gäbe", wollte sie von ihm wissen.

„Hier zu studieren ist ja noch O. K.", hatte sie dann gemeint, „aber hier auch zu arbeiten, ausgeschlossen. Das ist doch alles sehr mager, keine Aufstiegsmöglichkeiten und so weiter."

Gabler versuchte ihr daraufhin mehrere Gläser lang zu erklären, dass auch Journalisten in der Provinz ihre Existenzberechtigung hätten. Es war zwecklos.

Irgendwann kam dann die Krönung der Fachsimpelei, die im Grunde gar keine war, denn auf die Frage, ob sie denn überhaupt schon einmal etwas veröffentlicht hätte, in einer Unizeitschrift vielleicht, kamen von der jungen Frau nur unverständliche Blicke. Unizeitschrift, was soll das denn?

„Für die SÜDDEUTSCHE zum Beispiel muss man halt schreiben, wenn man es zu etwas bringen will, oder für die FAZ. Alles andere sind doch schließlich Peanuts", meinte die Gute. Alleine als Gabler die beiden Namen hörte, fiel ihm fast seine Nikon aus der Hand. Vor Jahren noch während seines Studiums hatte er einmal einen Artikel in einer großen Wochenzeitung lancieren können, doch bis heute war dies sein erster und auch letzter Coup geblieben.

„Ach für die SÜDDEUTSCHE", sagte er kopfschüttelnd. „Ist das alles?"

Im Moment war er gerade mal froh um den Fotoauftrag für das Stadtmagazin.

„Alles oder nichts", hielt sie gegen. „Und das Passfoto auf dem Lebenslauf muss man einscannen, das macht einen fortschrittlichen Eindruck."

SÜDDEUTSCHE–Lebenslauf–Provinzschreiber. Es war richtiggehend aufmunternd. Gablers Laune näherte sich ihrem Höhepunkt. Er hatte weder ein aktuelles Passfoto noch einen Scanner. Wozu auch. Was er zu dem Zeitpunkt am allerwenigsten gebrauchen konnte, war jemand, der ihm versuchte klarzumachen, was er im Grunde doch für eine Lusche war. Absagen verschiedener Firmen, bei denen er sich als Jurist ohne Examen beworben hatte, hörte er auf zu sammeln. Mit der Zeit war ihm das zu deprimierend geworden. Endlich hatte er wieder einmal jemanden gefunden, der richtig im Leben stand und wusste, wo es langging.

Zum Glück geriet das Thema Erfolg im Beruf im Laufe des Abends in den Hintergrund zugunsten unverfänglicher Allgemeinplätze, die im Nachhinein betrachtet jedoch so austauschbar waren wie das Geschwätz des Brauereigebietsleiters. Zum Beispiel dem Unterschied von trockenem Sekt und Prosecco, den Gabler bis dato immer noch nicht kannte, obwohl er schon mehrfach darüber informiert worden war oder der Ästhetik fehlender Bilder an der Wand. Irgendwann nach Mitternacht hatte man dann jenes Stadium alkoholbedingten Selbstbewusstseins erreicht, bei dem die Worte ohne jegliche Zensur einer übergeordneten Gedankeninstanz aus einem herausprudelten. Das erleichterte vieles, man konnte auf altbekannte Schemen zurückgreifen. Begonnen wurde mit den Kurzstenogrammen der jeweiligen Lebensläufe, den Mittelteil der Unterhaltung beging man mit so existenziellen Themen wie dem Manko von defekten Waschmaschinen in WGs oder einer neuen wissenschaftlichen Untersuchung des libidinösen Verhältnisses von Rimbaud zu seiner Halbschwester.

Geendet hatte es gestern Abend mit einem „Ich finde dich trotzdem ganz nett", das Gabler zum Schluss noch für sich verbuchen konnte.

„Trotzdem" hatte sie gesagt.

Darauf erst mal einen Klaren. Gabler schaute auf die Uhr, es war gegen drei Uhr nachmittags.

Macht nichts, sagte er zu sich, geschlafen habe ich lange genug.

Er goss sich einen Bioobstler ein und prostete dem Etikett der Flasche zu. Die Mirabelle schaute ihn an und lächelte. Das war morgens oder besser nachmittags so ziemlich das übelste was man sich vorstellen konnte. Die lachende Mirabelle auf der Schnapsflasche.

Trotzdem. Dieses kleine aber fiese Wort erlangte inzwischen bei solchen Beziehungsvorstellungsgesprächen immer größere Bedeutung. Keiner war von seinem Gegenüber begeistert, doch gleich die Tür zuzuschlagen wurde erst mal vermieden. Darum ein erstes Kompliment, aber immer mit dieser Trotzdem–Einschränkung, welche die Vertagung dessen, um was es letzten Endes ging, nämlich um Sex, zuließ.

Das Ganze hatte etwas von den Unverbindlichkeitsabonnements bei Haustürgeschäften. Zu guter Letzt kam dann in der Regel noch ein „Heute Abend nicht", gepaart mit der sogenannten Trotzdemtelefonnummer, mit deren

Hilfe man ein zweites Treffen zu einer Trotzdemradtour oder einem Trotzdemkinobesuch ergattern konnte. Es war wie beim Lottospielen, die Gewinnchancen standen vielleicht etwas besser. Trotzdem.

Geredet wurde beim zweiten Zusammentreffen meist nur noch ein Bruchteil dessen, was am ersten Abend nötig war. Trotzdem kam man bei einer gewissen Hartnäckigkeit dann doch noch zu den selbst gekochten Trotzdemspaghetti mit anderthalb Flaschen Trotzdemrotwein.

Gabler erinnerte sich mit Schaudern an die wenigen Male, bei denen er all das bis zur völligen Sinnlosigkeit, dem ersten schönen aber oft auch letzten Trotzdembeischlaf durchexerziert hatte.

„Du warst sehr lieb, aber ich muss jetzt trotzdem gehen", hieß es am nächsten Morgen zu guter Letzt.

Es war noch vor der Zeit mit Anne gewesen, als Gabler versucht hatte, seine mit der Zeit abfallende Begeisterung für die Juristerei mit trotzigen Abenteuern zu kompensieren. Mit dem Tage seiner freiwilligen Exmatrikulation begann er zum ersten Mal in seinem Leben darüber nachzudenken, ob er weiterhin ein Trotzkopf bleiben wollte. Jura selbst hatte ihn nie wirklich interessiert, er hatte es auf Anraten eines alten Freundes der Familie gewählt.

Strafrecht fand Gabler noch spannend, aber es gab nichts als etwa zu klären, ob der Vater seinem Sohn eine Eisenbahn schenken durfte. Oder wer Recht behält, wenn ein Verkäufer einem Kunden ein defektes Kfz verkauft. Spannend am Studium war die Verschiedenheit der Kommilitonen. Das Gerücht, männliche Juristen würden alle Krawatten tragen oder weibliche alle Schühchen mit goldener Schnalle konnte Gabler nicht bestätigen. Er lernte durchaus interessante Typen kennen. Über die Jahre hatte er jedoch den Kontakt zu den wenigen, die zu seiner Clique gehörten, verloren. Er hatte in Berlin studiert. Mittlerweile lebte er in der Kleinstadt Konstanz, das hatte Vor- und Nachteile. Die Möglichkeiten, hier mit Schreiben sein Geld zu verdienen, waren sehr begrenzt. Es gab nur eine Tageszeitung und zwei Kulturmagazine, das war es dann auch schon. Wer es sich hier mit einem leitenden Redakteur verscherzt hatte, stand so gut wie vor dem journalistischen Aus. Gabler hatte sein Bestes gegeben. Momentan lebte er von Gelegenheitsjobs, auf die kein Journalist der Stadt wirklich scharf war.

So war er auch zu dem Kneipenevent gekommen. Es war offen gestanden einfach nur langweilig und brachte nur ein paar wenige Euro für Text und Fotos ein. Hartz 4 drohte als aktuelle Mission. Das war für einen, den als Kind alle für eine große Begabung hielten, schlichtweg deprimierend.

Nach dem Ausscheiden aus dem Kreis der juristischen Examensanwärter aufgrund dessen ihn damals seine gesamte Umwelt für verrückt erklärt hatte, arbeitete er dann fast ein Jahr lang als Lastwagenfahrer für eine Kiesfirma. Hunderte von Stunden fuhr er von einer Wand, an welcher der Kies abgebaut wurde mit einem 25 Tonnen-LKW zu einem Förderband, an dem er abkippen musste und von dort wieder zurück zur Kieswand.

Jeder Tag hatte exakt siebendreiviertel Stunden lang zwei Inhalte: Aufladen und Abkippen. Aufladen und Abkippen. Es war so wundervoll einfach gewesen. Er lebte ohne Beziehung und war trotzdem glücklich gewesen. Erst als er Anne kennengelernt hatte, begann er seinen Alltag wieder den intellektuellen Dingen des Lebens zu widmen.

Das Aufladen und Abkippen setzte Gabler denn auch abends in den diversen Kneipen fort. Tequila aufladen und dann ex und hopp abkippen. Whiskey aufladen und ex abkippen. Martini aufladen und ex abkippen. Und das Abend für Abend. Woche für Woche, Monat für Monat, ein ganzes Jahr lang. Später musste Gabler feststellen, dass auch unter den Journalisten das Wort Alkoholismus eine immense Bedeutung hatte. Als Kind dachte er immer, schreiben sei eine kreative Angelegenheit. Er musste sich später eines Besseren besinnen. Vermutlich gab es wenige Berufe in denen so viel gesoffen wurde wie bei den Journalisten. Es war tückisch. Viele Schreiberlinge haderten damit, dass sie keine erfolgreichen Autoren geworden waren. Aber es musste auch Krankenpfleger geben, nicht jeder konnte Arzt werden. Jeder würde gerne Thomas Mann werden oder Hermann Hesse, aber das war eben schlicht aus Gründen der Wahrscheinlichkeit nur sehr wenigen vergönnt.

Bibo ergo sum würde Descartes sagen. Ich saufe also bin ich, dachte Gabler.

Was hatte er nun davon? Ein neues Problem, nämlich den sogenannten Trotzdemalkoholismus, einer wie schon erläuterten Berufskrankheit sämtlicher mittelmäßiger Journalisten, die sich für etwas Besseres als den Rest der Welt hielten, aber die dennoch vorhandenen Minderwertigkeitskomplexe mit oft radikaler Konsequenz zu ertränken versuchten.

Auch Du mein Sohn Brutus dachte er und goss sich den zweiten Obstler in den Kaffeebecher.

Wenigstens kein Froschbier, dachte er noch bevor er das widerwärtige Gemisch seine Kehle passieren ließ.

Mirabellenschnaps, widerlich. Das sei eine Delikatesse, würden Verfechter eines schmackhaften Digestifs denken, für Gabler war es der Vorhof zur Hölle. Die germanistische Diplomblüte bereitete ihm Kopfzerbrechen. Seine Telefonnummer hatte er bereitwillig weitergereicht, bevor er als einer der letzten Gäste die Posse verlassen hatte. Jetzt erinnerte er sich auch daran, dass er zu Fuß nach Hause gegangen war, er hatte kein Geld mehr für ein Taxi gehabt.

Konnte ich überhaupt noch gerade laufen, dachte er dabei, oder war es ein Stolpern?

FRAG - rotes Kunstleder – Wangenkuss - Ich ruf Dich an. Die vier seichtesten Belanglosigkeiten, seit es in der Stadt gelbe Neonröhren gab. Vielleicht würde sie ja anrufen, auch wenn er kein Handy mehr hatte. Gerade trotzdem.

Gabler schüttelte den Kopf. Aus der Sache Stretchmini war nichts geworden und es würde auch in Zukunft nichts daraus werden. Er stockte.

Die Sache Stretchmini. Immer noch diese juristischen Termini in seinem Kopf. Was für Worte waren das nur? Es klang wie: Die Sache Froschbier.

Er war von den eigenen Gedanken mittlerweile genauso angeekelt wie von seiner Umwelt. Ihm wurde schlecht. Er schaffte es gerade noch ins Badezimmer, bevor er sich übergeben musste. Aufladen und Abkippen, da war es wieder. Gablers Motto des Jahres.

Alles schien wie ein endlos langer Gang zu sein, der in dieses rosarote Sackgassen-T mündete. Gabler selbst konnte dabei nicht mehr gerade gehen, er begann zu stolpern. Auch jetzt, da er wieder so gut wie nüchtern war. Vielleicht gerade jetzt. Alles um ihn herum zeichnete sich aus durch eine bedrückende Leere. Gedanken waren zu Gebilden geworden, die alles an Dinglichkeit zu ersetzen hatten. Die Gegenstände verloren ihre Bedeutung. Gabler hätte blind sein können oder taub, nichts hätte sich geändert. Die unmittelbare Umgebung fühlte sich an wie Schmierseife. Den Großteil seiner Klamotten hatte Gabler vor einigen Tagen kiloweise in den Sammelcontainer des

Roten Kreuzes geworfen. Übrig geblieben war das Nötigste an Unterwäsche und Socken, ein paar wenige ohnehin abgetragene Hemden und Hosen, ein teuer bezahltes Jackett aus den Zeiten, als er sich so etwas noch leisten konnte, ein alter Trenchcoat. Auch seine Lieblingslederjacke aus Berliner Zeiten fand den Weg in den Altkleidercontainer. Das bereute Gabler schon am nächsten Tag, aber es war zu spät. Neue Zeiten, neue Klamotten, das war das Gebot der Stunde.

Billige Schmierseife waren die wenigen noch übrig gebliebenen Dinge in der Wohnung, in der er vor kurzem noch mit Anne zusammen gewesen war. Schmierseife war die Kücheneinrichtung, Schmierseife waren vor allem die Fotoalben, die er mit viel Liebe geklebt hatte. Die Bilder von sich und Anne liefen die wenigen Male, als er sie noch anschaute, an ihm herunter wie Sonnenöl.

Schlechte Erinnerungen sind rutschig wie Bananenschalen und gefährlicher als eine Flasche schwarz gebrannten Bioobstlers.

No 3

SCHLENDERN.
Früher war Gabler ein Schlenderer gewesen. Schlendern
war auch eine der Lieblingsbeschäftigungen von ihm und
Anne. Abends, wenn Sie Zeit dazu hatten, machten sie Spaziergänge in die Innenstadt, schauten sich die Plakate der
Kinos an oder Schaufenster von Schuhgeschäften. Alles
war irgendwie leicht gewesen: Die Filme, die sie sich gemeinsam anschauten, die Schuhe, die zu schick und ohnehin zu teuer waren, diejenigen, die man sich leisten konnte, und hin und wieder auch kaufte. Zu billig durften sie
nicht sein, Anne hatte in diesem Punkt wie bei vielen anderen Dingen auch ihre festen Vorstellungen. Es war eine
mittelmäßige Leichtigkeit. Eine, die ihrer beider Durchschnittlichkeit entsprach. Sie studierte noch, arbeitete
halbtags in einem der Büros eines ortsansässigen Elektro-
nikmultis, er war arbeitslos gemeldet, konnte sich aber
mit seiner Schreiberei für die Zeitung finanziell einigermaßen über Wasser halten. Einigermaßen. Buchkritiken
waren Gablers Ding momentan. Buchkritiken waren seit
Marcel Reich-Ranicki so etwas wie die Königsdisziplin des
Feuilletons. Gabler las gerne und viel, so war das der opti-
male Job für ihn. Und er war gut darin, immer wieder bekam er Lob von Bekannten, die seine Aufsätze lasen und
ihre Freude daran hatten. Klar, die Diskrepanz zwischen
LKW Fahren und Literaturkritik war heftig, doch Gabler
war schon immer ein Mensch der Widersprüche und
Gegensätze gewesen. Er konnte damit umgehen. Mit der
Zeit sammelte sich eine kleine Bibliothek zeitgenössischer
Literatur an.
    Auch Anne passte das gut, sie fand das spitze. Hätte er
im Lokalressort über die Jahreshauptversammlung des

städtischen Blasorchesters berichten müssen, wäre es vermutlich früher zu der Trennung gekommen, unter der Gabler mehr als ihm lieb war zu leiden hatte. Das mit der städtischen Blasmusik kam später, als er und Anne schon lange getrennt waren.

Buchkritiken waren eine durchaus spannende Angelegenheit. Gabler las im Schnitt zwei Bücher pro Woche. Er fraß sich geradezu durch die zeitgenössischen Autoren. Nicht nur Deutsche, auch Schriftsteller aus Frankreich, Israel oder Skandinavien dominierten den Arbeitsalltag. Die Arbeit machte Freude, auch wenn das Honorar auf Stunden gerechnet nicht besonders üppig war.

Das Telefon klingelte. Cornelia war am Apparat. Sie war Annes Vorgängerin gewesen, lebte inzwischen irgendwo in einer Großstadt und war Regieassistentin an einem großen Theater. Über Jahre hinweg meldete sie sich noch in unregelmäßigen Abständen. Anne hatte das immer auf die Palme gebracht, Gabler hatte sich jedes Mal tagelang dafür rechtfertigen müssen.

„Hallo, hier ist die Cornelia, wie geht es dir? Ich bin grade im Lande. Hast du Lust, heute spazieren zu gehen, das Wetter ist wunderschön draußen?"

Also ist sie doch wieder in der Stadt. Gabler spitzte seinen Mund, dachte kurz nach, beschloss erst einmal abzulehnen, das machte die Sache spannender.

„Nein Cornelia, Lust hätte ich schon, aber leider keine Zeit", war seine erste Lüge. Zeit hatte er mehr als genug.

„Warum nicht?"

„Weil ich arbeiten muss." Das stimmte soweit dann doch, Gabler saß grade an einer größeren Arbeit über Heinrich Heines „Deutschland, ein Wintermärchen", die er als Ghostwriter für eine Bekannte schreiben sollte. Selbige studierte Literaturwissenschaften und war nicht in der

Stimmung oder in der Lage das Referat selbst zu verfassen. Oder sie war einfach zu bequem. Gabler war es recht, er bekam gutes Geld für den Auftrag.

„Arbeitest du noch immer an deiner Prüfung?" Cornelia war noch auf dem Stand von Gablers letzten Lügen.

„Nein Cornelia, ich sitze am Klavier." Gabler hatte wieder begonnen, Klavier zu spielen. „Kannst du inzwischen sehr gut Klavier spielen?"

„Warum?"

„Ja weißt du, der Helmut, der spielt sehr gut, ich höre ihm gerne zu."

„Ach was, der Helmut. Das freut mich für dich." Gabler war genervt. Was kümmerte ihn Helmut. Er hatte ihn nie kennen gelernt, wollte das auch nicht, aber Connie erzählte regelmäßig bei Telefonaten von ihm, das war in Gablers Augen vollkommen sinnlos. Sollte er auflegen? Er beschloss noch ein paar Sätze zu wechseln.

„Besuchst du mich wieder einmal?", fragte Connie.

„Wieso besuchen, ich dachte du bist hier. Du kannst auch mich besuchen kommen."

„Aber nur wenn der Helmut mitkommen darf."

„Der Helmut, sag mal sonst noch was."

„Warum nicht?"

„Weil ich den Helmut nicht leiden kann, verdammt noch mal!"

„Aber du kennst ihn doch gar nicht."

„Ich will ihn auch nicht kennenlernen!" Gablers Antworten auf die Fragen von Cornelia gewannen zunehmend an Lautstärke.

„Der Helmut ist aber nett."

Gabler legte den Hörer auf, sich wieder ins Bett und ein Donald Duck Heft unter das Kopfkissen. Er konnte sich grade selbst nicht leiden. Er war schroff gewesen zu

Connie. Im Grunde konnte er froh sein, dass ihn überhaupt jemand anrief. Connie meinte es gut. Sie war eine der wenigen Personen in Gablers Leben gewesen, die sich wirklich für das interessierte, was er machte. Sie hatte Jahre zuvor seine ersten Gedichte gelesen und sie hatten ihr gefallen. Intellektuell hatten sich die Beiden gut verstanden, letztlich war ihre Beziehung dann aber doch nicht von Dauer, Connie zog es in die Großstadt, sie wollte am Theater arbeiten, und in der Hinsicht waren die Möglichkeiten hier in der Provinz doch sehr eingeschränkt. Manchmal dachte Gabler, er hätte vielleicht mit Connie mitgehen sollen, aber er hatte Großstadt schon probiert, und war dabei nicht wirklich glücklich geworden.

Vielleicht später noch einmal. Er hätte einen Grund gebraucht, etwa einen Job oder eben eine Beziehung. Mit Connie war das nicht zu machen, obwohl sie sich immer wieder bei ihm meldete.

Und die Geschichte mit Helmut war keine Eifersüchtelei, sondern eben Connies Unbekümmertheit. Für sie war Helmut wie Alexander oder Robert, Connie hielt es keine zwei Wochen aus ohne einen Lover an ihrer Seite. Das war Gabler an und für sich wurscht, aber er hatte keine Lust, Connies jeweilige Liebhaber auch noch kennen zu lernen. Er sehnte sich nach Schlendern. Nach einer ruhigen Beziehung, ohne Stress und Streit, nach guten Gesprächen, ohne Rechtfertigungen, warum er denn nun in der Provinz sein Dasein fristete. Anne war schon weit fort. Der Kontakt war erst einmal abgebrochen. Gabler wusste nicht, ob er sie je wieder treffen würde. Er wusste, dass sie momentan in Dallas lebte. Sie hatte dort einen Job und schrieb ihre Diplomarbeit. Das wusste Gabler von Annes Vater, den er vor ein paar Tagen angerufen hatte. Er hatte Anne nicht mehr erreichen können, hatte weder Adresse noch Telefonnummer. Hätte er Geld gehabt, wäre er nach USA geflogen und hätte Anne einfach besucht. Doch daran war nicht zu denken. Ihr Vater hatte Gabler die alte Mobiltelefonnummer gegeben, er würde sie die Tage anrufen, obwohl er wusste, dass ihm das im Grunde nicht gut tat. War die Nummer noch aktuell? Abstand war das Gebot der Stunde. Schon die gedankliche Beschäftigung mit Anne verursachte bei Gabler so etwas wie seelische Schmerzen.

Das hatte er auch schon mit seinem Therapeuten besprochen, der dringend dazu riet, das Thema erst einmal zu den Akten zu legen. Und das war wohl auch richtig, zumindest war das die beste Methode, sich erst einmal seelischen Schmerz zu ersparen.

Gabler war es leid, alleine durch die Stadt zu streifen, abends, wenn die Geschäfte geschlossen hatten und nur noch wenige Menschen unterwegs waren. Es schien klar, die Zeichen standen auf Single. Das war an und für sich nichts Besonderes, auch nichts Schlimmes. Hunderttausende, wenn nicht Millionen Menschen im Land waren solo und ohne feste Beziehung. Noch nie hatte es so viele Paarbörsen und Vermittlungsinstitute gegeben. Gabler hatte es schon einmal versucht, aber es lief immer auf die selbe Tour hinaus. Online anmelden, dann Email Adresse angeben und dann durfte man unter einem Pseudonym mit Frauen „chatten".

In den meisten Fällen lief die Geschichte darauf hinaus, dass man erst einmal eine Gebühr zu zahlen hatte, es gab verschiedene Systeme, man konnte Punkte sammeln oder „Coins", jede übermittelte Nachricht kostete Geld, das ging dann schnell in die Hunderte und schlussendlich kam es dann nur sehr selten zu einem realen Kontakt.

Kurzum, Gabler fand sich mit seinem Singledasein ab und lebte in der Hoffnung, dass er irgendwann schon die

Richtige würde treffen können. Wo das geschehen sollte, ob in einem Café, bei einem Jazzkonzert oder in einem Französischkurs in der Volkshochschule, das sollte offen bleiben.

Kommt Zeit kommt Rat, dieses alte Sprichwort hatte Gablers Mutter immer verwendet. So war denn Geduld das Gebot der Stunde.

No 4

Absinth, Halluzinationen, Absinth.

Inzwischen war das mittelmäßig dahinschlendernde Leben ein Schlauch geworden. Morgens drehte irgendeine unbekannte Größe den Hahn auf, irgendeine unbekannte Flüssigkeit ohne Geschmack und Farbe strömte tagsüber durch den Körper hindurch, entleerte sich an irgendeinen unbekannten Ort. Die Zeit wurde zu irgendeiner Unbekannten. Alles war irgendwie ein unbekanntes Nichts. Leer, öde und konturlos.

Gabler vergaß, dass man einen Schlauch bei durchlaufendem Wasser festzuhalten hatte. Sein Hirn begann wild im Garten der Alltäglichkeit hin und her zu sausen. Man könnte es auch Achterbahnfahrt nennen. In einer atemberaubenden Geschwindigkeit hoch und runter, das war nichts für schwache Nerven.

Aufladen und Abkippen, da war es wieder. Die Gedanken glitten Gabler durch sein Bewusstsein wie Seife durch die Finger beim Händewaschen.

Kurz nach der Trennung von Anne begann er nicht mehr nur in Kneipen, sondern auch innerhalb der eigenen Wohnung, die nach dem Verkauf der meisten gemeinsamen Möbel so gut wie leer war, massiv zu trinken. Trinken war eigentlich der falsche Ausdruck, denn die trotzige Vehemenz, mit der er sich den schwarzgebrannten Obstler, den er auf einem Bauernhof literweise erstanden hatte, in sich hineinkippte, führte binnen weniger Tage zu merkwürdigen Zuständen. Trinken zuhause ist so etwas wie das Todesurteil im Umgang mit Alkohol.

Zuhause trinken beschlagnahmt rigoros den kompletten Tag oder die komplette Nacht. „Trotzkopf", dachte er anfangs noch bei den ersten Gläsern. Inzwischen hatte es sich eingebürgert, dass er das Zeug morgens zusammen mit der ersten Tasse Kaffee zu sich nahm.

„Macht nix", dachte er dabei. „Runter damit."

Kurz bevor Anne beiläufig in einem Nebensatz ihre Trennungsabsicht bekannt gegeben hatte, war sie selbst noch so etwas wie stolz auf das Zeug gewesen. Ab und an nahmen die Beiden gerne zusammen einen Kleinen zu sich. Doch es macht einen großen Unterschied, ob man zu zweit, in Gesellschaft oder alleine trinkt.

Die Tatsache, dass es sich bei dem Schnaps um ein sogenanntes reines Naturprodukt handelte, entsprach Annes Understatement. Sie hasste Schafswollpullover, doch bei Lebensmitteln, und im weitesten Sinne konnte man den Fusel in diese Kategorie einordnen, kannte sie kein Pardon. Alles Biologische durfte in den Körper hinein. So lange man außen am Körper nichts davon sehen konnte, war die Welt für sie in Ordnung.

Gabler dachte, als er noch dazu in der Lage war, an das Toulouse Lautrec Bild vom Absinthtrinker. In irgendeiner Wochenendbeilage einer überregionalen Zeitung hatte er es zuletzt gesehen. Mir doch nicht, hatte er damals gedacht. In der Kunstkritik bespreche ich solche Sachen, hatte er gedacht. Schließlich habe ich als Arbeitsloser mit journalistischem Nebenverdienst – so stellte Anne ihn neuen Bekannten vor – einen Ruf zu verlieren. Über Bilder oder Bücher, selbstredend über Theaterstücke, die Elendiges zum Inhalt hatten, redete man gerne. Sobald sich aber im eigenen täglichen Leben auch nur die geringste Spur davon zeigte, hatte man sich tunlichst an seinen Status zu erinnern.

In der Hinsicht seiner kreativen Ader war Gabler im Laufe der letzten Jahre auch von Anne domestiziert worden. Es handelte sich um jene ihm in der Zwischenzeit widerwärtig gewordene Gesinnung derer, die gerne bereit waren zu helfen oder zu spenden, so lange der gute Zweck draußen vor der Tür blieb. Anne hatte versucht, Gabler das anzuerziehen.

„Solange es uns doch gut geht", hatte sie oft gesagt. „Du musst hart arbeiten", hatte sie oft gemeint. „Von nichts kommt nichts."

Nein, Gabler war definitiv nicht Lautrec, vielmehr war er ein mittelmäßiger Schreiber, der vielleicht begabt war, aber doch letzten Endes nicht die notwendige Disziplin oder das nötige Glück hatte, erfolgreich zu sein. Er dachte an das rosarote T auf dem Hochhaus. Und an seine Mittelmäßigkeit. Seine 180 Zentimeter Größe, seine 80 Kilo Gewicht, seine Schuhgröße 42, alles war Mittelmaß. Durchschnitt. Es war trostlos. Gabler konnte sich selber nicht leiden. Vermutlich war das der entscheidende Punkt, warum Anne sich von ihm getrennt hatte. Wäre er mit sich im Reinen gewesen, hätte sie das akzeptiert. Man kann auch einen Arbeitslosen lieben, wenn der sich selber liebt. Oder einen Lokalschreiber.

Der Bioobstler in seiner tückischen dynamischen Reinheit begann Wirkung zu zeigen.

Morgens, wenn Gabler bei seinem obligatorischen Gang ins nächstgelegene Einkaufszentrum die Zeitung kaufte, um anschließend beim Franzosen einen Espresso zu nehmen und dabei seine auf der Kulturseite erschienenen Artikel auf Druckfehler zu durchsuchen, begannen die gewohnten Bilder in Bezug auf ihre Farben in eigenartiger Weise verzerrt zu wirken.

Die Jacke des Zeitungsverkäufers nahm die Farbe derer des Biobauern an. Aus blau wurde grau, Gablers Lieblingsazur trat immer mehr hinter dem klassischen Blockwartspastellgrau zurück. Der Hausmeister begann ihn zu grüßen, während die blauen Augen von Anne aus seinem Leben verschwunden waren. Selbst seine Gesichtsfarbe mutierte. Einst von einer auch von Gesundheit zeugenden kräftigen Bräune geziert, auf die er immer ein wenig stolz gewesen war, mied er nach einiger Zeit den Badezimmerspiegel. Irgendwann war er zu der Überzeugung gelangt, dass ihn darin nur ein Stück grober Bioleberwurst anschaute. Kompakt, fett und mit Darm.

Rot, die Farbe, der er eher neutral gegenüberstand, war inexistent. Grün ganze Sonnensysteme entfernt.

Überall tauchten plötzlich Menschen auf, deren Gesichter er schon zu kennen glaubte. Vielleicht waren es Halluzinationen. Zum ersten Mal begann Gabler sich zu fragen, ob die Welt nur aus Doppelgängern bestand. Sein Bekanntenkreis, den er sich im Laufe der fünf Jahre, die er nun schon in der Stadt wohnte, in mühsamer Kleinarbeit aufgebaut hatte, begann sich von ihm zu distanzieren. Doch in aller Regel kamen, wenn Kontakte abgebrochen waren, wieder neue dazu, das hatte Gabler schon öfter erlebt, von daher war es ihm nicht bange. Die Neuen hatten etwas andere Gesichter, doch die Unterschiede waren geringfügig. Meist so geringfügig, dass Martin wie Michael oder Gabi wie Alexandra aussahen. Lediglich die Namen hatten sich verändert. Die ohnehin mit der Zeit karg gewordenen Dialoge waren austauschbar geworden.

So austauschbar und sparsam wie die Mentalität von Hochschulabsolventen, die ihr Studium abgeschlossen hatten. Abgeschlossen auch mit den unrentabel gewordenen Pizzateig-Feten mit selbst gemachtem Knoblauchjoghurt.

„Nudelsalat", dachte Gabler. „Widerlich."

Studienabschluss, Lebensversicherungsabschluss, Beziehungsabschluss. Ein Abschluss passte zum anderen, nahtlos gewissermaßen gaben sich die verschiedenen Abschlüsse die Klinke in die Hand. Bereit dazu, eine Türe zu öffnen und sofort hinter sich wieder zuzuknallen.

Geschlossene Türen waren für Gabler schon immer mit Ängsten verbunden. Als Kind konnte er nie bei geschlossener Kinderzimmertüre einschlafen. Seine Mutter musste immer im Flur das Licht anlassen, nur so fand er in den Schlaf. Diese Eigenheit war ihm bis heute geblieben. So lange er noch in der Dachwohnung lebte, waren immer alle Türen offen, auch die zur Küche. Anne hatte das nicht gestört. Gabler konnte auch bei Licht schlafen. Er schlief sogar besser, wenn ein kleiner Lichtkegel die Bettdecke beschien.

No 5

Abgeschlossen. Längere Zeit lebte Gabler nun schon alleine im größten der drei Zimmer der Dachwohnung, die er vor wenigen Wochen noch zusammen mit Anne bewohnt hatte. Es handelte sich um das alte gemeinsame Wohnzimmer. Altbau, von Anfang an war er stolz darauf gewesen. Es war so etwas wie das Kleinod der beiden. Er selbst hatte höchstpersönlich die alten Dielen abgeschliffen, tagelang gearbeitet. Das Zimmer war das größte und hellste von allen. Öffnete man die Türe zu Annes altem Arbeitszimmer, befand man sich in einem lichtdurchfluteten Raum. Große Fenster nach Osten und Westen. Im Wohnzimmer hatte man an einem großen alten Esstisch Gäste empfangen, abwechselnd hatten Gabler selbst und Anne ihr Kochkünste unter Beweis gestellt. Meist drei- oder viergängige Menüs, mit so exotischen Nachtischen wie Orangensorbet auf Armagnac oder selbst gemachtem Tiramisu mit Pistazienkernen. Gabler liebte das Kochen. Für gewöhnlich machte er das Essen. Im Laufe der Zeit hatte er für sich selbst ein kleines Kochbuch zusammengestellt. Einige der Rezepte hatte er von seiner Mutter erfragt, andere selbst erfunden. Es machte ihm Spaß, nie und nimmer hätte er daran gedacht, dass Anne ihm diese zwei Stunden, die er jeden Tag mit Einkaufen und dem Zubereiten des Essens zubrachte irgendwann als verlorene Zeit vorhalten würde.

„Statt zu kochen hättest Du Dir gescheiter einen Job gesucht", hatte sie kurz vor ihrem Auszug einmal zu ihm gesagt. Es war eine der zahlreichen Vorhaltungen, die er sich nach drei Jahren des Zusammenlebens anhören musste. Es tat weh, gerade deswegen, weil er Anne wirklich vertraute und auf ihr Urteil großen Wert legte.

Arbeitsteilung in der Beziehung hatte es anfangs noch geheißen. Im Laufe der Zeit sah das ganze so aus, dass Gabler einkaufte, kochte, abspülte, Annes Wäsche mit wusch, die gesamte Wohnung reinigte und auch sonst die meisten Dinge tat, die es in einem Haushalt zu tun gab. Anne ging während dessen ihrem Job nach, redete nachmittags mehr von ihrem Diplom, als dass sie sich tatsächlich damit beschäftigte und machte in unregelmäßigen Abständen am Abend Gabler Vorhaltungen, dass er vor Jahren noch auf seinen universitären Abschluss verzichtet hatte. Gabler hatte immer gedacht, das Thema sei erledigt, aber es kam immer wieder auf den Tisch. Nicht dass Anne ihm ständig Vorhaltungen gemacht hätte, doch die kleinen Nadelstiche setzte sie doch immer wieder bewusst, das schmerzte Gabler mehr, als er es zugeben wollte.

In Ihrem Statusdenken war Anne derartig kompromisslos, dass es deswegen öfter zum Streit zwischen Ihnen kam.

„Wenn Du doch nur...", hörte er sie heute noch.

Annes gesamte Familie bestand aus Akademikern, mit Ausnahme ihrer Mutter, mit der sich Gabler immer bestens verstanden hatte. Sie war Architektin ohne festen Abschluss. Ihr Vater war ein erfolgreicher Architekt, die Geschwister ebenfalls alle an einer Universität.

Gabler hätte eigentlich viel früher schon merken müssen, dass er der Falsche für Anne war. Sie sehnte sich nach einem promovierten Germanisten oder zumindest einem BWLer mit Diplomabschluss. Das war das Mindeste. Gabler fehlte das gewisse professorale Etwas. Jene sozialkritische Leichtigkeit, mit der die heutigen Diplomanden an ihren Gesprächspartnern vorbei - und während einer Unterhaltung über den notwendigen Notendurchschnitt für einen Job mit kalkulatorischen Dollaraugen - in weite

Ferne nach vorn blickten. Selbst die Tatsache, dass Gabler sich auf Drängen von Anne eine Brille zulegte, die er eigentlich gar nicht gebraucht hätte, änderte nichts an seiner Unfähigkeit, in finanziellen Dingen die notwendige Weitsicht zu erlangen.

Wenn Gabler zur Brille noch eine überregionale Zeitung abonniert hätte, wäre damit vielleicht etwas zu retten gewesen. Den Saab als Statussymbol hatte er gekauft, als Anne schon auf dem Absprung war. Sie hatte immer einen gewollt, es kam zu spät.

Gabler hätte spüren müssen, dass sie in den seltenen Momenten, in denen sie wie aus heiterem Himmel durch einen Kuss ihre Zuneigung kundtat, weil ihr das Essen geschmeckt hatte, dies meist mit dem anschließenden Blick an ihm vorbei aus dem Fenster tat.

„Ach ja." Es war, als richtete sie ihre Worte an einen unbekannten Prinzen, der draußen auf seinem fliegenden Pferd durch die Luft schwebte.

„Kochen kannst Du ja ganz gut, aber irgendwann kommt er", so ähnlich klang das immer.

Gabler saß auf der Matratze des alten Bettes, einer der wenigen Requisiten, die vom gemeinsamen Hausstand noch übrig geblieben waren. Das Bett selbst war für fünfzig Euro an ein frisch verliebtes Paar gegangen. Er hatte bei der Abholung keine Glückwünsche ausgesprochen.

Es war klar, dass er nicht mehr lange in der Wohnung bleiben würde. Zu viele Erinnerungen, zu viele schlechte Erinnerungen.

Die Matratze lag auf Bananenkisten, in denen Gabler seine Bibliothek verstaut hatte. Es waren zum Großteil diejenigen, die er für die Zeitung besprochen hatte. In der Hauptsache Belletristik. So schlief er gewissermaßen auf einem literarischen Fundament. Gabler war nicht abergläubisch, doch vielleicht halfen die Bücher als Unterlage zum Schlafen ihm bei seinen kreativen intellektuellen Leibesübungen. Jedenfalls war es auch ohne richtiges Bett bequem, das war die Hauptsache.

Als Anne und er zum letzten Mal miteinander geschlafen hatten, sagte sie zu ihm, er könne ja auch gemein sein. Tagelang hatte er darüber nachgegrübelt, was sie wohl damit gemeint hatte. Zwei Wochen danach kam dann ihre Kündigung. Kurz und schmerzlos in zwei Sätzen.

„Ich trenne mich von dir und werde ausziehen", sagte sie. Fünf Jahre reduziert auf zwei Sätze, es war deprimierend. Gabler nahm das ohne eine Regung auf, er verstand zuerst gar nicht, was das für ihn bedeutete. Die Tatsache, in dieser Wohnung, in der er doch im Grunde immer glücklich gewesen war, alleine zu leben, konnte er erst einmal gar nicht wirklich realisieren.

Alle Gegenstände, in der Küche, im Bad, in Wohn- und Schlafzimmer waren für ihn mit Anne verknüpft. Sie hatten zusammen Dinge ausgesucht und angeschafft. Das gemeinsame Bett, in dem sie geschlafen hatten, den großen Esstisch im Wohnzimmer brachte Gabler mit in die Beziehung. Hier hatten sie Gäste empfangen. Erst Wochen nachdem Anne ausgezogen war, spürte Gabler, dass er in dieser Wohnung nicht mehr lange würde bleiben können. Es waren zu viele Erinnerungen, die eine Art von Duft ausströmten. Zuerst roch es noch gut, nach ein paar Wochen war der Duft verflogen, und damit auch die letzten Gedanken an Anne.

Was jetzt zwangsläufig kommen musste, waren die Träume, in denen Anne vorkam. Gabler träumte oft und heftig. Er sprach viel mit seinem Therapeuten darüber und versuchte, seine Träume nach dem Aufwachen aufzuschreiben. Es entstand ein assoziatives Sammelsurium von Bildern und Szenen. Gabler hatte vor, sie irgendwann einmal literarisch zu verarbeiten.

„Träume sind das beste Startkapital für einen gelungene Geschichte", dachte er.

Die Bücherkisten unter der Matratze, das war vielleicht charmant, aber auf Dauer kein Zustand. An der Wand gegenüber stand noch ein alter Kleiderschrank, daneben auf dem Boden die Stereoanlage mit der Schallplattensammlung und ein billiger gebrauchter PC. Gabler hatte ihn sich nach der Trennung kaufen müssen, um weiter für die Zeitung schreiben zu können. Zu Hause konnte er sich besser konzentrieren als in der Redaktion. Anne hatte ihren Computer selbstverständlich mitgenommen.

Als sie beide zusammen dann den Hausrat getrennt hatten, so wie man etwas eben noch zusammen trennen kann, legte Anne die Genauigkeit eines akribischen Lohnbuchhalters an den Tag. Ihr PC war nie Gegenstand von Diskussionen gewesen. Er war neben dem alten Schreibtisch, den Gabler für sie restauriert hatte ihr einziges Heiligtum. Bezahlt hatte ihn Annes Vater. Ausnahmsweise, wie sie immer betonte, denn sie legte großen Wert auf ihre finanzielle Unabhängigkeit. Jedes Mal wenn Gabler sie zu einem Kaffee oder ins Kino einlud, musste er sich rechtfertigen, dass er sich das noch leisten konnte. Von Besuchen bei ihrem alten Herrn kam Anne meist mit einer neuen Garnitur sündhaft teurer Klamotten zurück. Die Großzügigkeit, mit der sie diese Geschenke annahm, stand wenig im Einklang mit der halben Stunde, während derer sie Gabler akribisch vorrechnete, wie viel er ihr nach der Trennung schuldig blieb. Sie war sogar so schlau gewesen, auf alle gemeinsam angeschafften Dinge zu verzichten, solange sie die Hälfte des dafür bezahlten Preises erhalten würde. Gabler, zu dieser Zeit ohnehin mit seinem Dispositionskredit im roten Bereich, machte alles artig mit, nickte stumm und teilnahmslos. Es schmerzte mehr als sich Gabler das hatte vorstellen können.

Er hatte nach Annes Beziehungskündigung, wie er es für sich selbst nannte, den Bezug zum Geld endgültig verloren. Stillschweigend legte er ihr nach dem letzten gemeinsamen Gespräch dreihundert Euro auf den Tisch, ohne sich darüber im Klaren zu sein, dass er das Geld eigentlich gar nicht zur Verfügung hatte. Sein Sachbearbeiter auf der Bank hatte ein letztes Mal Gnade walten lassen. Das Ende mit Schrecken war absehbar.

„Die Schöpfkelle haben wir doch auch zusammen gekauft", hörte er sie noch sagen.

„Ich glaube ich habe den Wäscheständer bezahlt und die Lampe im Bad kannst du gerne behalten, wenn du mir dafür zehn Euro gibst."

So ging das bis in den allerletzten Kaffeelöffel und Eierbecher. Gabler wusste von Freunden, die solch eine Trennung durchgemacht hatten, wie sinnlos und vor allem verletzend das sein konnte. Das in der Realität zu erleben war schon heftig. Fünf Jahre Beziehung wurden reduziert auf Viereurofünfzig. Es war absurd.

Im Moment befanden sich in Gablers Geldbeutel nicht einmal mehr diese Vier Euro fünfzig für die Schöpfkelle. Er war dermaßen pleite, dass er daran dachte, das Rauchen aufzugeben. Und das mochte etwas heißen. Zigaretten waren Gablers einziger Luxus. Anfangs meinte er noch die Wohnung alleine halten zu können. Doch das funktionierte nicht. Vollkommen zwecklos, dachte er nun. Die Fähigkeit des korrekten Zusammenzählens von eins und eins zu verlieren, konnte gefährlich werden. Er nahm einen Kaffee mit Bioobstler und räumte die wenigen Sachen, in den beiden anderen Zimmern zusammen. Einen lila Wäscheständer, Wert minus dreijährigem Gebrauch acht Euro, zwei alte Kaffeehausstühle und einen Globus mit defekter Innenbeleuchtung.

„Ich werde eine WG machen, dachte Gabler bei sich. Eine WG ist immer gut.

„In WGs habe ich mich immer wohl gefühlt."

Er schloss eine der beiden Türen zum Wohnzimmer und stellte fest, dass man diese Tür von beiden Seiten auf- und zuschließen konnte. Es war kurios, so kurios, dass er zum ersten Mal darüber nachdachte, was Türschlösser für eine Bedeutung hatten. Abgesehen davon, dass Gabler sich selbst abgeschlossen fühlte, im Grunde genommen mental eingesperrt, war er dem Phänomen nie nachgegangen.

An sich waren Türen dazu da, den Menschen Schutz zu bieten, doch was für einen Sinn sollten sie haben, wenn man sie von beiden Seiten auf- und zuschließen konnte. Bei einer genaueren Betrachtung der Sache bemerkte er, dass es sich hier um ein Schloss handelte, welches man von einer Seite zuschließen oder auch aufschließen konnte, selbst wenn es von der anderen Seite bereits zu- oder aufgeschlossen war. Ein Umstand, den er sich nicht erklären konnte.

Komisch. Gabler beschloss, seinen antiken Kleiderschrank vor die Türe zu stellen, so war das Wohnzimmer nur durch eine Türe begehbar und er konnte Annes Arbeitszimmer separat vermieten.

Er knallte die beiden Türen zu und leerte die Tasse mit dem Kaffee-Schnaps-Gemisch.

Da waren sie wieder. Die zwei neuesten Komponenten in seinem Dasein: Gang und Schlauch. Der Flur und eine verstellte Türe. Ob das gut ging?

Eine dritte kam hinzu. Es war diese Wohnzelle, in der er

sich jetzt befand. All das schien in einer Art Nadel ohne Öhr zu münden. Existenzielle Einbahnstraße, dachte er. Quatsch, von wegen existenziell.

Gabler begann in einem der Bücher zu blättern, die er in nächster Zeit zu rezensieren hatte. Eine Liebesgeschichte. Nick und Lene, die mit Freunden ein gemeinsames Wochenende in einem Landhaus verbrachten.

No 6

Seit Wochen hatte sich niemand mehr bei Gabler gemeldet. Gab es noch die gemeinsamen Freunde? Als er vor einigen Tagen Kurt anrief, der während der letzten Jahre immer so etwas wie eine treue Seele gewesen war, meinte dieser in genervtem Ton, er habe keine Zeit und legte auf. Es war der dritte einer Reihe von Anrufen. Beim zweiten Mal hatte er seltsamerweise ins Bodybuilding gemusst. Vor Wochen, als Gabler ihn das erste Mal telefonisch um moralische Unterstützung gebeten hatte, hatte Kurt schon angedeutet, dass er sich auf die Seite von Anne geschlagen habe. Er glaube, sie sei im Recht. Eine Erklärung für diese Ansicht hatte er keine. Das entsprach seinem Naturell. Alles war so wie es zu sein hat, basta.

Ging es hier eigentlich ums Recht haben? Gabler legte das Buch wieder zur Seite. Er konnte sich nicht konzentrieren. Ihm war jetzt auch nicht nach einem Liebesroman zumute.

Er dachte an seine Studienzeit. Damals war er in seiner Funktion als AStA-Mensch an der Uni in ein weitverzweigtes Netz von Freunden und Bekannten eingesponnen gewesen. Jahre waren seither vergangen. Selten bekam man sich gegenseitig noch zu Gesicht. Die Namen waren zu Gespenstern geworden, die ab und an durch das Gedächtnis spukten. Selbst schöne Erinnerungen begannen wie Mumien zu schrumpfen.

Vor einigen Wochen war er zufällig in einer Kneipe seiner Heimatstadt einem alten Schulkameraden über den Weg gelaufen. Die verkrampften Erinnerungen an frühere Zeiten wurden eingeleitet mit einer Mischung aus bemüht kraftvollem Händedrücken und den peinlichen Fragen nach der Befindlichkeit in den Kategorien Beruf, Bett und

Bierkonsum. Uwe hatte in allen drei Bereichen voll reüssiert, wie man heute so schön sagt. Er war inzwischen Anwalt geworden und lebte zusammen mit seiner Freundin in Beiwohnung, wie er sich ausdrückte. Freundin, da war das Wort wieder. Und das mit sechsunddreißig. Und dann auch noch in Beiwohnung. Lächerlich. Gabler kam sich vor wie damals während der Tanzschule. Seine Ute sei die Erste sagte Uwe, in dieser Hinsicht hätte er eben etwas spät gezündet. Aber dafür klappe es beim Sex umso besser, meinte er dann noch allen Ernstes. Saufen konnte er früher schon besser als Gabler, das hatte er unter anderem seinen neunzig Kilo zu verdanken. Manchmal veränderte sich im Laufe des Abends die Reihenfolge der Themen, manchmal brachte man die drei magischen Begriffe sogar ansatzweise in einen Zusammenhang. Es war sonderbar.

Doch statt Gabler nach dem üblichen „Hallo, wie geht's" seiner Wege gezogen war, verfiel er in eine seiner berühmten Schwächen: Er hörte zwei geschlagene Stunden zu. Das war wie bei der germanistischen Diplomblüte. Interessieren tat es ihn nicht die Spur, aber statt dementsprechend zu reagieren, verplemperte er einen ganzen Abend für nichts und wieder nichts.

Aufgrund der Angewohnheit, den Problemen seiner Mitmenschen zu viel Aufmerksamkeit zu schenken, geriet er schneller, als er es für möglich hielt und vor allem als es ihm hätte lieb hätte sein können in den Sog einer Kombination von Dauergeschwätz über Arbeitslosigkeit mit seinem Therapeuten, die ersparten Beträge der Lebensversicherung aufzehrenden Reparaturen seines SAAB und dem schließlich fast tödlich endenden Rückfall in eine spätpubertäre Ich-kann-auch-mitsaufen-Bierphase während sinnloser Kneipenabende.

Bier, Wein, Bioobstler. Die Kurve führte in extrapolierender Weise nach oben.

Hätte er in der Therapie, durch die er sich seit Jahren quälte, mehr über die Beziehung zu Anne geredet – er hätte sich einiges Unangenehme damit ersparen können. Stattdessen isolierte er sich. Auch der zum „Ende gut, alles gut" getrunkene Grappa, den er mit einer städtischen Angestellten genommen hatte änderte nichts an der Situation.

Nachts in seinen Träumen hörte er Stimmen ohne die passenden Gesichter zu sehen, tagsüber redete er selten mehr als ein paar überlebensnotwendige Sätze. Geräusche wie Straßenlärm, Sirenengeheul, Hundegebell oder das Knacken der Heizung waren inzwischen zu den Dominanten des Alltags geworden.

Das Knacken der Heizung. Es machte ihn wahnsinnig, bis er bemerkte, dass diese Aufregung aus einem trügerischen Bedürfnis nach Ruhe kam. Er wollte schlafen, nur noch schlafen, niemanden mehr sehen, mit niemandem mehr sprechen. Es war beinahe irre. Beinahe. Und es war kalt. Kalt, obwohl die Heizung in Betrieb war.

Das Frieren ist ein ungeheurer Zustand, die Chemie des Körpers gerät aus den Fugen, Brennstoffe werden verzehrt von Sauerstoff, der Sauerstoff verzehrt die klare Sicht, die Grenzen der Physik reduzieren sich auf eine ungeheure Bewegungsarmut, was wiederum zur Dauermüdigkeit führt.

„Müde zu sein und dabei auch noch zu frieren ist ein Paradoxon", hörte Gabler die Bäckereifachverkäuferin sagen. Die junge Frau in ihrem weißen Kittel übte mehr Autorität auf ihn aus als sein Psychiater mit seinen Calvin Klein-Jeans. Zu gerne hätte er sich dieser Person hinter dem Quarkstreuseltresen in tiefgehender Weise anvertraut. Doch selbst als sie ihn einmal eines Morgens nach seinem Befinden gefragt hatte, war er außer Stande gewesen, zu antworten, geschweige denn die Frage zurückzugeben. Eher verstört als erfreut verließ er die Bäckerei wieder nach draußen. Vielleicht sollte er bei der Bäckereifachverkäuferin in Therapie gehen.

„An der frischen Luft gähnt man gerne", hörte Gabler sie noch hinter ihm herrufen, „doch meist nur, wenn man sich auf der Durchgangsstation an die nächste frische Luft befindet. Merken Sie sich das, Sie Idiot."

Die Frau im weißen Kittel wurde zu einer Art Zensor. Mit ihr musste Gabler sich auseinandersetzen, nicht mit Anne, Uwe oder seinem Therapeuten. Er dachte an das Wort Verfall.

Die Milch im Kühlschrank war sauer; Gablers Klamotten erinnerten ihn bei den täglichen Kontrollen in den Spiegeln von Geschäften der Innenstadt, die er wegen seines „finanziellen Engpasses", wie es seine im Verdienst stehende Umwelt bezeichnete, nur noch von außen sah, an uralte Kinderzeiten: Man hatte ihm damals, als er in der Schule von seinem ohnehin schon sonderbar anmutenden Einsnullerschnitt auf einen Zweierschnitt degeneriert war, plötzlich einen Stil aufgenötigt, der aus einer Mischung von gerade noch tragbaren Kleiderresten der älteren Geschwister und billigen Geschenken der Kleidersammlung aus der Fabrik seines Vaters bestand.

Noch im Alter von fünfundzwanzig Jahren, als er sich zum ersten Male innerhalb des Freundeskreises über seine bis heute andauernde Kinderlosigkeit zu rechtfertigen hatte, bekam er aus dem Fonds einer Bekannten seiner Eltern, die auf dem städtischen Sozialamt tätig war, sogenannte „fehlerhafte" Unterhosen geschenkt. Sie seien in der Fabrik ausrangiert worden und ursprünglich für

Asylanten gedacht, hieß es damals. Doch sicher könne er so etwas ja gebrauchen. Mit dieser manchmal an karitativer Unverschämtheit grenzenden Arroganz wurde er mit zunehmendem Alter öfter konfrontiert, als ihm lieb war.

Verfall. Verfallsdatum.

Saure Milch, vertrocknetes Gemüse und das Outfit vom Lieblingsanwalt seiner Mutter, den selbige während einer Vorabendserie im staatlichen Fernsehen in ihr Herz geschlossen hatte, waren Attribute, die ihn vergessen ließen, dass zwischen dem Anspruch, auch als erfolgloser Journalist, der gelegentlich einige Gedichte schrieb, ernst genommen zu werden, und den Rosinen in den Brötchen der Bäckereifachverkäuferin im Grunde nur ein kleiner Unterschied bestand, dem er jedoch bis dato noch niemals auf den Grund gegangen war.

„Bis dato", dachte Gabler. So wie bisher konnte er nicht weitermachen, das war ihm klar. Immerhin etwas.

Die Gespräche, die er führte, waren in der Zwischenzeit reduziert auf die Worte „Bitte, Danke" im Zeitungsladen und „Bitteschön und Dankeschön" beim Kauf der Brötchen in der Bäckerei. Wenn er die Marke der Zigaretten wechselte, kamen manches Mal noch die Worte „Die Blauen bitte" aus seinem Mund.

Gelegentliche Telefonate, deren Inhalt er sich entweder nicht mehr merken konnte, oder die von so kurzer Dauer waren, dass man über einige lapidare Wortwiederholungen nicht mehr hinauskam.

Beängstigend oder auch beklemmend empfand er diese Situation, doch es erschien ihm immer noch am besten, den Weg nicht mehr zurückzugehen, sondern nach vorne. Eine WG, neue Leute, vielleicht ein neuer Job. Auf Dauer konnte er sich mit dem Zeilenhonorar eh nicht über Wasser halten. Irgendetwas musste geschehen. Eine Art Umwälzung. Genau. So wie damals, als die Mauer fiel. Von Grund auf mussten sich die Zustände verändern. Von Grund auf und nach vorne ist immer gut, dachte Gabler. Wohin ist erst einmal sekundär. Eine Flucht aus der Einsamkeit. Das war der entscheidende Punkt. Er beschloss, sich selbst an die frische Luft zu setzen. Sich auszuschließen von der inneren Emigration, der er verfallen war.

„Nach vorne emigrieren", hörte er vor dem Einschlafen eine Stimme. „Achten Sie auf das Verfallsdatum Ihrer Leber." Gabler prägte für sich den Begriff der „alkoholischen Verjährung". In memoriam Feuerzangenbowle. Es bestand noch Hoffnung.

No 7

Am nächsten Morgen, als Gabler nach dem Aufstehen seine guten Vorsätze in die Tat umsetzen wollte, musste er als erstes feststellen, dass das Telefon abgestellt war. Er hatte die Rechnung noch nicht bezahlt, das heißt, er konnte sie gar nicht mehr bezahlen. Auf der Bank hatte man ihm bei seiner letzten Anfrage nach einer Erhöhung seines Dispokredites - das war inzwischen über eine Woche her - nach den obligatorischen zweihundert Euro, die meist acht Tage ausreichten, durch stummes Kopfschütteln bedeutet, dass man nicht länger dazu bereit war, seinen Kreditrahmen noch weiter zu überziehen.

Gabler zog sich an und verließ die Wohnung. Unten am Briefkasten war durch den Schlitz ein grünes Couvert auszumachen. Absender Stadtwerke. Er ließ die Strom- und Gasrechnung dort wo sie hingehörte, zog aus der rechten Manteltasche eine leere Zigarettenpackung heraus, warf sie in den Müllcontainer und ging in Richtung Uferpromenade. Dort hatte er in letzter Zeit eine Bank ausgemacht, auf der er öfter schon gesessen war und still für sich nachgedacht hatte. Gabler war nüchtern, es tat gut, einen klaren Kopf zu haben.

Unterwegs wollte er sich in der Bäckerei noch eine Nussschnecke kaufen. Sinnloses Unterfangen, stellte er bei der Kontrolle seines Portemonnaies fest. Für sechzig Cent gab es gerade noch eine Brezel. Er verzichtete. Vielleicht wurde er demnächst noch verhaftet und brauchte dann die sechs Groschen, um einen Anwalt anzurufen. Gewundert hätte es ihn zu dem Zeitpunkt nicht.

Ähnliches hatte er bereits Jahre zuvor während seiner Berliner Zeit schon einmal erlebt. Damals, es war kurz vor Öffnung der Mauer gewesen, hatte er einige Tage vor seinem juristischen Staatsexamen den Boden unter den Füßen verloren. Tagelang war er zusammen mit zwei im Kiez bekannten Pennern vor der Markthalle gesessen und hatte in aller Seelenruhe die Frist für die Prüfung verstreichen lassen. Sein Einreichungsschnitt war gut gewesen, es hätte eventuell für eine Anstellung in den Staatsdienst gereicht. Gabler verzichtete zugunsten billigen Lambruscos und kam erst wieder zur Besinnung, als er zum ersten Mal in seinem Leben eine Nacht in der Ausnüchterungszelle des Polizeireviers verbringen musste. Nach dem Beginn einer Therapie fing er sich wieder, orientierte sich beruflich um, wie man so schön sagt. Er wechselte das Fach und absolvierte ein Praktikum auf der chirurgischen Station im Krankenhaus seiner Geburtsstadt. Bis heute hatte er an dem abgebrochenen Studium zu beißen. Er versuchte es einige Jahre später noch einmal, die Geschichte zu einem ordentlichen Abschluss zu bringen, doch er schaffte es auch beim zweiten Anlauf nicht. Es war im Grunde nicht tragisch, er hatte sich mittlerweile damit abgefunden. Ein Jurist ohne Examen hatte in der Arbeitswelt nicht die Spur einer Chance. Doch irgendwann musste er mit dem Hadern über das verpasste Examen abschließen. Es war ja im Grunde auch nichts wirklich Schlimmes. Viele Studenten brachten ihr Studium nicht zu Ende. Hätte er Krebs gehabt oder irgendeine andere Krankheit, wäre das sehr viel schlimmer gewesen. Es gab tausend andere Berufe, und Gabler fehlte schlussendlich der entscheidende Ehrgeiz. Journalismus war eine ernste Alternative, schreiben konnte er schon immer gut, und der Weg, den er für sich eingeschlagen hatte, war für ihn nicht so verkehrt. Jedenfalls haderte er wesentlich mehr mit der Trennung von Anne wie mit seinem abgebrochenen Studium. Auf dem Weg zum Seeufer glitt alles an ihm vorbei.

In seltsamer Weise verloren Menschen, Häuser, Autos ihre Körperlichkeit. Alltagsgeräusche mischten sich zu einem undefinierbaren Einheitsunisono.

Gabler nahm alles um ihn herum reduziert wahr. Er hatte das Gefühl, im luftleeren Raum zu schweben. Wäre er kurz vor der ersten Ampel nicht beinahe über den Dackel seiner Nachbarin gestolpert, hätte es gefährlich werden können. Das Tier hatte einen vermutlich von Pralinen vollgestopften Hängebauch.

Widerlich, dachte Gabler. Er sah auf das rote Männchen der Fußgängerampel, das sich in rhythmischen Bewegungen auf ihn zu und wieder von ihm wegbewegte. Es war eine Art von Halluzination, wie man sie sonst nur unter Drogeneinfluss kennt. Gehen Sie nicht über Los, ziehen Sie nicht 4.000 Euro ein, dachte er. Das Leben war ein Monopoly Spiel, und er saß auf der Badstraße fest. Verschuldet und für den Rest der Menschheit zum Abschuss bereit.

Am Seeufer angelangt setzte Gabler sich auf eine Bank. Er fror. Seine Hände waren eiskalt. Obwohl er mehrere Pullover und seinen warmen Mantel trug, zitterte er am ganzen Körper. Es war einer jener trügerischen Apriltage, an denen es plötzlich an der frischen Luft so eng wurde, dass es einem die Kehle zuschnüren konnte. Sein Zigarettenkonsum hatte in den letzten Tagen derart zugenommen, dass er morgens kaum noch Luft bekam.

Herzinfarkt, dachte Gabler. Mit einem Schlag würden sich alle Probleme lösen.

Er beobachtete sich selbst. Eine Art zweite Figur, er nannte sie „Gabler zwei" stand einige Meter neben ihm und schaute ihm beim Frieren zu. Das Kreischen der Möwen mischte sich mit dem Knacken der Heizung in seiner Isolierzelle. Genau. Isoliert war er. Nicht nur von Anne und dem Rest der Welt. Er war isoliert von sich selber.

Gabler sagte mehrmals die Worte „Guten Morgen" zu sich. Er wollte überprüfen, ob er überhaupt noch reden konnte. Um sicher zu gehen legte er den Zeigefinger seiner rechten Hand an die Unterlippe.

„Guten Morgen."

Es funktionierte. Beim dritten Mal kam es etwas lauter. Beim vierten und fünften Mal übertönte Gabler das Kreischen der Möwen. Gerade als er damit beginnen wollte, richtiggehend loszuschreien, weil er merkte, dass es ihm so gut tun würde wie nichts anderes in dem Moment, stockte er. Schräg hinter ihm stand ein älterer Herr, den er bis zu diesem Zeitpunkt nicht wahrgenommen hatte.

„Sind Sie sich eigentlich darüber im Klaren, dass unsere Welt eine Ansammlung von Molekülen ist", fragte dieser ihn plötzlich.

Der Alte war mit einem langen grauen Staubmantel bekleidet. Seine Schuhe waren abgelaufen, die ohnehin graue Farbe seines Gesichtes wurde unterstrichen durch schneeweiße Bartstoppeln, welche die zahlreichen Falten fast gänzlich zudeckten. Gabler schätzte ihn auf Mitte 70.

„Ich habe Sie beobachtet und ich glaube, es geht Ihnen nicht besonders gut. Habe ich Recht?"

Er hatte Gabler von hinten angesprochen, und in dem Moment, als dieser sich nach seinem letzten „Guten Morgen" umdrehte, um die seltsame Figur besser sehen zu können, machte der Alte eine ruckhafte nach vorn Bewegung mit seinem Oberkörper, als wolle er sich vor einem Publikum verneigen. Gabler fand ihn sympathisch.

„Es geht so, wenn ich ehrlich bin, nicht besonders gut."

„Darf ich den Grund erfahren", fragte der Alte.

Gabler wusste zuerst nicht, ob er in der Stimmung war, sich mit dem Alten zu unterhalten. Aber warum nicht? Ein gutes Gespräch konnte nicht schaden.

„Es ist privat", antwortete er.

„Möchten Sie darüber sprechen?"

„Ich glaube eher nicht, das würde mich zu sehr aufwühlen. Aber Sie können es ruhig erfahren, meine Lebensgefährtin hast mich verlassen."

„Oh, das tut mir leid. Ich habe Sie beobachtet und dachte mir schon, dass es etwas Ernstes sein muss. Wie lange waren Sie denn zusammen mit ihrer Partnerin?"

„Über fünf Jahre schon."

„Das ist ja schon etwas länger. Woran hat es denn gelegen?"

Es war das erste Mal, dass Gabler sich mit jemandem über die Trennung von Anne unterhielt. Er spürte, dass er noch lange nicht mit seiner Situation im Reinen war. Nicht einmal sein Therapeut wusste Bescheid. Gablers Mutter roch den Braten vielleicht schon, sie verfügte manches Mal über einen sechsten Sinn, sie hatten bisher noch nicht darüber gesprochen.

„Wenn ich das wüsste", entgegnete er. „Ich glaube, ich konnte den Erwartungen von Anne, so hieß meine Partnerin, nicht gerecht werden."

„Das ist oft der Grund für eine Trennung. Ich habe das vor Jahren selbst erlebt. Aber glauben Sie mir, Sie werden darüber hinweg kommen. Reden hilft immer. Suchen Sie sich professionelle Hilfe. Vielleicht bei einem Therapeuten. Wissen Sie, ich leide an einer Schizophrenie, ich weiß also, wovon ich spreche."

Gabler war überrascht über die Offenheit des Mannes. Es passte in seine momentane Stimmung.

„Leben Sie alleine?", wollte er wissen.

„Schon lange", antwortete der Alte. „Aber es macht mir nichts aus. Ich bin gerne alleine. Vor Jahren hatte ich eine Beziehung, aber das ist lange her. Wir hatten Kinder und waren eine glückliche Familie. Wir haben uns dann getrennt. Meine Frau hatte einen anderen Mann kennen und lieben gelernt. Die Kinder waren damals schon aus dem Haus. Seither lebe ich alleine. Meine Frau kam wohl auch nicht mit meiner Krankheit zurecht."

Gabler dachte an seinen Therapeuten und dessen Calvin Klein Jeans. Er hatte ihm noch nichts von seiner Trennung erzählt. Der Alte war sozusagen der Erste, den Gabler ohne es wirklich gewollt zu haben in seine Misere eingeweiht hatte. Eine Schizophrenie also.

„Wie gehen Sie mit Ihrer Krankheit um?"

„Och ja, mittlerweile gut, ich nehme Medikamente, das hilft."

„Schränkt das nicht Ihren Alltag ein, ich meine haben Sie Nebenwirkungen?"

„Man lernt damit umzugehen, es funktioniert."

Gabler wollte nicht mehr länger nachfragen, das wäre dann doch zu privat gewesen. Das Gespräch war kurz, aber es hatte gut getan. Er verabschiedete sich.

„Danke Ihnen für das Gespräch."

„Jedenfalls wünsche ich Ihnen einen guten Tag, junger Mann. Denken Sie an die Moleküle."

Ebenso schnell wie er aufgetaucht war, drehte sich der Alte um und verschwand wieder.

War der Kerl verrückt? Er hatte es ja gewissermaßen selbst gesagt. Die Welt war voller Verrückter, das war für Gabler nichts Neues. Auch er selbst war es vielleicht, das gestand er sich durchaus ein. Die Situationen, in denen er das Ziel von sinnentleerten Attacken irgendwelcher Unbekannten wurde, häuften sich. Immer öfter wurde er von fremden Leuten mitten auf der Straße angesprochen. Teils in freundlicher, teils in weniger freundlicher Manier. Das Absurde daran war, dass er von Freunden und in der

Nachbarschaft – mit Ausnahme des Hausmeisters – so gut wie ignoriert wurde, während man ihm fernab seiner Wohnung, an irgendeiner Bushaltestelle oder auf einem der Seewege, die er regelmäßig entlangging, eine gewisse Aufmerksamkeit schenkte.

Es war ein seltsames Phänomen. Seltsam in einer Weise, dass die Welt immer kleiner zu werden schien. Um ihn herum platzte ein Nichts aus den Nähten.

Ein Raum also ohne Grenze, der ins Nichts führte.

Vielleicht hatte der Alte mit seiner Theorie von den Molekülen ja nicht ganz unrecht.

Gabler beschloss jedenfalls, ihn nicht für verrückt zu halten. Schon die Art, wie sich die Figur mit dem Staubmantel ihm als dem frierenden Häufchen Elend auf der Bank genähert hatte, machte auf ihn einen liebenswerten Eindruck. Er wollte noch hinter ihm hergehen und ihn nach seinem Namen fragen, doch es war zu spät. Der Mann war verschwunden. Vielleicht würde er ihn irgendwann wiedersehen, das war in einer Kleinstadt nicht unwahrscheinlich.

Als Gabler sich noch einmal umdrehte fuhr ein Typ in seinem Alter, vielleicht ein paar Jahre jünger, auf seinen Inlineskates an der Bank vorbei. Die Schweißperlen auf seiner Stirn standen im krassen Gegensatz zu Gablers inzwischen zu Zittern ausuferndem Frieren. Kurz hinter der Bank drehte er für zwei Mädchen, die ihm entgegenkamen eine kleine Pirouette, lächelte, und setzte seine Fahrt fort.

Gabler wurde schlecht.

Als er das letzte Mal mit Anne hier am See spazieren gegangen war, hatte sie die nach seiner Ansicht ausufernde „Szeneseuche" des Inlinerns, wie er es damals genannt hatte, für toll befunden. Die Leute seien eben irgendwie locker, klang es ihm noch im Ohr. Einen geschlagenen

Sonntagnachmittag hatten sie anschließend damit zugebracht, sich über das Für und Wieder von Inlining zu unterhalten. Gabler hatte den Kürzeren gezogen. Seine Argumente von verkehrs- und gesundheitsgefährdend wurden irgendwann mit der doch etwas rigiden Feststellung aus dem Felde geschlagen, er sei verklemmt. Er begann zu schwanken. War er es vielleicht?-

Es dauerte einige Zeit, bis Gabler bemerkte, dass er in bedenklicher Weise unterkühlt war. Er beschloss, die sechzig Cent, die ihm noch geblieben waren in zwei Wasserbrötchen zu investieren, und in der Wohnung einen Kaffee oder besser Tee zu sich zu nehmen, um sich aufzuwärmen. Als er sich von der Bank erhob um loszugehen, wurde er von hinten fast von dem Inliner überfahren.

Arschloch, dachte er.

Zu Hause angelangt, die Rechnung ließ er vorsichtshalber im Briefkasten, um nicht noch schlechtere Laune zu bekommen, als er sie eh schon hatte, stellte Gabler den Fernseher an. Wenn er schon nicht mehr telefonieren konnte, so blieb ihm doch das Recht, fernzusehen. Selbstredend war das Gerät nicht angemeldet. Hätte es in diesem Moment an der Türe geklingelt und der Gebührenpolizist von der GEZ wäre vor ihm gestanden, es hätte ihn nicht gewundert. Jahrelang hatte Gabler über keinen Fernseher verfügt. Erst als Anne meinte, es wäre doch nicht schlecht, wenn man zum neuen Kühlschrank auch noch einen Fernseher hätte, hatte Gabler nachgegeben. All das war kurz vor der Kündigung Annes gewesen.

Genau. Gekündigt hatte sie ihm. In ihrer als Verwaltungsstudentin stinknüchternen Art hatte sie ihn in einem Nebensatz zwischen Tür und Angel vor die Tatsache gestellt, dass sie die gemeinsame Wohnung verlassen werde. Außerdem seien sie ab heute getrennt. Gabler hatte all das für einen schlechten Scherz gehalten. Er dachte zuerst, Anne hätte einen Bluff im Köcher. Erst als sie am Abend jenes denkwürdigen Tages nicht nach Hause kam, zog er die Ernsthaftigkeit der Entscheidung zumindest einmal in Betracht. Zwei Tage zuvor hatte er in der Küche einen neuen Wandtisch montiert, es war Annes ausdrücklicher Wunsch gewesen. Der alte Tisch sei hässlich, außerdem unpraktisch, hatte sie gemeint. Derartige Wünsche, ebenso die nach einem Fernsehgerät oder einem neuen Kühlschrank erfüllte Gabler stets postwendend. Vielleicht war das einer seiner Fehler gewesen.

Als er genauer darüber nachdachte, stellte er fest, dass er eigentlich immer das getan hatte, was Anne von ihm verlangte. Er besah seine neuen Schuhe, die in einer Ecke des Zimmers standen und stellte fest, dass Anne sie noch vor ein paar Wochen für ihn ausgesucht hatte. Ebenso den Trenchcoat, der am Boden lag. Zum zweiten Mal an diesem Tag wurde ihm schlecht.

„Ich glaube, die Frau hat mich konditioniert", dachte er.

No 8

„Bist du auch ganz sicher, dass es die richtige Entscheidung ist zu heiraten? Ich meine gerade jetzt, wo du in der Firma..."

„Ja Liebling, der Zeitpunkt war noch nie so günstig. Und du weißt doch, wie sehr ich dich liebe."

Auf einem der Privatsender wurden gerade die ersten Folgen von Dallas wiederholt. Gabler wollte aufstehen und das Gerät ausschalten, als ihm plötzlich schwarz vor den Augen wurde. Er musste sich an der Wand des Flurs entlangtasten, um nicht umzufallen. In der Küche angelangt öffnete er den nagelneuen Kühlschrank. Ihm fiel ein, dass er vergessen hatte, mit seinem restlichen Geld die zwei Brötchen zu kaufen. Außer einer halb leeren Tube Senf, einer halben Zwiebel und der Schnapsflasche war nichts mehr zu sehen. Beim Blick in den Vorratsschrank erinnerte er sich daran, dass er im Laufe der vergangenen Woche die letzten Spaghetti gekocht hatte. Senfsoße gab es dazu. War das gestern gewesen, vorgestern, oder noch früher?

Gablers Erinnerungsvermögen begann erste Lücken zu zeigen. Mit der noch verschlossenen Mehltüte konnte er nichts anfangen. Kein Reis mehr, keine Kartoffeln, nichts. Als er den Kühlschrank wieder zumachte, stellte er fest, dass seine gefühlte Körpertemperatur mit der im Innern des Gerätes nahezu identisch war. Er zitterte, ging zurück in sein Zimmer, zog seinen Trenchcoat an und legte sich angezogen wie er war unter die Bettdecke.

„Was mache ich eigentlich noch hier"? dachte er. „Dem Pralinendackel der Nachbarin geht es ja noch besser."

Neben der Matratze fand er noch eine halb volle Schachtel Zigaretten. Gabler steckte sich eine Gauloise an, stand wieder auf, ging in die Küche, kochte einen Kaffee, gab den obligatorischen Bioobstler dazu, las eine wenig in der Zeitung vom letzten Wochenende, leerte den halben Becher in den Ausguss, ging wieder ins Bett, versuchte zu schlafen, wälzte sich hin und her, stand auf, goss sich wieder eine Tasse Kaffee ein, rauchte in der Küche, rauchte, bis die Zigarettenpackung leer war, ging nach unten auf die Straße an den Automaten, wollte in dem Irrglauben noch Münzen in der Tasche zu haben eine neue Schachtel ziehen, ging ohne Zigaretten erneut in die Wohnung zurück, legte sich ins Bett, stand wieder auf. Inzwischen schwitzte er, aller Wahrscheinlichkeit nach aufgrund der Mischung von Zigaretten, Kaffee und Schnaps, die er zu sich genommen hatte.

Er ging ins Badezimmer, zog seinen Trenchcoat und sein Unterhemd aus, wusch und deodorierte sich, zog sich eine neues Unterhemd an. Er ging wieder in die Küche, kochte wieder Kaffee, gab wieder etwas Schnaps dazu. Beim Blick in den Spiegel mit freiem Oberkörper stellte Gabler fest, dass er einiges abgenommen hatte. Er war schon immer untergewichtig gewesen, inzwischen jedoch konnte er jede Rippe einzeln abzählen. Er hatte unglaublichen Appetit auf etwas Deftiges, gerne hätte er wieder einmal ein gutes Stück Fleisch zumindest nur gerochen, mit einer Beilage vielleicht, die ihn ein paar Gramm zunehmen ließ. Doch in seiner verbohrten, nimmer endenden Sturheit geriet er immer tiefer in diesen teuflischen Kreisel.

Er war sich vollkommen darüber im Klaren, dass die Trinkerei das pure Gift für ihn war. Er war alles andere als der klassische Alkoholiker. Wenn er sich recht daran erinnerte, konnte er mit diesem Zeug überhaupt noch nie umgehen. Und genau das war das Gefährliche daran. Anne hatte ab und an gerne einen getrunken, sie war immer aufgeblüht, wenn in Gesellschaft die fortgerückte Stunde der alkoholbedingten Enthemmung schlug.

Er begann sich selbst zu hassen. Zu hassen wegen seiner eigenen Verbohrtheit, wegen seiner eigenen Unfähigkeit, die Lockerheit an den Tag zu legen, die anderen zu eigen war, und um derentwegen er so etwas wie Neid verspürte. Er hasste diesen Neid inzwischen ebenso wie die Inlinermentalität der meisten Leute in seinem Alter.

Genau. So war es. Seine Generation war die von jungen Leuten mit Inlinermentalität. Hauptsache Spaß im Leben. Alles andere war gleichgültig.

Hätte er sich über all jene aufregen können, wäre alles in Ordnung gewesen. Doch das Problem lag tiefer. Er konnte sich selbst nicht ausstehen, das war das Fatale an der Sache.

Von anderen betrogen zu werden, emotional beklaut, angelogen, Tag für Tag, Stunde um Stunde - das alles war auszuhalten. Neue Freunde, neue Lügen. Neue Telefonnummern, neue Enttäuschungen.

Diese Kausalitätsketten kannte er seit Jahren. Doch die alles entscheidende Frage war die, ob er selbst anders als die anderen war. Vielleicht war es jetzt einfach an der Zeit, dass sein bisher gut funktionierendes Kartenhaus begann zusammenzufallen. Wenn er versuchte, den Ursachen auf den Grund zu kommen, schwankten die Gedanken zwischen einer unsäglichen Selbstüberschätzung, ja Arroganz seiner Umwelt gegenüber und der manchmal niederschmetternden Selbsteinschätzung, selbst unfähig zu sein, ja vielleicht noch nie über die Fähigkeit verfügt zu haben, die Art von Gesellschaft zu pflegen, wie sie ihm eine unbekannte Norm immer und immer wieder vorschrieb. Gesellschaftsfähig. Missfits. Nicht gesellschaftsfähig. Gable und Monroe.

Gabler lag betrunken auf dem Bett. Betrunken am helllichten Tag. Das war neu, bisher hatte er immer nur abends getrunken. Alarmstufe Rot also. Er dachte an die Wüste. An die Farben Ocker und Zinnober. An die unerträgliche Hitze des Tages und die klirrende Kälte der Nacht. Den Sternenhimmel, die Komplexität des planetarischen Systems.

Normen. Das Wort Normen überhaupt. Wie stand er als Jurist zu diesem Begriff? Hatte er jemals darüber ernsthaft nachgedacht? Disziplin. Was war das? Gab es eine Disziplin im Universum? War die Gesellschaft ein Planetarium? War alles unerreichbar, weit fort?

Gesellschaftsnorm. Gesellschaftsdisziplin. Unterhaltung.

Das halbe Leben lag noch vor ihm und doch gab es Tage, an denen er sich schon am Ende dieses Schlauches zu befinden glaubte. Dieses Schlauches von Normen und Disziplin.

Konnte man so etwas lernen? Studieren? Gab es ein Studium mit dem Abschluss „Gesellschaftsgenormt"?

Momente wurden zu Summenspielen. Zwei Schritte vor und drei zurück, zwei zurück und einen nach vorne.

Wie kommt man in die Gesellschaft? Wie lernt man Leute kennen? Vor allem die richtigen? In der Schule, im Kindergarten, am Arbeitsplatz? Im Sport- oder Musikverein? Auf der Straße? Nachbarn? War es überhaupt wichtig, Leute zu kennen? Was oder wer sind Leute überhaupt? Der Bundeskanzler, ein Popstar, der neue Besitzer des größten Inlinerladens der Stadt?

All diese Komponenten hatte er doch schon Jahre zuvor durchdacht und durchlebt. Am Anfang ihrer Beziehung hatte er das alles mit Anne durchgesprochen. Nächtelang. Und es hatte funktioniert. Fast fünf Jahre lang. Alexander Gabler. Weltsoziologe, Welterklärer. Alles ist eine Schublade, dachte er. Fragt sich nur was drin ist.

Er erinnerte sich an einen Abend während seiner Studienzeit, er jobbte damals in einem Café als Aushilfsbedienung, als er zu Hause nach der Arbeit beim Durchstöbern seiner Setzkastenutensilien eine leere Kassenrolle fand. Zusammen mit anderen unnützen Dingen hatte sie in einer Schachtel mehrere Umzüge überlebt. Nun befand sie sich neben einer Plastikmickymaus, einer alten Mundharmonika und ein paar kleinen Steinen und anderem Krimskrams in der Schreibtischschublade. Er hatte sie vollgeschrieben mit dem Wort „Ich". Ob es hunderte oder nur dutzende Autogrammen waren, die dabei entstanden, er vermochte es heute nicht mehr zu sagen. Eine eher autistische Performance.

War das irre? War es etwa normaler als der Auftritt des Alten mit dem Staubmantel? Interessierte das überhaupt jemanden, diese Anhäufung von Ichs?

Anschließend hatte er alle seine Bleistifte neu gespitzt, er hatte die Kugelschreiber nach Farben sortiert, die Brille seines Opas aufgesetzt, durch die er kaum etwas sehen konnte. Er war in seiner damaligen Einzimmerwohnung herumgeirrt, hatte vor dem Spiegel Grimassen gemacht.

Kurze Zeit später dann hatte er eine Brille gekauft, eine grüne, wegen der Mode, sie war weder Lese- noch Sonnenbrille, sie war einfach nur grün. So grün wie die Farbe des Lieblingsbleistiftes. So grün wie die Farbe des Teppichs in seinem Zimmer. So grün wie die Hoffnung. All diese Absonderlichkeiten kamen ihm jetzt in den Sinn.

Gabler zitterte immer noch und wurde von einem heftigen Hustenanfall heimgesucht. Er begab sich ins Badezimmer, schüttelte sich über dem Waschbecken.

Als er in den Spiegel schaute dachte er an den Schriftzug auf seinem Grabstein. Hier ruht Alexander Gabler, geboren 1963, tot gesoffen Anno domini. War das das Ende?

So tückisch wie die Türe, die man von beiden Seiten auf und zuschließen konnte, auch wenn eine Seite schon abgeschlossen war, das schien seine derzeitige Situation. Eine Türe ohne endgültigen Riegel.

Gabler versuchte trotz heftigsten Hustens eine Analyse. Was hatte er falsch gemacht, warum war er arbeitslos, warum war ihm die Freundin davongelaufen. Freundin! Welche kindische Bezeichnung überhaupt. Anne war seine Frau gewesen. Sie hatten zusammen gelebt. Genau. Warum war er geschieden, musste es heißen. Warum war er pleite, warum drauf und dran, dem Alkohol zu verfallen?

Alles Ende – und die Stimmung in seiner Wohnzelle war mehr als endzeitlich - musste doch einen neuen Anfang in sich bergen. Das hatte er schon mehrmals erfahren. Auch damals vor zehn Jahren nach seinem Studienabbruch. Genau. Analyse. Das war das Zauberwort. Mehrmals sagte es Gabler sich selbst vor dem Spiegel ins Gesicht.

A-n-a-l-y-s-e...

Langsam zum Mitschreiben. Nicht im mathematischen Sinne, nicht im psychiatrischen. Gabler war kein Fan von Naturwissenschaften. Schon als Kind war das so gewesen. Das Ende und sein Anfang. Genau.

G-e-n-a-u. Gabler bemühte sich, das Spiegelgesicht anzulächeln.

G-e-n-a-u wiederholte er nochmals.

Früher war man von ihm gewohnt gewesen, dass er in Gesellschaft glänzend unterhalten konnte. Dabei begann es immer in derselben langweiligen Form: „Ach ja, und was macht den der soundso, oder die soundso jetzt, habe ich ja schon lange nicht mehr gesehen, ist vielleicht schon verheiratet, oder hat schon Kinder, war sie nicht auch in deiner Klasse?" Und so weiter und so fort. Bei näheren Bekannten, mit denen man sich öfter traf, stellte sich nach den aktuellen Tageserlebnissen meist gähnende Langeweile ein. Gabler war ein kleines Kommunikationsgenie.

Er verfügte seit jeher über die seltene Begabung, solch peinlichen Zusammenkünften eine positive Wendung zu geben. Innerhalb von wenigen Minuten war er dazu in der Lage eine ganze Gesellschaft mit seiner mitreißenden Art zu begeistern. Ganze Abende lang hatte er so schon glänzen können. Die ganze Sache hatte nur einen entscheidenden Haken: Selbst wenn Anne am nächsten Morgen sagte, dass er wieder einmal richtig gut drauf gewesen sei, ein Defizit blieb immer: Gablers Unterhaltungskünste wurden weder bezahlt, noch warfen sie Gewicht in irgendeine emotionale Beziehungswaagschale.

Im Gegenteil: Wenn Anne nach der Arbeit nach Hause kam und er auf ihre Standardfrage, was er denn morgens getan hatte, mit der Standardantwort „eingekauft, geputzt, abgewaschen und gekocht" antwortete, war für sie der vorige Abend bereits vergessen. Im Büro hatte sie der Alltag mit seinen erfolgreichen Jungingenieuren wieder eingeholt.

Während sie innerhalb der Firma vermutlich ständig am Flirten war, war Gabler damit beschäftigt gewesen, die Sauerei vom Vorabend aufzuräumen. Anne legte Wert auf Sauberkeit. Alles hatte an seinem Platz zu sein, alles musste glänzen.

Glänzen. Genau. Meister Propper macht so sauber, dass man sich drin spiegeln kann. Vielleicht sollte es Gabler doch als Werbetexter versuchen. Ein Job wie die Namensfindung für das neue Szenebier wäre schon gut. Vierstellig bezahlt, im oberen Bereich. Er dachte an die Germanistische Diplomblüte. Hatte sie angerufen? Das Telefon war ja abgeschaltet. Sie konnte ihn gar nicht erreichen. Vielleicht sollte er in den neuen Tempel mit den gelben Neonröhren gehen heute Abend? Vielleicht konnte er sie dort treffen?

Wasch Dich endlich wieder mal, sagte er zu seinem Spiegelbild. Wasch dich und geh in dich. Und überprüfe Dein Inneres Alexander. Sei ehrlich. Ein heißes Bad sollte Wunder wirken. Die Situation war nicht so ausweglos, wie es auf den ersten Blick ausschaute. Gabler hatte ein Dach über dem Kopf, er war zumindest physisch gesund, und er war denn ohne Übertreibung nicht ganz so unattraktiv, wie er sich nach Annes Rückzug gefühlt hatte.

Was waren die Ergebnisse der zahllosen Abende. Gabler vermied es, darüber nachzudenken, was ihn das alles eigentlich gekostet hatte.

„Sofort ausblenden", dachte er.

Letztendlich redete man mit Menschen über andere Menschen, begriff dabei nichts anderes als die alles entscheidenden Dinge wie Wein- oder Biergläser, Kaffeetassen oder Zigaretten, zu besonderen Anlässen auch Zigarren. Tatsächlich hatte Gabler vor wenigen Wochen an einem der letzten Abende noch eine Zigarre in der Hand gehabt. Mitgebracht von Oliver, Annes Lieblingsbekanntem, der immer samstags vorbeischaute.

Oliver hatte sich vor Jahren, noch bevor Gabler und Anne sich kennengelernt hatten, einmal intensiv um eine Beziehung bemüht. Anne hatte damals abgelehnt. Aufgrund der gelben Nikotinfinger, die er immer habe, wie sie einmal gesagt hatte. Er war Physiker von Beruf und arbeitete bei einem großen Automobilkonzern.

Mit der Regelmäßigkeit eines Präzisionsuhrwerks kam dieser Mensch zu Besuch, wobei sämtliche Treffen dergestalt endeten, dass Gabler nach den ersten zwei Rotweinflaschen, die man gemeinsam zu sich nahm, ermüdet ins Bett ging und Anne und Oliver die dritte Flasche leerten.

Die Gesprächsinhalte drehten sich meist um Olivers Lamento, dass er immer noch auf der Suche nach einer geeigneten Frau sei. Bei den diversen Namen, die er abwechselnd nannte, verlieh er dem Ganzen in seiner mit dem Laufe der Zeit immer größer werdenden Belanglosigkeit durch das Spitzen seines Mundes eine gewisse geheimnisvolle Stimmung.

Pavina konnte Gabler sich noch erinnern, oder Clavina, vielleicht auch Clarinetta. Es war zum Kotzen. Oliver in seiner geheimnisvollen Langeweile war das Letzte, was Gabler jetzt im Moment ertragen konnte. Im Grunde war Oliver ein netter Kerl, ab und an spielten sie sogar eine Partie Schach oder Backgammon. Doch Gabler mied alle Menschen, die in irgendeiner Beziehung zu Anne standen. Mit wenigen Ausnahmen.

„Sofort umschalten", dachte er.

Auch all die anderen Namen waren nicht dazu angetan, seine Gedanken in entscheidendem Maße aufzuhellen.

„Überhaupt. Wo sind die jetzt eigentlich alle", dachte er.

„Was hat mir das alles eigentlich gebracht"? dachte er.

Warum steh ich hier eigentlich besoffen vor dem Spiegel? Ist es mein Ziel, meine Aufgabe, mich wieder aufzurüsten für ein Leben, bei dem einem morgens vor dem Spiegel die ersten Gesichtsfalten sagen, man solle vielleicht etwas vorsichtiger sein? Oder für furchtbare Kopfschmerzen, die einen immer wieder zu Tabletten greifen lassen, deren einzige Wirkung darin besteht, für den kommenden Abend etwas besser gerüstet zu sein. Gerüstet für noch mehr inhaltsloses Geschwätz bedingt durch noch mehr Alkohol?

Ganz langsam und noch mal von vorne, dachte Gabler. Erst mal zwei Schritte nach vorn und nur noch einen zurück.

Wie war das mit der Hoffnung? Mit dem grünen Blei-stift, der grünen Brille, dem grünen Teppich?

War Hoffnung etwa eine Krankheit? Wohl nicht, das schien klar. Der kleinste gemeinsame Nenner sozusagen. War das Leben eine abbrennende Glut, eine psychotische Autogrammsammlung auf einer Kassenrolle?

War es das Ziel, Weltrekordler im Sammeln von Tele-fonnummern zu werden?

War die Hoffnung ein Supermarkt?

War sie grün, rot, lila, blau?

War sie vor ein paar Wochen hier ausgezogen?

Lag sie in irgendeiner anderen Wohnung im Bett?

Kam und ging sie durch die Tür, wann immer sie wollte?

War sie frei?

War die Hoffnung eine Imbissbude oder ein Schnapsla-den?

Gabler stockte.

S-c-h-n-a-p-s-l-a-d-e-n sagte er ein letztes Mal zu seinem Spiegelbild, bevor er das Badezimmer verließ. Wenn die Gedanken frei sind, ist es auch die Kleiderordnung in der eigenen Wohnung. Zwar war die Miete für diesen Monat noch nicht bezahlt, und es ging schon gegen Mitte April, doch anziehen konnte er sich immer noch wie er wollte. Er legte Unterhemd und Unterhose an, zog seinen Trenchcoat darüber und ging barfuß in die Küche.

Der beklemmende Gang in dem er sich befand, immer enger werdend, schmaler in seiner Aussicht, vernebelt und kalt, passte so ganz und gar zur Jahreszeit. Kafka hätte ihn ausgelacht. Draußen kam noch einmal Frost auf, zu den Ge-danken an das einstige Klirren der Gläser in diesen Räumen gesellte sich die klirrende Kälte. Vom Alkohol war Gabler so aufgewärmt, dass er inzwischen das Stadium eines trügeri-schen nicht-mehr-Frierens erreicht hatte. Das konnte gefährlich werden. Er stand an der Kaffeemaschine, goss sich eine Tasse voll und griff zu der Flasche mit dem Bioobstler.

S-c-h-n-a-p-s-l-a-d-e-n hallte es in seinem Kopf. Eine Welt aus Molekülen.

Gabler erinnerte sich an den Alten mit dem Staubmantel. Er zögerte.

Bin ich wahnsinnig, dachte er.

Draußen vor dem Fenster saß eine Krähe auf einem der Äste des Nussbaums, der fast bis in die Küche hineinragte. Sie wippte mit dem Kopf, wobei sie Gabler direkt in die Augen schaute. Ihr Gefieder hatte durch den Schmutz der Fensterscheiben das Grau des Staubmantels.

Das erste Mal seit Tagen machte Gabler wieder eine entschlossene Handbewegung. Genau genommen waren es zwei. Zuerst fasste er sich an den Kopf, das heißt, er schlug mit der flachen rechten Hand gegen seine Stirn. Anne hatte diese Angewohnheit immer gehasst. Anschließend nahm er die Schnapsflasche und goss den Rest, der noch übrig war, in den Ausguss. In einem der Regale stand noch ein Kunststoffkanister, mit dem er in der/selben Weise verfuhr. An die drei Liter mochten es noch gewesen sein.

„Weg damit und zwar schnell", dachte er.

Der Geruch brannte ihm noch in der Nase. Es war zwei Uhr nachmittags, Gabler überkam plötzlich eine ungeheure Müdigkeit. Er ging in das große Zimmer, zog den Trenchcoat aus und legte sich auf sein Bücherbett. Für heute hatte er schon mal etwas geleistet.

Achten Sie auf das Verfallsdatum Ihres Selbstbewusstseins, hörte er noch, bevor er in den Schlaf sank. Eine Welt voller Moleküle, vielleicht war das die Lösung.

No 9

Am nächsten Morgen fiel Gabler beim Kaffeekochen ein, dass er in seinem Schreibtisch noch ein altes Prepaid-Handy hatte. Er konnte damit zwar niemanden anrufen, aber man konnte ihn erreichen, vielleicht gab es ja irgendetwas Wichtiges. Er schaltete das Ding an und aktivierte es mit der PIN Nummer. Der Akku war noch geladen, es funktionierte. Und tatsächlich klingelte es, als Gabler gerade noch im Bad war. Es war schon später Vormittag, er nahm ab.

„Hallo Alexander, wie geht es dir?"

Es war seine Mutter. Er hätte es sich denken können, sie hatte wie gesagt ein feines Gespür und meldete sich regelmäßig dann, wenn es ihm schlecht ging.

„Es geht O. K., danke", log er.

„Ich habe es immer wieder die letzten Tage auf dem Festnetz versucht, aber ich konnte dich nicht erreichen. Was treibt ihr denn so, wie geht es Anne?"

Gabler mochte seine Mutter, aber das letzte, was er jetzt brauchen konnte war ein Gespräch über Anne.

„Nein Mama, Anne ist in den USA, das habe ich dir doch kürzlich schon erzählt. Sie hat dort einen Job und schreibt ihre Diplomarbeit."

Gabler war sich jetzt gar nicht darüber im Klaren, ob seine Eltern schon die Trennung realisiert hatten.

„Anne und ich, wir haben uns getrennt, sie ist schon vor sechs Wochen ausgezogen."

„Oh Gott, das wusste ich ja noch gar nicht. Warum hast du uns denn nichts gesagt. Das ist ja furchtbar. Wie geht es dir denn dabei? Brauchst du irgendwas, kann ich irgendwas für dich tun?"

„Nein danke Mama, es ist alles O. K. soweit."

Gar nichts war O. K., Gabler log dass sich die Balken bogen. Sollte er seine Mutter um Geld fragen? Er beschloss, es nicht zu tun.

„Kommst du uns denn wieder mal besuchen?"

„Ja, wenn ich Zeit habe", log Gabler weiter.

„Was macht denn dein Job bei der Zeitung, hast du Arbeit?"

„Ja, das funktioniert."

„Vielleicht war Anne doch nicht die Richtige für dich."

Das war die typische Diagnose, wie sie wohl alle Mütter anstellen.

„Ja, vielleicht hast du Recht", sagte Gabler.

„Ich muss jetzt, ich melde mich die Tage, danke für deinen Anruf."

„Ja, Tschüss Alexander, lass den Kopf nicht hängen."

„Tschüss Mama."

Gabler dachte nach. Er war drauf und dran gewesen, seine Mutter um Geld anzupumpen. Sie hätte ihm bestimmt aus der Patsche geholfen. Aber er wollte selbst aus dem Schlamassel wieder herausfinden. Erst einmal den Artikel über die Kneipeneröffnung, das brachte nicht wirklich was, aber für Kaffee und Zigaretten sollte es reichen. Das Rauchen aufzugeben war momentan kein Thema. Ein Problem war, dass das Magazin das Honorar auf sein Giro überweisen würde, das dauerte einige Tage und sein Dispo war so weit im Keller, dass er keinen Cent mehr von seinem Konto abheben konnte. Eine Möglichkeit gab es noch: Er hatte vor ein paar Jahren eine Rentenversicherung abgeschlossen, die konnte er flüssig machen, allerdings mit erheblichen Verlusten. Er beschloss den Makler anzurufen. Erst einmal musste er sein Handy wieder flott kriegen. Auf dem Regal in der Küche stand noch eine Spardose mit Charlie Chaplin Aufdruck, in der er zusammen mit Anne Kleingeld gesammelt hatte. Das hatten sie bei der Generalabrechnung vergessen. Gabler zählte die Cent-Stücke, es waren ziemlich genau vierzig Euro. Viel konnte der damit nicht anfangen, aber immerhin. Er rechnete: Zigaretten vier Euro, neue Karte fürs Handy zehn Euro, blieben noch ungefähr zwanzig Euro für Essen und Trinken. Die Stromrechnung der Stadtwerke ließ er erst einmal links liegen, das konnte noch ein paar Tage warten.

Gabler zog seine Klamotten an und machte sich auf den Weg ins nahegelegene Einkaufszentrum. Dort nahm er seinen Espresso beim Franzosen und schaute in die Zeitung. Die Redaktion hatte seine Rezension über einen Roman von Carl Zuckmayer abgedruckt. Bingo, das sind wieder 40 Euro, es geht voran. Seine Laune verbesserte sich ein wenig. Er kaufte Nudeln, Gemüse und Obst ein, etwas Käse. Viel gab die Spardose nicht her, aber hungern musste er nicht.

Er ging nach Hause und setzte sich an den Artikel über die Kneipeneröffnung. Das Interview mit dem Brauereigebietsleiter erfand er schlicht, er konnte ja nicht schreiben, welches Honorar die Werbeagentur für die Namensfindung des Gesöffs bekommen hatte. Im Erfinden war Gabler schon immer gut gewesen.

Der Aufsatz forderte ihn nicht wirklich, in einer guten halben Stunde war er durch, mailte den Text samt Fotos an die Redaktion des Magazins und beschloss, am Nachmittag noch etwas nach draußen zu gehen. Vielleicht würde eine kleine Radtour ihm gut tun. Das Wetter war prima, die Kälte hatte sich verzogen, es waren schätzungsweise an die 15 Grad.

Er ging nach unten und wollte sein Rad aus dem Garten holen. Dort traute er seinen Augen nicht, das Rad war fort, gestohlen. Er hatte es abgeschlossen, dessen war er sich sicher. Es war das alte Hollandrad seines Vaters gewesen, das dieser ihm vor ein paar Jahren geschenkt hatte.

„Der Tag hat so gut angefangen", dachte Gabler. Wenn es dagegen läuft, dann richtig. Wer war schon so dämlich, ein solch auffälliges Rad zu stehlen? In Zeiten von Trekking Rädern und Mountainbikes war ein Hollandrad ja eine echte Rarität und somit sehr auffällig.

Gabler verschob seinen Ausflug ins Grüne und ging die paar Meter zum Polizeipräsidium. Er erstattete Anzeige, die Beamten konnten nicht mehr tun als seine Daten aufzunehmen.

Gabler hatte leider kein Foto, die Seriennummer des Rahmens war ihm ebenfalls nicht bekannt. O. K., shit, dumm gelaufen. Der Polizeibeamte fragte, ob er eine Hausratsversicherung habe, die würde den Schaden eventuell ersetzen. Ja, das hatten er und Anne noch beim Einzug in die gemeinsame Wohnung gemacht. Zum Glück.

Gabler rief seinen Vater an und erzählte was passiert war.

Ob es noch eine Rechnung für das Fahrrad gäbe? Ja klar, der Senior war in solcherlei Hinsicht immer sehr gewissenhaft. Er hatte sogar auf der Rechnung noch die Seriennummer notiert. Das müsste für die Versicherung im Grunde reichen.

Gabler rief seinen ehemaligen Schulkameraden Rolf an, der Versicherungsmakler war, und bei dem er die Hausratsversicherung abgeschlossen hatte.

„Das sollte kein Problem sein", sagte Rolf. „Schick mit die Rechnung mit der Post, ich kümmere mich. War das Rad denn abgeschlossen? Stand es auf der Straße?"

„Nein, bei mir im Garten", sagte Gabler.

„O. K., wenn die Gartentüre abgeschlossen war, dann wirst du das Geld bekommen."

Gabler war erleichtert. Das Fahrrad war eines seiner wichtigsten Utensilien. Er hatte das gute alte Stück geliebt.

„Und, wie geht es dir sonst so", wollte Rolf wissen.

„Land unter", sagte Gabler, „Anne hat gekündigt. Ich glaube es ging mir lange nicht so schlecht." Die Antwort war ehrlich.

„Oh je, das hört sich nicht gut an. Wohnt ihr noch zusammen?"

„Nein, sie ist ausgezogen."

„Kann ich was für dich tun?"

„Danke, im Moment nicht. Lass uns mal wieder Billard spielen. Ich melde mich und schick dir die Rechnung vom Rad, machs gut."

„Mach's besser, so long."

Gabler hockte auf seinem Bücherbett und dachte nach. Er schaute auf seine Schallplattensammlung. Nein, tu das nicht, dachte er gleich. Nicht die Schallplatten. Er zog es in Erwägung, seine an die drei Hundert Schallplatten zu verkaufen. Sie waren mit das liebste und teuerste, was er besaß. Nein, nicht die Schallplatten. Tu es nicht Alexander, tu es nicht.

Er begann zu rechnen. Auf seinem Konto war er mit ungefähr fünf Tausend Euro in der Kreide. Wenn er für jede Schallplatte im Schnitt zehn Euro bekäme, wäre er erst einmal aus dem Schneider. Aber zehn Euro, das würde nicht aufgehen. Vielleicht sieben Euro oder gar nur fünf? Tu es nicht Alexander, tu es nicht. Mit unendlich viel Liebe und Sorgfalt hatte er im Laufe der Jahre die Platten gesammelt. Es waren regelrechte Raritäten dabei, die er zum Teil in London und Paris ergattert hatte. Seltene Klassik- und Jazzaufnahmen. Soul und Rock. Gabler hatte während seiner Studienzeit an der Uni Feten veranstaltet und dabei immer den DJ gemacht. Damals hatte man noch Kassetten aufgenommen und verschenkt. Ein paar seiner Platten waren noch auf eben jene Kassetten gebannt. Wollte er das wirklich? Was wäre die Alternativen? Im Moment fehlte eine größere Einnahmequelle. Was tun also? Schon die Rentenversicherung auflösen?

Nein Alexander, mach das nicht. Seine innere Stimme sagte Nein. Nicht die Platten, sie waren vom ideellen Wert her kostbarer als alles andere, was er besaß. Sein E-Piano könnte er auch verkaufen, das hätte den Vorteil, dass er das Ding jederzeit, wenn er das nötige Geld hatte, sich wieder leisten könnte. Auch die Hardware Plattenspieler selbst konnte man immer ersetzen, den Verstärker auch. Aber die Software Schallplatten war unersetzlich. Was würden Lou Reed sagen oder die Talking Heads, was würden Herbie Hancock sagen oder Miles Davis, wenn man ihre Werke derart verschleuderte? Tom Waits flüssig machen für ein paar Euro? Gabler schien zu allem entschlossen. Er kniff sich in die Backe und überprüfte, ob er bei vollem Bewusstsein war. Es tat weh, er träumte also nicht. Augen zu und durch. Es sind ja nur Schallplatten. Vinyl war wieder gefragt.

Gabler beschloss, in die Stadt zu laufen und sich einen Kaffee zu leisten. Auf dem Weg konnte er darüber nachdenken, ob er wirklich seine Sammlung flüssig machen wollte. Es gab nur noch zwei Plattenläden in der Stadt, den ersten führte ein ehemaliger Nachbar von ihm. Er konnte ja erst einmal unverbindlich nachfragen, was seine Sammlung überhaupt für einen Wert hatte. Genau, Christian hieß der Typ vom Plattenladen. Die hatten auch secondhand Schallplatten. Gabler beschloss, den Kaffee sausen zu lassen, das war nicht dringend. Er steuerte den Laden an, Christian war gerade in einem Kundengespräch, Gabler wartete.

„Hallo Christian", begrüßte er den Inhaber. „Kennst du mich noch?"

„Ja klar, du bist doch der Alexander. Was führt dich zu uns?"

„Ich wollte fragen, ob ihr Interesse an meiner Schallplattensammlung habt."

„Ja klar, im Prinzip immer. Wir nehmen alles außer Klassik, das geht bei uns nicht. Was sind es denn für Platten? Soul geht bei uns grade gut und Jazz, die frühen Sachen von Miles Davis und der ganzen Motown Gang. Bring doch einfach mal ein paar Sachen mit, dann schauen wir."

„O. K., danke. Bist du den ganzen Tag da? Das Problem ist, ich habe grade kein Auto."

„Sonst kann ich auch zu dir kommen. Wo wohnst du denn jetzt?"

„Nicht weit, über die Fahrradbrücke rüber am Ebert-Platz."

„O. K., dann lass uns doch bei dir treffen. Ich habe um 18 Uhr Feierabend."

„Prima, es ist die Hausnummer 12, dritter Stock. Dann bin ich um 18 Uhr zuhause und warte auf dich."

„O. K. gut."

„Was bezahlt ihr denn für eine Scheibe?"

„Das kommt auf den Zustand an und ob sich die Teile verkaufen lassen oder eher nicht. Ich muss es mir anschauen. Ich komme gegen halb sieben."

„Gut, dann bis später."

Gabler verabschiedete sich und schlug den Weg in sein Stammcafé ein. Dort angekommen nahm er sich die SÜDDEUTSCHE, er hatte sich vorgenommen, jeden Tag mindestens ein paar Minuten in einer überregionalen Zeitung zu lesen. Der Kaffee hier war gut und preiswert, da man sich noch die Zeitung inklusive dazu nehmen konnte. Die politische Großwetterlage gab gerade nichts Spannendes her, der Aufmacher im Feuilleton war ein Aufsatz über Kitsch und Biedermeier. Gabler las ein paar Zeilen und wechselte dann zum Sportteil. Auch hier stand nichts Lesenswertes drin. Im Augenblick gab es andere Sorgen als den FC Bayern oder die bevorstehenden Landtagswahlen. Gabler legte die Zeitung wieder beiseite und bezahlte seinen Kaffee. Er beschloss einen Umweg zu nehmen und ging ein paar Schritte am See entlang.

Er dachte an den Alten im Staubmantel. Die Welt ist voller Moleküle, vielleicht war das die Lösung aller Probleme. Im Grunde eine ebenso lapidare wie bemerkenswerte Vorstellung.

Zuhause angekommen legte Gabler sich mit einem Buch ins Bett. Er war immer noch an der Liebesgeschichte über Nick und Lene. Nach ein paar Minuten schlief er ein und wachte erst wieder auf, als es an der Türe klingelte.

Das musste Christian vom Plattenladen sein. Er drückte den Türöffner. Christian kam die Treppen hoch gelaufen. Gabler hatte die Platten schon mal grob vorsortiert.

„Das ist ja eine ansehnliche Sammlung", sagte Christian. „Und die willst du alle hergeben?"

„Ja, das kommt natürlich auf den Preis an. Was bezahlst du denn pro Scheibe?"

„Lass erst einmal schauen. Wie gesagt, an Klassik haben wir kein Interesse."

Christian blätterte die Sachen durch und stellte schon mal die, welche für ihn in Frage kämen zur Seite. Es war das, was Gabler befürchtet hatte. Seine besten Stücke aus Jazz und Soul erweckten auch das Interesse von Christian. Klar, er war ein Profi. Es waren dann an die hundert Stück. Nun galt es zu verhandeln. Christian schaute sich jede Platte genau an.

„Ich kann dir auch Gutscheine für CDs bei uns im Laden geben."

„Ich brauche Bargeld." Gabler verschlechterte durch diesen Satz seine Verhandlungsposition erheblich. Er hätte es wissen müssen. Nun hatte er Christian schon mal da.

„Kannst du zwölf Euro pro Platte zahlen", fragte er.

Er stellte fest, dass er im Plattenladen gar nicht geschaut hatte, zu welchen Preisen dort die Platten angeboten wurden. Das war mehr als naiv. Gabler war ein schlechter Verhandler. Klar witterte Christian ein Geschäft. Sonst wäre er nicht gekommen. Er sortierte noch einmal und kam dann auf genau 120 Stück.

„Also für die 120 Teile kann ich dir 720 Euro geben, das sind 6 Euro pro Scheibe."

Gabler schluckte. „Hey komm, da sind wirklich schöne Exemplare dabei."

Ihm gingen die Bilder der Schallplattengeschäfte in London und Paris an seinem geistigen Auge vorbei. Auf der Portobello Road in London hatte er einige Soul Platten erstanden, die es vermutlich in Deutschland gar nicht zu kaufen gab. Natürlich hatte Christian die mit aussortiert, er kannte sich aus.

Tu es nicht, sagte Gablers innere Stimme. Tu es nicht. Er war als Verkäufer, der etwas anzubieten hatte eindeutig in der schlechteren Position. Es war ein wenig wie in einem Orientalischen Basar.

„O. K., 900 Euro sind mein letztes Angebot", feilschte Christian. „Du kannst gerne noch eine Nacht drüber schlafen."

Zum Ersten, zum Zweiten und zum Dritten dachte Gabler. Hopp oder Topp. Alles oder nichts, rien ne va plus. Nichts geht mehr. Was würde Anne sagen? Sie hatte es immer gerne, wenn er abends Platten auflegte. Die Teile waren ja fast alle in einem sehr guten Zustand. Fast keine Kratzer, Gabler war immer sehr sorgfältig mit den einzelnen Stücken umgegangen. So what? Die Rechnung war einfach. Er konnte die 900 Euro mitnehmen, davon 600 zur Bank bringen, was seinen Dispo etwas entspannte. Mit den Restlichen 300 konnte er ein paar Tage auskommen, zum ersten Mal dachte Gabler auch an sein E-Klavier. Das ließe sich ebenfalls flüssig machen. Und auch sein SAAB stand noch zum Verkauf, was jedoch eher unwahrscheinlich war. Doch erst einmal musste er den Deal hier mit Christian unter Dach und Fach bringen. Es blieben ja noch ein paar Stücke übrig. „Man soll sein Herz nicht unnötig an Dinge hängen" klang es durchs Wohnzimmer. Also gut, Nase zu und ab ins kalte Wasser.

Gabler streckte Christian die Hand entgegen und beschloss so das Geschäft. Es war traurig und deprimierend, aber nun gab es kein Zurück mehr.

„Ich bin mit dem Auto da", sagte Christian und zog ein Bündel Hunderter aus seiner Jackentasche. Er zählte: Sechs, sieben, acht, neunhundert.

„Kannst du mir beim Tragen helfen?"

„Ja klar", Gabler nahm das Geld und legte es auf den Schreibtisch.

„Du scheinst nicht glücklich. Noch bin ich nicht weg."

„Nein, nein, schon O. K. so, es schmerzt halt."

„Ich verstehe, aber ich möchte Deine Situation auch nicht ausnützen. Damit du nicht ganz so deprimiert bist, gebe ich dir noch einen Gutschein über 100 Euro, damit kannst du CDs bei uns kaufen. Ich sehe, du hast ja schon einige angesammelt."

„Danke, das ist fair." Gabler freute sich nicht wirklich, aber es war eine nette Geste. Christian hatte Kartons im Auto, sie packten zusammen die Platten ein und trugen sie die Treppe runter. Gabler bekam trotz der 900 Euro Bauchschmerzen. Er schaute dem Auto von Christian nach. Eine Sammlung aus 15 Jahren in 10 Minuten hinweg verkauft.

„Nun sind sie fort, für immer fort", sagte er zu sich.

Da fiel ihm ein, dass er Anne auch noch ihren Teil der Kaution schuldete. Das waren noch mal 400 Euro. Lauf Gabler, lauf, dachte er.

No 10

Er kam zu dem Entschluss, sich anstatt eines Bioobstlers eine Tasse Ingwertee zu genehmigen.

Als nächstes kommt der Fernseher dran und dann der Esstisch aus dem Wohnzimmer, dachte er. Die Schallplatten, es sind ja nur Dinge.

„Hauptsache gesund" würde seine Mutter jetzt sagen. Und abgesehen von ein wenig Bauchschmerzen war er ja auch fit, er dachte daran, wieder mehr Sport zu treiben. Alles nur nicht Inlinern. Bald konnte man wieder im See schwimmen, dann würde er jeden Tag ins Freibad gehen. Radfahren fiel grade flach.

Gabler setzte sich an seinen Schreibtisch und machte eine Liste, was er noch zu verhökern hatte, und überschlug, was er jeweils daraus erlösen konnte. Von den Schallplatten waren ja immer noch an die 150 übrig, ein paar Rock- und Popsachen, etwa hundert Klassikplatten. Klassik ging bei den Händlern eher schlecht, das wusste er jetzt, vielleicht behielt er sie einfach. Also setzt er seine restliche „Schallplattensammlung" mit auf die Liste. Der Fernseher für 50 Euro, wenn den überhaupt jemand haben wollte. Sein E-Klavier hatte an die 2.000 Euro gekostet, vielleicht konnte er dafür 1.400 Euro erlösen, es hatte schon ein paar Jahre auf dem Buckel, war aber noch in gutem Zustand.

Der Esstisch könnte für 200 Euro weggehen. An ihm hing Gabler ebenso wie an seinen Schallplatten. Er hatte ihn in Berlin einem Trödler in Kreuzberg abgekauft und ihn durch alle Umzüge seither mitgeschleppt. Es war ein schönes Möbel, ausziehbar aus dunklem Holz. Im Flur standen noch zwei original Thonet Kaffeehausstühle, die dürften allemal einen Käufer finden. Die Bilder an der

Wand, die Gabler ebenfalls über lange Jahre gesammelt hatte und seine Bücher waren erst einmal tabu. Jedenfalls rief er bei der Zeitung an und gab ein Inserat auf unter der Rubrik „Zu verkaufen". Wenn das dann alles so klappen würde, konnte er seinen Dispo zumindest etwas nach unten drücken. Er beschloss, am nächsten Tag den Autohändler anzurufen, bei dem sein SAAB stand.

Wenn es gut liefe, könnte er dafür noch 1.500 Euro bekommen. Er setzte den Wagen mit auf die Liste für das Zeitungsinserat.

„Irgendwann werde ich auch wieder einen Job finden", dachte er. Vom Arbeitsamt kamen so gut wie keine Angebote. Was auch? Die Szene der Journalisten hier in der Region war überschaubar. Auf Lastwagenfahren hatte Gabler keine Lust mehr. Aufladen und abkippen, das war dann doch auf die Dauer für einen begabten Schreiber nicht das Richtige.

Auf kurz oder lang musste das Wohnungsproblem geklärt werden. Alleine konnte er die Wohnung nicht finanzieren. Entweder er machte eine WG oder er suchte sich eine neue Bleibe, in der er dann alleine wohnen würde. Der Wohnungsmarkt in der Stadt für Mietwohnungen war alles andere als entspannt.

Die Region war beliebt, gerade unter Studenten und Leuten, die an der Universität ihr Geld verdienten. Professoren, wissenschaftliche Mitarbeiter et cetera. Die momentane Wohnung war ein Glückstreffer gewesen, drei Zimmer Altbau, nicht weit entfernt von der Innenstadt. Der Preis war für zwei Mieter, wie er und Anne es gewesen waren, bezahlbar.

O. K. dachte Gabler, ich versuche es an der Uni, vielleicht finde ich ja zwei, die interessiert sind, einer müsste dann das alte Schlafzimmer als Durchgangszimmer nehmen. Er würde das Wohnzimmer behalten. Und dann gäbe es noch Annes altes Arbeitszimmer. Flugs war ein kleiner Zettel geschrieben, den Gabler ein paar Mal ausdruckte, er wollte an schwarzen Brettern der Uni Aushänge machen. 2 Zimmer in Dreier-WG zu vermieten, Preis 250 und 200 Euro, Telefonnummer. Ob männliche oder weibliche Mitbewohner, das war erst einmal sekundär. Wichtig war, dass auch die Miete bezahlt wurde, einen Vertrag hielt Gabler für überflüssig. Er machte sich auf den Weg zum Bus, fuhr mit dem Neuner an die Uni, dort hatte er nur noch selten zu tun, manchmal benutzte er noch die Bibliothek, wenn er etwas zu recherchieren hatte.

Auch für das Unitheater, das in der Stadt einen guten Ruf genoss, hatte er einige Kritiken geschrieben. Kurzum, die Erinnerungen an den Campus waren gut, Gabler hielt sich dort immer gerne auf, schon wegen der besonderen Architektur des Gebäudes. Diese war in Deutschland vermutlich einzigartig. Es war eine Mischung aus experimentellem Bauen mit futuristischen Elementen, viel Glas, teils bunt und jede Menge abstrakter Kunst am Bau. Der Komplex lag auf einem Hügel ganz in der Nähe des Sees mit einem nahegelegenen Wald.

Erst einmal ging der Weg in die Mensa, die noch offen hatte. Sie gab einen wunderschönen Blick auf den See frei, Gabler holte sich eine Tasse Kaffee und einen Marmorkuchen. Ein paar Mal hatte er hier mit Anne gesessen. Was sie wohl machte in Dallas?

Er spielte mit dem Gedanken, sie anzurufen, die Mobilnummer hatte er schon versucht, vielleicht hatte ihre Mutter eine Festnetznummer.

Nach Kaffee und Kuchen ging er an den Eingang der Bibliothek, dort konnte er am ersten schwarzen Brett einen Zettel aufhängen. Es war kurios, kaum hatte er das Ding mit einer Reißzwecke gepinnt, sprach ihn von hinten ein Typ an.

„Ich nehme das Zimmer sofort", sagte der. „Ich bin der Daniel."

„Alexander, ja prima, was studierst du denn?"

„Biologie, ich sitze grade an meiner Diplomarbeit."

„Hast du schon WG Erfahrung?"

„Klar, aber zur Zeit wohne ich alleine, mein Vermieter hat gekündigt wegen Eigenbedarf, ich muss nächsten Monat raus."

„Oh, dann ist es also dringend." Gabler fand Daniel sympathisch.

„Wenn es dir Recht ist, kannst du sofort einziehen. Das billigere Zimmer ist ein Durchgangszimmer.

„Das würde ich gerne nehmen. 200 Euro ist ein guter Preis. Wo ist es denn genau?"

„Am Ebert-Platz, gleich bei der Fahrradbrücke, Altbau, dritter Stock."

Daniel war auf Zack, nicht nur weil er so schnell reagiert hatte, er machte auch sonst einen guten Eindruck. Gabler war zufrieden, das ließ sich prima an. Sie verabredeten einen Besichtigungstermin für den Abend. So schlecht ist die Welt nun doch nicht, dachte Gabler. Aber immer auf der Hut sein, wer weiß was noch kommen wird.

Zuhause fand er dann endlich die Muße für die Geschichte von Nick und Lene, er las die Novelle in einem Rutsch durch, Gabler war ein Viel- und Schnellleser. Gegen 19 Uhr klingelte es, das musste Daniel sein. Gabler öffnete und freute sich.

„Hallo", sagte er zur Begrüßung, „hast du es gleich gefunden?"

„Ja, war nicht schwierig, ich bin mit dem Rad da."

„Ich kann dir gleich das Zimmer zeigen, wenn du magst.

„Möchtest du eine Tasse Tee?"

„Gerne, ich bin gespannt."

Gabler setzte Wasser auf und führte Daniel durch die Wohnung.

„Bad und Küche benutzen wir natürlich gemeinsam. Wir haben eine Waschmaschine, wenn du das Durchgangszimmer möchtest, das wäre hier. Die Kartons würde ich selbstverständlich noch wegräumen, wie du siehst hat das Zimmer Teppichboden und ein großes Fenster, knappe 14 Quadratmeter. Es war das Schlafzimmer von mir und meiner Lebensgefährtin. Ist das O. K. für dich? Das andere Zimmer würden wir dann noch vermieten, ich denke wir finden jemanden."

„Ja, schaut gut aus. 200 Euro hast du gesagt."

„Ja genau. Kaution brauche ich keine. Passt das?"

„Abgemacht. Ich könnte zum Wochenende einziehen."

„Wunderbar." Gabler war glücklich.

Die beiden tranken noch eine Tasse Tee zusammen und erzählten sich ein paar Details aus ihrem Leben. Gabler sprach über Anne und dass er Journalist sei, Daniel war solo, das sollte nicht stören, es war Gabler sogar lieber, dann würde die Bude nicht ständig überbevölkert sein. Daniel rauchte nicht, auch das war gut, denn so wurde die Tapete geschont, er und Anne hatten im Schlafzimmer nie geraucht.

„Ein Durchgangszimmer ist keine einfache Sache", gab Gabler noch zu bedenken. Er selbst hatte in seiner ersten WG in München in einem Durchgangszimmer gewohnt, das warf doch erhebliche Komplikationen auf. Damals war es eine WG mit zwei Frauen gewesen.

Die eine der beiden war magersüchtig, die andere zu sehr dem Alkohol zugetan. Das ging ein paar Monate gut, dann wechselte Gabler den Studienort und zog aus der

Stadt weg. Daniel schien intelligent genug um zu wissen, was ihn erwartete.

„Die Miete bitte am ersten des Monats bar auf die Hand, passt das für dich?"

Daniel nickte. „Logisch, das passt."

Sie wechselten noch ein paar Worte, ehe Daniel sich verabschiedete.

„Also denn, ich freue mich. Soweit wäre alles gut für mich", sagte Gabler und brachte Daniel zur Türe.

„Wir sehen uns am Wochenende, lass uns telefonieren."

„Tschüss", verabschiedete sich Daniel. „Ich freue mich auch."

Gabler war erst einmal zufrieden. Es schien bergauf zu gehen. Jetzt nur nicht übermütig werden, es warteten noch einige Probleme, die gelöst werden wollten. Immer noch die drohende Pleite, ganz zu schweigen von der Ruine Beziehung, vor deren Trümmern er stand.

Er setze sich an seinen Rechner und hackte die Besprechung von Nick und Lene in die Tasten. Es lief gut, er hatte das Buch gerne gelesen und ließ das auch so in seine Kritik einfließen. Der Autor war ein Israeli. Nick und Lene hatten sich nach einer beendeten Beziehung innerhalb eines Jahres wieder zusammen gefunden. Es war eine Happy End Geschichte. Das war an sich nichts Schlechtes, nach Gablers Geschmack musste es nicht immer tragisch im Sinne eines Dostojewski enden. Auch Liebesromane sollten ihre Existenzberechtigung haben. Viele große Autoren hatten Liebesromane verfasst. Letztlich war es eine Frage des Stils. Der amerikanische Autor Philip Roth, seit Jahren als einer der Favoriten für den Literatur Nobelpreis gehandelt, schrieb viel über Beziehungen. Gabler hatte nicht all seine Bücher gelesen, aber doch einige. Er mochte Roth, diesen intellektuellen Querkopf gerne. Es waren oft Geschichten über einen Meister des Scheiterns. Roth machte Mut mit seinen Storys, jedenfalls erging es Gabler so. Hesse zum Beispiel hatte er immer als sehr depressiv empfunden. Ja, die Literatur, Gabler selbst hatte noch nicht viel geschrieben. Gedichte und ein paar Kurzgeschichten. Er dachte an einen Roman. Vielleicht über die Beziehung zu Anne.

Seit einiger Zeit führte er wieder ein Tagebuch. Er saß abends meist mit seinem Diktiergerät auf dem Sessel, den er von seiner Oma geerbt hatte und sprach die Geschehnisse des Tages auf Band. Keine Literatur, eher eine Erinnerungsübung. Er nahm die Tagebücher von Max Frisch in die Hände und las ein wenig. Frisch war Architekt gewesen, Gabler mochte dessen Stil, „Andorra" hatte er als Theaterstück gesehen und für die Zeitung besprochen, es war immer noch in guter Erinnerung. Wie oft beim Lesen am Abend überfiel Gabler eine bleierne Müdigkeit. Er konnte am besten morgens oder am Nachmittag lesen. Gerade als er eingenickt war klingelte das Telefon.

„Gabler?"

„Hallo, hier ist die Kerstin", meldete sich eine Frauenstimme. „Ich rufe wegen des Zimmers an, ist das noch aktuell?"

„Ja, eines der beiden Zimmer ist noch frei. Wir sind zwei Männer, muss ich dich gleich warnen", lachte Gabler.

„Das dachte ich mir schon. Ja, von mir aus wäre das in Ordnung."

„Was machst du denn an der Uni, studierst du?"

„Nein, ich war zufällig in der Bibliothek und habe deinen Zettel gesehen. Ich bin Musikerin, ich spiele Kontrabass."

Gabler überlegte ein paar Sekunden. Eine Musikerin bedeutete vermutlich, das sie auch würde in der Wohnung üben müssen. Würde ihn das stören? Anne hatte Bratsche gespielt, er selber spielte mehr oder weniger regelmäßig Klavier. Er war also Musik gewöhnt. Ein Kontrabass war weniger schlimm als eine Trompete oder ein Schlagzeug.

„Von mir aus spricht nichts dagegen. Ich möchte aber noch Daniel fragen, der ist schon in den Startlöchern. Können wir uns zu dritt treffen? Ich würde dir morgen Bescheid geben. Hast du morgen Abend eine halbe Stunde, dann können wir schauen, ob die Chemie stimmt?"

Kerstin schien glücklich. „Ja klar, gegen acht?"

„Klingt gut, ich melde mich bei dir. Deine Nummer habe ich auf dem Display."

„Gut, dann warte ich auf deinen Anruf. Tschüss."

„Tschüss Kerstin." Gabler legte auf und wählte gleich die Nummer von Daniel. Der bestätigte den Termin und lachte, als er hörte, dass eine Bassistin Interesse hatte.

„Eine Frau kann uns nur gut tun", sagte er. „Musik ist immer gut."

„Das denke ich auch. Ich bin gespannt, sie hat am Telefon einen netten Eindruck gemacht. O. K. dann sehen wir uns Morgen um acht, bis dann."

„Bis dann."

Gabler räumte die Kartons beiseite, die noch in dem Zimmer standen, das Daniel beziehen würde und saugte den Teppichboden. Der war noch in gutem Zustand. Dann putzte er die beiden Fenster und ließ eine halbe Stunde frische Luft herein. Mit Ausnahme der Tatsache, dass es sich um ein Durchgangszimmer handelte, war das für 200 Euro eine doch passable Bleibe. Er dachte über Kerstin nach. Eine WG barg ein gewisses Risiko in sich, es konnte auch schief gehen. „Denk positiv,'" sagte er zu sich. Ihm fiel ein, dass der Querflötist der Städtischen Philharmonie in der Straße wohnte, ein paar Häuser weiter auf der anderen Straßenseite. Wenn der bei offenem Fenster übte, hörte das die ganze Straße mit. Aber Kontrabass war etwas anderes. Dessen Klang war wärmer als der einer Querflöte. Sollte er Kerstin bitten, das Instrument am nächsten Abend mitzubringen? Nein, das wäre nicht fair. Es würde schon klappen, vielleicht ließe sich ja eine feste Uhrzeit abmachen, zu der geübt werden konnte. Das Problem waren eher die Nachbarn. Direkt ein Stockwerk weiter unten lebte ein Pärchen, die beiden waren im Rentenalter. Der Mann hatte sich schon einmal beschwert, weil Gabler und Anne zu laut Musik gehört hatten, das konnte eventuell kritisch werden. Aber zu bestimmten Uhrzeiten, morgens ab neun Uhr oder nachmittags von 14 bis 18 Uhr sollte Hausmusik möglich sein.

Gabler erinnerte sich, noch eine Platte des Bassisten Charlie Mingus zu haben. Die hatte Christian nicht mitgenommen. Er legte sie auf und stellte fest, dass ein Kontrabass eine angenehme und sonore Angelegenheit war. Soweit er das bei der Aufnahme heraushören konnte. In dem Zimmer, das Kerstin beziehen würde, standen noch ein paar Dinge, die konnte er am nächsten Morgen noch beiseite räumen.

Gabler genoss die Musik und lag noch ein paar Minuten wach auf seinem Bücherbett und starrte an die Decke. Vielleicht würde ja alles gut werden. Er beschloss die Charlie Mingus Platte Kerstin zu schenken, wenn sie sich denn für das Zimmer entscheiden würde. Als Willkommensgeschenk gewissermaßen. Nach dem Deal mit Christian schmerzte die Trennung von einer einzelnen Schallplatte nicht mehr so sehr und es wäre eine nette Geste. Er hatte gar nicht gefragt, was für eine Art Musik Kerstin denn genau spielte, vermutlich Jazz. Wenn sie bei der Philharmonie spielen würde, müsste sie sich nicht mit einem

WG-Zimmer zufrieden geben. Die städtischen Musiker verdienten gut, das wusste Gabler. Thomas, ein Schulfreund von ihm, mit dem er während der Schulzeit zusammen Musik gemacht hatte, studierte Schlagzeug und war seit einigen Jahren Pauker beim Hessischen Rundfunksinfonieorchester in Frankfurt. Er verdiente dort sehr gut, das hatte er Gabler erst vor kurzem erzählt, als die beiden sich zufällig in der Stadt in einem Café getroffen hatten. Auf Thomas war Gabler immer ein wenig neidisch gewesen. Der hatte sich seinen Kindheitstraum erfüllt und war Berufsmusiker geworden. Thomas war geschieden, hatte zwei erwachsene Kinder aus erster Ehe und hatte mit seiner zweiten Frau wieder zwei kleine Kinder. Über die Jahre hinweg hatten Gabler und Thomas den Kontakt zueinander verloren. Nun schrieben sie sich öfter Nachrichten auf dem Handy, für Gabler war das eine erfrischende Abwechslung.

Seine Gedanken drehten sich im Kreis. Er nahm eines der wenigen Bücher, die noch nicht in Kartons verpackt waren, zur Hand und wollte ein wenig lesen. „Herbst in Peking" von Boris Vian. Einer seiner Lieblingsautoren. Vian war nur ein kurzes Leben vergönnt gewesen, er war neben seinem Beruf als Schriftsteller auch als Jazztrompeter tätig. Da schloss sich der Kreis wieder. Nun sollte eine Bassistin in Gablers Leben treten.

Mit jemandem Fremdes zusammen zu wohnen hat schon eine andere Qualität als wenn man sich nur in einem Café trifft oder an der Uni zusammen in einem Seminar sitzt, überlegte Gabler. Er schaute aus dem Fenster, die Sonne war schon untergegangen. Die Wohnungen in dem Haus gegenüber waren hell erleuchtet, die Bewohner saßen beim Abendessen oder schauten fern.

Gabler wollte sich entspannen, das konnte er am besten, wenn es dunkel war. Er überlegte, ob er den Fernseher anschalten sollte. Es war Donnerstag, da liefen manchmal gute Krimis auf den dritten Programmen. Er beschloss es nicht zu tun und dafür sein ganz privates Kopfkino anzuschalten. Zum wiederholten Mal drängte sich der Alte mit dem Staubmantel auf. Gabler war sich sicher, dass er dem Mann wieder begegnen würde. Irgendetwas an ihm war besonders, er war ungewöhnlich in seiner Erscheinung und hatte Eindruck gemacht. Vielleicht wäre es gut, jeden Abend für den kommenden Tag eine Art Plan zu machen, dachte Gabler. Anne hatte immer von Struktur gesprochen, damit hatte sie gar nicht so unrecht gehabt. Ein fester Job wäre gut, am besten irgendetwas in einem Büro. Ein Acht-Stunden-Tag, damit wäre schon einmal geholfen. Gabler wollte die Hoffnung nicht aufgeben. Wenn er mehr Geld zur Verfügung gehabt hätte, wäre er gerne mehr gereist.

Er dachte an Frankreich und an die Bretagne. Er war immer wieder gerne dorthin gefahren, schon als er noch zur Schule ging. Er liebte den Atlantik mit seinen hohen Wellen. Mit den wunderschönen Sonnenuntergängen, die den Himmel in ein herrliches Rot und Orange färbten, endlos konnte man am Strand flanieren. Er dachte an die einfachen Häuser mit ihren schwarzen Schieferdächern, an die Fischereihäfen, wo man morgens schon frischen Fisch kaufen konnte. Der Geruch von Moules Frites zog durch das Zimmer, als würde ein Nachbar diese Köstlichkeit gerade zubereiten. Es gab in der Stadt ein französisches Restaurant, in dem Gabler ab und an Muscheln bestellte, wenn er es sich denn gerade leisten konnte.

„Ich werde wieder dorthin fahren", dachte er.

Und natürlich Paris. Er war oft dort gewesen, noch zu seiner Zeit als Student.

Sobald ich wieder flüssig bin fahre ich nach Paris, nahm er sich vor. Langsam dämmerte Gabler in einen nervösen Schlaf. Seine Augenlider zuckten noch etwas, bevor ihm das Buch aus der Hand fiel. Heute war ein guter Tag, war das letzte, was er noch denken konnte. Sein privater Schnapsladen hatte erst einmal geschlossen, immerhin.

No 11

Am nächsten Morgen wachte Gabler auf, ohne dass er einen Wecker gebraucht hätte. Es war gegen halb acht, draußen schien schon die Sonne, ein paar Vögel zwitscherten in dem Nussbaum, dessen Zweige ganz nah an das Wohnzimmer, in dem er nun zuhause war, herangewachsen waren. Im Herbst konnte man direkt am Fenster Nüsse ernten. Die Nacht war gut gewesen, keine Albträume hatten das Gemüt geplagt. Mitunter träumte Gabler heftig und viel, sein ganz privates Traumkabinett war gerade auf Pause geschaltet. Was würde der Tag bringen? Abends kamen Daniel und Kerstin, tagsüber war die Zeit noch frei. Er beschloss in die Stadt zu gehen, dann sollte er noch mal seinen Vater anrufen wegen der Rechnung für das gestohlene Rad.

Die Buchbesprechung musste noch einmal gelesen und dann an die Redaktion geschickt werden. Dann gab es noch das Problem mit seinem SAAB. Vielleicht hatte der Gebrauchtwagenhändler ja gute Nachrichten. Man konnte mit dem Preis noch ein wenig runter gehen, wer wollte heute schon einen Wagen Baujahr 1982 kaufen, der immer wieder ein horrendes Geld für Reparaturen fraß? Für einen richtigen wertvollen Oldtimer war der SAAB noch nicht alt genug.

Dein Wagen ist ein Zwitterwesen, dachte Gabler. Genauso wie du. Da war sie wieder, die Mittelmäßigkeit. 180 Zentimeter groß, 80 Kilo schwer, Schuhgröße 42. Alles war Mittelmaß. Das Durchschnittsalter der Männer in Deutschland betrug 78,9 Jahre. Vermutlich sterbe ich dann auch mit 78,9 Jahren, dachte Gabler. Nicht aufgeben, Millionen anderen geht es genauso. Das war ein schwacher Trost, aber er begann doch Wirkung zu zeigen.

Gabler ging ins Bad, duschte, putzte die Zähne und rasierte sich. Als er in den Spiegel schaute, schenkte er sich selbst ein ganz privates, kleines Lächeln. Es wird schon, sagte er dem Spiegel. Selbiger war ein guter und vor allem geduldiger Gesprächspartner. Im Grunde war der Spiegel der beste Therapeut, den man sich denken konnte. Er war ehrlich, verzerrte keine Tatsachen und war 24 Stunden am Tag im Dienst. Spiegel machen nie Feierabend und kennen weder Ferien noch Feiertage.

„Sie sind zuverlässiger als jeder Polizist oder Notarzt." Gabler überlegte, ob er nicht einen Verein gründen sollte, zum Erhalt und der Förderung von Badezimmerspiegeln. Er lachte sein Konterfei an und verließ das Bad.

Als er überlegte, was er anziehen sollte, ging er erst einmal dazu über, einen Berg voller Klamotten in die Waschmaschine zu stopfen.

Alles bei 40 Grad, dann konnte nichts schief gehen. Hatte er Wolle mit dabei? Nein, also gut. Ganz in Gedanken an den heutigen Tag wären fast noch ein paar Schuhe in der Waschmaschine gelandet.

Einmal, als er seinen SAAB noch hatte, musste er an einer roten Ampel halten. Sein Handy war unter den Sitz gerutscht und lag im Fonds des Wagens. Gabler stieg aus, stieg ins Hintere des Wagens ein und hob das Handy auf. Ohne nach zu denken blieb er für ein paar Sekunden auf der Rückbank sitzen. Erst als der Fahrer des Wagens hinter ihm hupte merkte er, dass er auf dem falschen Platz saß.

Im Anschluss kochte er sich einen Kaffee, gab statt des Bioobstlers eine wenig Hafermilch dazu und setzte sich an seinen Schreibtisch. Er las die Besprechung, die er gestern geschrieben hatte noch mal durch und mailte den Text an die Redaktion. Es war erst halb neun.

„Der frühe Vogel fängt den Wurm", dachte er. Dann griff er zum Handy und rief seinen Vater an.

„So früh schon wach", sagte dieser zur Begrüßung.

„Ja klar, sag könntest du mir die Rechnung von deinem Hollandrad schicken. Ich bräuchte das für die Versicherung?"

„Ja, mach ich gerne. Mutter hat erzählt du und Anne, ihr hättet euch getrennt? Das sind ja schlechte Nachrichten. Wie geht es dir dabei?"

„Es schmerzt, aber ich komme schon klar."

Gabler wunderte sich, normalerweise erkundigte sich sein Vater nicht nach seinem Befinden. Wahrscheinlich hatte er ein schlechtes Gewissen. Aber es war dennoch eine nette Geste.

„Vielleicht war Anne doch nicht die Richtige für dich."

„Das hat Mutter auch schon gemeint. Sorry, aber damit kann ich gerade nicht wirklich etwas anfangen. Wer ist schon die Richtige…"

„Stimmt mein Sohn, deine Mutter und ich, wir sind nun schon über vierzig Jahre zusammen. Aber wir haben uns auch in einer anderen Zeit kennen gelernt. Du bist doch ein attraktiver Kerl, du findest bestimmt wieder eine Frau."

„Das ist nett Vater, danke dir für die aufmunternden Worte."

„Hast du deinen SAAB noch?"

„Nein, der steht bei einem Autohändler, warum fragst du?"

„Nur so aus Interesse, es ist ja ein schöner Wagen. Du willst ihn also verkaufen?"

„Ja, wenn ich noch was dafür bekomme", lachte Gabler.

„Brauchst du Geld?"

„Nein", log Gabler. Er wollte auf gar keinen Fall seine Eltern anpumpen.

„O. K., ich schick dir dann die Rechnung. Komm uns wieder einmal besuchen, vielleicht am Wochenende."

„Ja, ich melde mich, Tschüss."

Gabler war die kurzen Telefonate mit seinem Vater gewohnt. Es waren stets Gespräche, die nur die Länge eines Telegramms hatten. Der Senior sprach immer nur das allernötigste, wäre nicht die Sache mit Anne gewesen, wäre der Dialog noch kürzer ausgefallen. Emotionale Dinge besprach Gabler in der Regel mit seiner Mutter, wenn es ums Geschäft ging, war sein Vater an der Reihe. Sicher hätte er seinem Sohn aus der Klemme geholfen, aber Gabler wollte das nicht. Er war alt genug um seine finanziellen Angelegenheiten für sich alleine zu sortieren. Das Telefonat hatte das Stichwort geliefert: Da war sie wieder, die „Gebrauchtwagenverkaufsprovision". Das Wort war ebenso lang wie hässlich.

Gabler suchte auf seinem Schreibtisch die Telefonnummer des Händlers und tippte sie in sein Handy.

„Autohandel Ludwig, guten Tag, was kann ich für Sie tun?"

„Guten Tag, Alexander Gabler am Apparat. Ich wollte mich erkundigen, was mit meinem SAAB ist, der bei Ihnen steht. Ist er schon verkauft?"

„Nein, noch nicht. Ich hatte bisher einen Interessenten, der wollte aber nur 1.200 Euro bezahlen. Wir hatten 1.500 abgemacht, habe ich das richtig im Kopf?"

„Ja genau, 1.500 war der Preis."

„Ich habe noch die Telefonnummer des Interessenten, soll ich ihm ein Angebot machen? Sagen wir 1.350 Euro?"

Gabler dachte an das Sprichwort vom Spatz in der Hand und der Taube auf dem Dach. Das hätte auch von seinem Vater stammen können, der für jede Lebenslage das passende Motto auf Lager hatte. Der Wagen wurde sicherlich nicht mehr wert, wenn er Monate lang bei dem Händler stand. Im Gegenteil. Bei 1.350 Euro hatte er nicht viel kaputt gemacht, er hatte für den SAAB vor etwa einem Jahr 1.500 bezahlt und noch für die Reparatur der Bremsen 250 Euro locker machen müssen. Bei 1.350 hätte ihn der Wagen 400 Euro gekostet, rechnete Gabler. Das sollte er verschmerzen können.

„O. K. versuchen Sie 1.350. Darunter sollten wir nicht gehen."

„Ich probiere es", sagte der Händler.

Gabler vergaß die Provision mit einzurechnen. Das waren noch mal an die 150 Euro. Dennoch gab er sein O. K.

„Ich versuche den Interessenten zu erreichen und melde mich wieder bei Ihnen."

„O. K. danke, bis die Tage."

Im Grunde brauchte Gabler nicht wirklich ein Auto. Schon gar keins, das so viel Geld an Steuern und Versicherung fressen würde. Der SAAB war trotz seines niedrigen Anschaffungswertes ein Luxusgegenstand. Wenn er ehrlich war, ging es bei der Geschichte ums Prestige. Anne hatte immer einen SAAB gewollt, also hatte Gabler reagiert und sich die Karre angeschafft. Nun blieb er vermutlich auf dem Teil sitzen und wusste nicht wohin damit. Vielleicht hatte er Glück und der Interessent ließ mit sich handeln. „Die Hoffnung stirbt zuletzt", dachte er und zog sich seinen Trenchcoat an. Erst einmal unter die Leute gehen, ein Gang zu Fuß in die Stadt würde gut tun. Kaum war er aus dem Haus in Richtung Innenstadt, klingelte das Handy. Es war die Nummer, die er vorhin gewählt hatte. Der Autohändler war am Apparat.

„Hallo, hier Autohandel Ludwig, Ich habe den Interessenten für Ihren Wagen erreicht, er wäre mit 1.350 Euro einverstanden. Soll ich die Sache abschließen?"

„Halleluja, es geschehen noch Zeichen und Wunder."
Gabler war platt, dass das jetzt doch alles so schnell ging. Seine Stimmung erhellte das erheblich.

„Schließen Sie ab."

„O.K., dann mache ich den Deal perfekt. Ich denke, Sie werden morgen Ihr Geld abholen können."

„Prima, ich warte auf Ihren Anruf."

„Mach ich, Tschüss bis morgen."

Gabler überlegte, ob er sich ein letztes Mal den Wagen anschauen wollte. Das Gelände des Händlers lag nur wenige Straßen entfernt. Doch er verwarf den Gedanken. Keine falsche Nostalgie. Es ist ja nur ein Gegenstand. Das war wie mit den Schallplatten, es waren ja nur Dinge, und an die sollte man bekanntlich nicht sein Herz hängen. Leichter gesagt als getan.

„Jetzt habe ich mir ein reichhaltiges Frühstück verdient" sagte er zu sich selbst. Er steuerte zu Fuß in die Stadt und suchte sein Stammcafé auf. Ein großes Müsli, etwas Brot, Käse und Marmelade und dazu einen großen Milchkaffee.

„Du musst auf deine Ernährung achten", dachte er. Seit Tagen hatte er nichts Gescheites mehr gegessen. Für sich alleine zu kochen machte ihm nicht wirklich Freude. Schnelle Gerichte wie ein Paar Spaghetti aglio olio oder ein Risotto gingen immer, aber jeden Tag das selbe war auf die Dauer weniger erbaulich.

Er rechnete: 1.350 Euro für den Wagen minus 150 Provision, das waren 1.200, wenn er den gleichen Preis für sein E-Klavier erzielen konnte, wäre er zur Hälfte aus seinem Dispo-Schlamassel heraus. Und die Rentenversicherung?

„Oh bitte nicht'", sagte erneut seine innere Stimme. „Tu es nicht Alexander, tu es bitte nicht."

Er hatte sich jetzt doch etwas Luft verschafft und legte

den Fokus erst einmal auf das Treffen mit Kerstin und Daniel am Abend. Zur Belohnung für den Deal mit seinem Wagen ging er in seine Lieblingseisdiele und genehmigte sich einen großen Becher Schokoladeneis. Mit Sahne selbstverständlich. Die Sonne schien, die Menschen machten zufriedene Gesichter, der Frühling hatte endgültig die Oberhand über den Winter gewonnen. Selbst ein kleiner Köter, der ihn unvermittelt ankläffte, konnte seiner guten Laune keinen Abbruch tun.

Gabler beschloss zuhause Tschaikowskys Nussknacker Suite aufzulegen. Sie war den Fängen von Plattenhändler Christian entgangen. Es war eine seiner Lieblingsplatten.

„Was gibt es im Leben Schöneres als ein Schokoladeneis", dachte er. Ich werde auch wieder eine Frau finden die zu mir passt. Das waren die Worte seiner Eltern gewesen und sie hatten wahrscheinlich Recht damit. Hoffentlich.

Den Nachmittag verbrachte Gabler mit Musik Hören und Lesen. Er nahm wieder einmal seinen Tucholsky zur Hand und wunderte sich abermals über die sprachliche Gewalt des Berliner Schriftstellers. Tucholsky passte zu jeder Lebenslage. Seine Analysen waren scharf und präzise, Gabler hätte viel gegeben, wenn er so hätte schreiben können. Er war guter Dinge, morgen konnte er das Geld für seinen Wagen abholen, seine Lebenssituation schien einen guten Verlauf zu nehmen. Zumindest vorübergehend.

Am frühen Abend schaute Gabler in den Kühlschrank und stellte befriedigt fest, dass er doch wieder einige essbare Dinge enthielt. Etwas Schinken und Käse und drei Eier waren die besten Zutaten für ein schnelles Omelette. Das ging Gabler leicht von der Hand, etwas Brot war auch noch da. Er bereitete das Omelette zu und ließ es sich schmecken.

Gleich würden Daniel und Kerstin kommen, es wäre schön, wenn das klappen würde.

Punkt Acht Uhr klingelte es, Gabler gab viel auf Pünktlichkeit, auch wenn manche Menschen das für spießig halten mochten. Beide kamen die Treppen rauf gelaufen, sie waren sich unten an der Eingangstüre begegnet.

„Hallo Ihr zwei", begrüßte sie Gabler. „Kommt herein."

„Hallo, ich bin die Kerstin, wir haben uns unten schon bekannt gemacht."

„Daniel, wir kennen uns ja schon ein wenig."

Daniel hatte eine Flasche Rotwein mitgebracht. Das war schon einmal ein schöner Willkommensgruß.

„Ich kann Euch gleich mal die beiden Zimmer zeigen."

Gabler machte eine kleine Führung durch die Wohnung. Draußen war es noch nicht total dunkel, man konnte die beiden Zimmer noch mit ein wenig Tageslicht anschauen. Kerstin schien sofort begeistert.

„Ja, sehr schön , das Zimmer gefällt mir, und Daniel würde das Durchgangszimmer nehmen. Daniel, stört dich das nicht, wenn ich morgens oder abends durch dein Zimmer marschiere?"

„Ich denke nicht, ich habe mir das heute Nachmittag noch mal überlegt, ich würde es versuchen. Wenn das auf die Dauer nicht funktioniert, müssen wir eine andere Lösung finden."

„O. K., ich schlage vor, wir machen den Rotwein auf und plaudern ein wenig", sagte Gabler.

„Wir hätten dann also einen Journalisten, einen Biologen und eine Bassistin, das scheint mir eine gute Mischung zu sein. Sag Kerstin, wann, um welche Uhrzeit musst du denn üben? Ist das laut?

„Im Grunde nicht. Ich trage in der Regel Kopfhörer, über die ich eine Band höre oder nur Schlagzeug, und dazu spiele ich dann Bass. Das bloße Instrument ist nicht lauter als ein Radio oder wenn du eine Schallplatte oder eine CD hörst. Meist übe ich am Nachmittag, so von 13 bis 18 Uhr. Ich bin eine Spätaufsteherin. Mit meiner Band übe ich zwei Mal die Woche abends, wir haben im Industriegebiet einen Proberaum. Immer mittwochs und freitags."

„Ganz meine Wellenlänge", sagte Daniel, ich habe meine Seminare auch so gelegt, dass ich meistens am Nachmittag an der Uni bin." Dann würden wir uns morgens sehen, Wenn Kerstin nicht schon früh um sechs Uhr durch mein Zimmer schleicht, sehe ich keinerlei Probleme."

„Was machst du denn so beruflich", fragte Kerstin. „Alexander war dein Name, nicht wahr?"

„Ich bin freier Journalist", antwortete Gabler, er wollte jetzt nicht die Fragerunde damit füttern, dass er noch Stütze vom Arbeitsamt erhielt.

„Und du bist Biologe?"

„Ja", sagte Daniel, „ich schreibe grade meine Diplomarbeit. Ich bin an einer Untersuchung, in wie weit Unkrautvernichtungsmittel die Population von Bienen beeinträchtigen."

„Hört sich spannend an."

„Und du lebst von der Musik", wollte Gabler von Kerstin wissen.

„Im Prinzip ja, ich unterrichte noch an einer Schule für Rock- und Jazzmusik."

„Das wollte ich schon fragen, spielst du Klassik oder Jazz mit deinem Kontrabass?"

„Vorwiegend Jazz, manchmal helfe ich in der Städtischen Philharmonie aus, aber das passiert eher selten. Ich habe schon eine klassische Ausbildung, studiert habe ich in Köln."

„Und was führt dich hier an den See?"

„Das ist eine komplizierte Geschichte, im Grunde war es der Liebe wegen."

„Hast du einen Partner?"

„Partnerin, ich bin lesbisch. Ist das schlimm?"

„Nein gar nicht, ich habe selbst homosexuelle Freunde. Das sollte unserer gemeinsamen WG nicht im Wege stehen. Nicht wahr Daniel?"

„Keinesfalls."

„Eine feste Beziehung habe ich momentan nicht", sagte Kerstin. „Also Radau sollte es in der Bude nicht geben." Sie lachte laut. Gabler fand beide sympathisch. Er freute sich, dass sich diese positive Entwicklung so schnell und entschieden zeigte. Von seiner Seite aus war alles geregelt.

„Also, ich bin zu allen Schandtaten bereit", sagte er.

„Bingo", sagte Daniel

„Bingo", sagte auch Kerstin. Sie klatschten sich mit den Händen ab.

„Magst du Charlie Mingus?", fragte Gabler Kerstin.

„Ja klar, ich liebe ihn. Von ihm habe ich viel gelernt. Leider konnte ich ihn nicht mehr live erleben."

Gabler ging von der Küche in sein Zimmer und holte die Schallplatte von Mingus.

„Ich würde sie dir gerne schenken, gewissermaßen als Willkommensgeschenk."

„Danke, das ist wirklich nett von dir." Kerstin war platt, auf eine solche Geste war sie nicht vorbereitet.

Gabler überlegte, ob der von seinem Schallplattendeal erzählen sollte, doch er verwarf den Gedanken, vielleicht zu einem späteren Zeitpunkt.

„Wir müssen uns darüber im Klaren sein, dass wir Bad und Küche gemeinsam teilen. Jeder sollte ein wenig Rücksicht nehmen. Daniel hat mir schon erzählt, dass er WG Erfahrung hat, Kerstin wie schaut das bei dir aus?"

„Ich habe während meines Studiums in einer WG gelebt, das hat damals sehr gut funktioniert. Ich muss aus meiner jetzigen Bleibe raus, der Vermieter hast Eigenbedarf angemeldet."

„Genau wie bei mir", sagte Daniel. „Die Situation ist echt schlimm gerade, viele finden nicht mal eine kleine Wohnung oder ein Zimmer."

„Umso besser, dass wir dem mit einer WG entgegensteuern." Gabler freute sich und war guter Dinge.

„Bitte keine wilden Partys", merkte er noch an. Kerstin und Daniel lachten beide.

„Man hat schon Pferde Kotzen sehen. Könnt ihr mir dann die Miete bar bezahlen, jeweils am ersten des Monats? Kaution brauche ich keine. Ich schätze Euch beide ehrlich und zuverlässig ein. Von mir aus können wir das Projekt WG starten."

„Prima, na denn Prost", sagte Kerstin

„Prost, die Freude ist auf meiner Seite", stimmte Daniel zu

„Auf unser Wohl", sagte Gabler. Der Deal war perfekt.

Gabler und seine beiden neuen Mieter unterhielten sich noch eine Weile, vorwiegend über Musik, bis die Flasche Rotwein leer war. Dann verabschiedeten sich Kerstin und Daniel.

„Ich kann euch gleich noch die Schlüssel geben. Bitte gebt drauf acht, wir haben nur drei davon. Ihr könnt kommende Woche einziehen wenn das für euch passt. In der Küche ist alles da, Geschirr und so weiter. Wenn ihr wollt könnt ihr gerne noch was mitbringen. Wenn wir uns das nächste Mal sehen, erzähle ich noch ein wenig über die anderen Mieter im Haus. Im Grunde alles ziemlich unkompliziert. Habt ihr viele Sachen, ich meine Möbel und so?"

„Ich habe Bett, Schreibtisch und einen kleinen Schrank, sonst nichts", sagte Daniel.

„Mein größtes Möbel ist mein Kontrabass", sagte Kerstin und lachte. „Nein, im Ernst, außer Bett und Schrank habe ich auch nichts, meine Klamotten halt." Gabler war zufrieden.

„O. K. dann meldet euch, wann ihr einziehen möchtet. Ich werde dann da sein. Ich glaube soweit hätten wir alles, oder fällt euch noch was ein?"

„Ne, im Moment nicht", sagte Kerstin. „Ich freue mich. Danke für die Schallplatte. Tschüss. Bis bald."

„Tschüss", sagte auch Daniel.

„Bis bald", verabschiedete sich Gabler.

Die Beiden gingen die Treppen runter und schlossen leise die Eingangstüre. Das war schon mal gut.

„Rücksicht ist bei einer WG unerlässlich", dachte Gabler.

„Ich glaube das kann funktionieren."

Er war glücklich, legte sich noch ein wenig auf sein Bücherbett und las ein paar Seiten in seinem geliebten Tucholsky.

No 12

Seit über drei Jahren schon war Gabler bei einem Psycho-
therapeuten in Behandlung. Angefangen hatte es mit einer
kleinen Verstimmtheit. Er konnte sich nicht mehr richtig
konzentrieren, ordnete Stimmen den falschen Personen
zu, trug mit Anne Konflikte aus, die im Grunde gar keine
waren. Man könnte es auch ein „seelisches Unwohlsein"
nennen. Fritz Kobler, ein Schulfreund seines Vaters war
Chefarzt in einer Psychiatrischen Klinik im Schwarzwald.
Gabler war dort vor drei Jahren ein paar Tage zur Beobachtung gewesen, freiwillig. In zahlreichen Gesprächen
hatte es sich heraus gestellt, dass er an einer leichten psychischen Verstimmung litt.

„Es ist nichts Schlimmes Alexander", hatte Kobler damals
gesagt. „In deinem Alter kommt das öfter vor. Vermutlich
hat dich dein abgebrochenes Studium doch mehr mitgenommen, als du es dir eingestehen wolltest. Lebst du in
einer Beziehung?"

Gabler erklärte das Verhältnis zu Anne, die er über alles
liebte, aber mit der es immer wieder kleinere Scharmützel
gab.

„Hörst du Stimmen", hatte Kobler gefragt.

„Nein."

„Hast du Depressionen, ich meine, bist du niederge-
schlagen, ängstlich?" Gabler hatte auch das verneint.

„Suizidgedanken?"

„Nein."

„O. K., soweit kann ich eine schwerere Störung aus-
schließen."

Gabler und Kobler sprachen in der einen Woche jeden
Tag eine Stunde miteinander, vorwiegend versuchte sich
Gabler an seine Kindheit zu erinnern. Kobler war ein

dankbarer Gesprächspartner gewesen, er konnte zuhören, fragte immer wieder nach und machte sich Notizen.

„Wie gesagt, es ist nichts Schlimmes, aber ich würde dir doch empfehlen, für eine Weile ein leichtes Medikament zu nehmen. Gewissermaßen in einer homöopathischen Dosierung. Natürlich nur, wenn du das wirklich möchtest."

Gabler hatte gestockt. Sollte er sich darauf einlassen? Klar, Kobler war ein Profi. Er hätte den Vorschlag nicht gemacht, wenn es dafür keinen echten Grund gegeben hätte. Bisher war das Thema psychische Episode für ihn ein Fremdwort gewesen. Nun musste er sich damit auseinander setzen. Er erinnerte sich: zu seiner Berliner Zeit hatte er eine Menge Menschen getroffen, die psychisch nicht in der Spur liefen. Verrückt sein war damals sozusagen an der Tagesordnung, wenn nicht sogar trendy. Der Vorteil in einer Großstadt war, dass man dort nicht besonders auffiel, wenn man sich „verrückt" verhielt.

„O. K. von mir aus können wir das versuchen. Hat das Medikament Nebenwirkungen?"

„In der Regel nicht. Du kannst regelmäßig Blut abgeben, dann kann man schauen, ob alles gut verläuft. Du bekommst das Präparat auf Rezept. Wir können gleich morgen früh mit der Einnahme beginnen, dann können wir das drei oder vier Tage überwachen. Wenn du das gut verträgst, kannst du das jeden Tag nehmen. Zweimal täglich, einmal morgens und einmal abends. Wie gesagt, die Dosis ist homöopathisch, du wirst aller Wahrscheinlichkeit nach keine Nebenwirkungen haben. Vielleicht wirst du am Anfang ein wenig müde. Ich empfehle dir noch, Kontakt zu einem Therapeuten aufzunehmen. Eine Gesprächstherapie wäre in deiner Situation sicher nicht verkehrt. Ich kenne einen Psychiater in deiner Stadt, zu dem könnte ich einen Kontakt herstellen. Soll ich ihn anrufen?"

Gabler hatte nachgedacht. Ein Psychiater, das hörte sich doch eher schlecht an. War er wirklich krank? Brauchte er Tabletten, eine Gesprächstherapie? Die Sache begann ihn zu verunsichern. Musste er über das Kuckucksnest fliegen? Ihm gingen Szenen dieses Films durch den Kopf. Bisher war er immer nur ein stiller Beobachter solcher Geschichten gewesen, nun war er direkt betroffen.

Schlussendlich hatte er nachgegeben in dem Vertrauen, dass Kobler wusste, von was er sprach. Diagnosen zu stellen und sich mit psychisch Kranken auseinander zu setzen war sein täglich Brot.

Seit dieser Visite in der Klinik nahm Gabler regelmäßig seine Tabletten, Nebenwirkungen verspürte er keine, seine Verstimmungen hatten sich ein wenig gebessert. Das Angebot, sich in eine Gesprächstherapie zu begeben hatte er angenommen. Nun war er seit drei Jahren einmal im Monat bei Karl Albrecht zum Gespräch.

Gablers Zuneigung zu seinem Therapeuten hielt sich in Grenzen. Die Sitzungen brachten keinen wirklichen Gewinn. Es war keine Psychoanalyse im klassischen Sinne, Albrecht schlug immer wieder vor, einen stationären Aufenthalt in einer Klinik in Erwägung zu ziehen, Gabler lehnte das ab. Er war funktionstüchtig im Alltag, hatte keinerlei Symptome einer schweren Depression oder gar einer Psychose. Einzig wenn er sich ab und an einen Joint gönnte, was nur noch alle paar Monate der Fall war, spielte seine Psyche ein wenig verrückt.

Schlussendlich legte er das Thema Drogen endgültig zu den Akten. Er hatte mit LSD experimentiert, das war lange Jahre her, einen wirklichen Erkenntnisgewinn hatte das damals nicht gebracht.

Albrecht trug Calvin Klein Jeans, sprach immer wieder von seinem Motorrad und schien sich im Grunde wenig für Gablers Psyche zu interessieren. Einzig wenn es um das gemeinsame Hobby Fotografie ging, nahmen die Gespräche etwas an Fahrt auf. Sonst gab Gabler den Alleinunterhalter, erzählte Episoden aus seiner Kindheit und gelegentlich tagesaktuelle Geschichten, etwa wenn er sich mit Anne gestritten hatte.

Albrecht schlug in vollem Ernst vor, Gabler solle noch einmal drei Jahre Lastwagen fahren, dann könne er einen Rentenanspruch erwerben und mit einem Gutachten in Frührente gehen. Das war denn doch der Gipfel der Ignoranz, Gabler war nicht nur sauer, sondern auch ernsthaft gekränkt.

Sonst hatte Albrecht keine konstruktive Idee, klar, er war schlussendlich auch Arzt und kein Mitarbeiter der Agentur für Arbeit. Was für ein Ignorant, dachte Gabler. Anne hatte ihm immer beigestanden, das konnte man ihr nicht absprechen. Sie ermunterte Gabler, sich ganz auf das Schreiben zu konzentrieren und weiter am Ball des Journalismus zu bleiben. Insofern konnte Gabler sich glücklich schätzen, zumindest bis zu dem Zeitpunkt ihrer Kündigung.

Am Tag nach der Besiegelung der WG stand morgens der nächste Termin mit Albrecht an. Gabler hatte noch nicht von der Trennung erzählt, das war also das Thema Nummer eins.

„Anne und ich, wir haben uns getrennt, vielmehr hat Anne sich von mir getrennt", begann Gabler das Gespräch.

„Oh, das tut mir leid." Meint er das jetzt im Ernst oder nicht, dachte Gabler.

„Ja, das stimmt mich schon sehr verdrießlich."

„Gab es einen konkreten Anlass?"

„Nein, im Grunde nicht."

„Und wie geht es Ihnen damit?" Albrecht stellte exakt

dieselben Fragen wie Gablers Eltern. Geschenkt, dachte er sich. Er hatte schon gar keine Lust mehr zu erzählen. Gib ihm noch eine Chance, dachte er.

„Klar geht es mir schlecht. Das ist doch wohl normal. Aber keinen Grund zur Besorgnis, ich werde damit fertig werden."

„Nehmen Sie Ihre Tabletten noch?"

Sonst hat er keine Idee, dachte Gabler.

„Ja, ich nehme meine Tabletten noch."

„Ich überlege grade, ob wir die Dosis nicht etwas erhöhen sollten. Das wäre in der momentanen Krisensituation sicher nicht verkehrt. Wenn Sie möchten kann ich Sie in die Klinik einweisen." Auch das noch, dachte Gabler.

„Nein, das möchte ich nicht. Ich sehe auch wirklich keinen akuten Grund für einen stationären Aufenthalt."

„Haben Sie schon mal über eine Depotspritze nachgedacht?"

Gabler hatte davon gehört, dass es so etwas gibt, aber Genaues wusste er nicht.

„Das ist eine Präparat, das nur alle drei oder vier Wochen gespritzt wird, und dessen Wirkung sich nach und nach entfaltet. Der Vorteil gegenüber Tabletten ist, dass man nicht täglich an die Einnahme denken muss."

„Ich werde darüber nachdenken."

„Ich hatte Ihnen ja schon vor einiger Zeit das Angebot gemacht, über eine Frührente nachzudenken. Sie könnten noch drei Jahre als LKW-Fahrer arbeiten und dann mit einem Gutachten von mir in Rente gehen. Ich habe das mit anderen Patienten schon gemacht. Das könnte funktionieren."

Gabler dachte kurz darüber nach, aufzustehen und das Zimmer zu verlassen.

„Ich will nicht in Frührente, auf gar keinen Fall."

Albrecht schien zu merken, dass er mit diesem Angebot nicht auf Verständnis stieß. Die halbe Stunde war um.

„Denken Sie an die Depotspritze."

Er spricht wie ein Pharmavertreter, dachte Gabler, als er die Praxis verließ. Für heute hatte er erst einmal genug.

Bei Albrecht war es wie bei vielen anderen Berufen auch. Es gab gute und schlechte Therapeuten. So wie es gute und schlechte Bäcker gibt oder gute und schlechte Rechtsanwälte. Bei einem schmeckt das Brot eben gut, beim anderen nicht. Der eine paukt einen vor Gericht aus der Bredouille, der andere muss faule Kompromisse schließen. Gabler hatte keinen direkten Vergleich, aber Albrecht hielt er nach den paar Jahren während derer er nun bei ihm in Behandlung war nicht für sonderlich talentiert. Hätte Gabler Probleme mit einem Motorrad gehabt oder wollte er die Funktion einer Spiegelreflexkamera erklärt wissen, dafür hätte Albrecht getaugt. Als einer, der seinen Patienten durch seelisch schwere Fahrwasser steuern muss, war er denkbar ungeeignet.

Als Gabler wieder zuhause war, setzte er sich an seinen Rechner und gab das Wort „Depotspritze" bei Google ein. Mit einer Depotspritze gab es weniger Rückfälle bei Schizophrenie Kranken. Hoppla, das klang nicht gut. Gabler dachte nach, litt er an einer Schizophrenie? Das war doch ein ziemlicher Hammer. Schizophren schien wie eine Krebsdiagnose. „Sie haben maximal noch ein paar Monate zu leben" hörte er Albrecht sagen. Da war es wieder, das Kuckucksnest. Gabler lud den Film mit Jack Nicholson bei Amazon und schaute ihn sich noch einmal an. Ebenso großartig wie deprimierend. Albrecht hatte von dem Präparat Haloperidol oder Haldol gesprochen. Gabler hatte damit bisher keinerlei Erfahrung gemacht. Er wusste nur, dass das auch bei schwer Drogenabhängigen eingesetzt wird. Er überlegte, ob er das ausprobieren sollte. Damit würde die tägliche Tabletteneinnahme wegfallen. Sollte er Albrecht vertrauen? Das war die Kardinalfrage. Er beschloss, die Entscheidung erst einmal zu vertagen. Es ging ihm ja nicht wirklich schlecht. Er fühlte sich durchaus in der Lage, seinen Alltag ohne chemische Hilfsmittel zu meistern. Schulden zu haben war nicht der Auswuchs einer psychischen Krankheit. Arbeitslos zu sein war nicht der Auswuchs einer psychischen Krankheit. Liebeskummer zu haben war nicht der Auswuchs einer psychischen Krankheit.

„Langsam und tief durchatmen", sagte Gabler zu sich. Fühle deine Mitte und lass die guten Gedanken zu.

Er lag auf dem Bett und las in seinem aktuellen Buch, das er zu besprechen hatte. „Der Schattenspringer" von Georg Kreisler. Es war eine filigran gesponnene Kriminalgeschichte, deren Protagonist zum Ende des Romans in der Irrenanstalt landet. Gabler war trotz der deprimierenden Zusammenkunft mit Albrecht in guter Stimmung. Er las das Buch in einem Rutsch durch und setzte sich für die Besprechung an seinen Laptop. Ohne Kaffee und Zigaretten ging in Sachen Schreibarbeit gar nichts. Wenigstens erfolgte mittlerweile der Verzicht auf den Bioobstler. Gabler bedauerte etwas, dass er für seine Aufsätze nicht besonders viel Platz auf der Kulturseite hatte. Zwischen 60 und 80 Zeilen, das war nicht wirklich üppig. Doch gerade darin lag auch die Herausforderung. Einen 400 Seiten Roman auf 60 Zeilen zu besprechen war nicht einfach. Man musste den kompletten Inhalt in komprimierter Form wiedergeben und schlussendlich noch eine Meinung vertreten, ob man das Buch als lesenswert empfehlen konnte oder nicht. Gabler wusste, dass er gelesen wurde. In seiner Stammbuchhandlung legte man die Bücher, die er empfahl in die Auslage im Schaufenster, manchmal befragte man ihn noch zu dem einen oder anderen Detail, wenn er gerade zum Stöbern kam, oder sich nach einer Neuerscheinung erkundigte. Im Laufe der letzten drei Jahre hatte er weit über 100 Bücher besprochen. Er mochte das Wort „Besprechung" lieber als das Wort „Rezension". Auch wenn das weniger akademisch klang. Das Honorar war, wenn man die Zeit rechnete, die bei einem solchen Aufsatz investiert werden musste, nicht besonders lukrativ. Doch Gabler hatte Spaß daran.

„Depotspritze ja oder nein", dachte er. Er hatte das Gefühl, in ein Gewässer zu geraten, in dem er nicht wirklich schwimmen konnte. Und dann kam noch der „Schattenspringer" und nötigte ihm das Thema Klapsmühle auf. Das Buch war spannend, er beschloss es zu empfehlen. Viele Figuren in der Literatur waren mit dem Thema Wahnsinn behaftet. Die Autoren selbst oder ihre Protagonisten. Manche waren daran zerbrochen, andere retteten sich mit Hilfe von Tabletten oder absolvierten eine erfolgreiche Therapie.

Gabler dachte über das Wort „Erfolg" nach. Was bedeutete das für ihn? Brauchte er den Erfolg? Wenn ja, in welcher Hinsicht. Eine funktionierende Beziehung, Erfolg im Beruf, finanzielle Absicherung? Kinder zu haben, ein schickes Auto, eine kleine Finca auf Mallorca vielleicht? Wenn er ehrlich zu sich selbst war musste er zugeben, dass er momentan eher auf der unteren Erfolgsskala zuhause war. Im Grunde konnte es nur bergauf gehen. Es mochte ein Klischee bedienen, aber im Vergleich zu Menschen, die nicht einmal wussten, ob sie am nächsten Tag noch ihre Kinder vor dem Hungertod retten konnten, ging es Gabler noch gut. Es war wie so oft im Leben eine Frage der Perspektive.

Vielleicht ist eine gewisse Normalität der Ausweg, dachte er. Mit dem verrückt sein sollte man nicht kokettieren. Verrückt sein ist ein ernst zu nehmender Zustand. Er kann zum Absturz führen oder aber einen positiven Effekt haben.

Vielleicht schaffst du einfach ein wenig mehr Ordnung in deinem Leben, dachte Gabler. Er hörte seine Mutter sprechen. Der Satz hätte auch von ihr stammen können. Sie hatte immer eine Lösung parat. In jeder erdenklichen Lebenslage. Was Gabler zu lernen hatte, war sich selbst zu mögen, egal wie schlecht es ihm gerade ging. Er hatte zwei nette Mitbewohner gefunden, er war dabei, sein finanzielles Desaster wieder in den Griff zu bekommen. Im Grunde gab es gar keinen Grund, an sich und der Welt zu verzweifeln.

Die Besprechung des „Schattenspringer" war schnell geschrieben. Gabler hatte es sich angewöhnt, seine Texte über Nacht ruhen zu lassen und am nächsten Tag noch einmal zu lesen und eventuell wenn nötig zu überarbeiten. Er zog sich seinen Trenchcoat an und ging Einkaufen. Morgen konnte er das Geld für seinen SAAB abholen. Dann würde er wieder einmal mit einem guten Gefühl zu seiner Bank gehen können. Für heute setzte er eine deftige Bolognese auf den Speiseplan. Er brauchte Rinderhack und Tomaten, Zwiebeln und Nudeln hatte er noch vorrätig.

Die Luft draußen war angenehm, der Frühling war in der Stadt angekommen. Unten im Garten blühte eine üppige Magnolie, Vögel zwitscherten in den Bäumen. Die Menschen auf der Straße zeigten freundliche Gesichter. Alle drängte es nach draußen. Ein paar wenige Wolken zogen am Himmel vorbei, die Radfahrer hatten wieder die Kontrolle über die Straßen. Der Kiosk am Bahnübergang hatte schon Tische und Stühle ins Freie geräumt. Gabler ging forschen Schrittes in Richtung Einkaufszentrum. „Morgen werde ich wieder einmal auf den Markt gehen", dachte er. Er überlegte, ob er sich eine Flasche Rotwein kaufen sollte.

„Du hast doch deinen Schnapsladen geschlossen." Also sei konsequent. Zur Belohnung für seinen Kreisler – Aufsatz suchte er sich ein großes Stück Roquefort aus der Käsetheke aus. Damit konnte er eine schöne Pastasoße zaubern. Als Anne noch da war, war Gabler immer für die Soßen zuständig, Anne hatte die Aufsicht über diverse leckere Nachtische. Da fiel es ihm ein: Was machte sie wohl, er beschloss, als er wieder zuhause war, Annes Mutter anzurufen und sie nach der aktuellen Telefonnummer zu fragen. Auch in Dallas musste sie ja irgendwie erreichbar sein. Sie hatte vermutlich kein Handy dabei, Gabler hatte schon versucht, sie zu erreichen, vergeblich. Oder sie hatte sich ein neues zugelegt. Erst einmal stand Kochen auf dem Programm. Den Roquefort hob er sich für später auf, für heute hatte er eine Bolognese geplant. Das Geheimnis einer gelungenen Bolognese ist das stundenlange Einkochen. Gabler setzte die Soße an, schnitt ordentlich Zwiebeln und Knoblauch dazu und ließ das ganze anschwitzen. Nach ein paar Minuten gab er das Hack hinzu, briet alles zusammen scharf an. Etwas Tomatenmark noch dazu. Einen Tipp hatte er vor kurzem von einem Freund bekommen, die Soße mit ein wenig Ingwer verfeinern, das brachte eine schöne Schärfe.

"Wer solch eine klasse Bolognese kochen kann, der kann auch Geld verdienen", dachte Gabler. Er ließ die Soße köcheln und las seinen Aufsatz noch mal durch. Soweit alles gut, er war mit dem Ergebnis zufrieden. Er schickte die Email an die Redaktion und beschloss, am nächsten Morgen in den Verlag zu fahren und sich zwei neue Bücher zu holen. Nach einer guten Stunde hatte er mächtigen Hunger und gab die Spaghetti ins kochende Wasser. Was trinkt man zu Pasta, wenn man keinen Rotwein hat? Wasser? Apfelsaft hatte er vergessen zu kaufen, Tee ging gar nicht, also entschied er sich für ein Glas Leitungswasser. Die Pasta war gelungen, es schmeckte und eine Portion blieb noch für den nächsten Tag übrig.

Hey Alexander, dachte Gabler, du bist gar kein so extremer Looser. Mach was aus deinem Leben, auch wenn du kein Dostojewski oder Updike werden wirst. Und was heißt schon Mittelmaß, es ist immer eine Frage der Perspektive. Denke an die Welt als Ansammlung von Molekülen. Einstein hat auch nicht an einem Tag seine Theorie erfunden. Habe Geduld Alexander, und versuche dich ein wenig selbst zu lieben. Nicht im Übermaß, aber wenigstens ein bisschen.

No 13

In der Zwischenzeit wachte Gabler morgens bis auf ein paar Minuten immer zur selben Uhrzeit auf. Es war halb acht Uhr, er hatte gut und tief geschlafen. Noch auf dem Bücherbett liegend versuchte er seinen Traum fest zu halten. Es war um Anne gegangen, aber er konnte sich nach den paar Sekunden, die er schon wach war, an nichts mehr erinnern. Oft glitten seine Träume wie ein rutschiges Stück Seife durch sein Bewusstsein, jedenfalls wurde er daran erinnert, Annes Mutter anzurufen und nach der aktuellen Telefonnummer zu fragen. Erst einmal kochte er Kaffee, machte sich ein Müsli mit warmer Milch zurecht und überlegte. Sollte er Anne wirklich anrufen? War das nicht das falsche Signal? Würde sie überhaupt mit ihm sprechen wollen? Fragen über Fragen. Mit Annette, Annes Mutter, die in Hannover lebte, hatte er sich immer sehr gut verstanden. Er hatte ihr vor Monaten ein paar seiner Kurzgeschichten zu lesen gegeben und sie war voll des Lobes über seine literarischen Ergüsse. Gabler hatte das gefreut, er hielt ihr Urteil für ehrlich. Annes Eltern waren geschieden, beide waren wieder verheiratet. Der Vater lebte als Architekt in München. Zu ihm war das Verhältnis immer etwas schwierig gewesen. Er gab nicht viel auf Gablers Ambitionen. Er hätte sich für seine Tochter lieber einen Arzt oder Anwalt gewünscht. Das ließ er Gabler immer wieder spüren, wenn man alle paar Wochen zusammen saß. Ein arbeitsloser Schwiegersohn war dem Architekten für seine Tochter dann doch zu wenig. Nun gut, gefrühstückt und angezogen tippte Gabler die Nummer von Annes Mutter ein.

„Hallo", meldete sie sich.

„Ja Hallo Annette, Alexander hier. Seid ihr schon wach?"

„Ja, das ist ja eine Überraschung. Wie geht es dir? Anne hat mir von Eurer Trennung erzählt. Ich muss dir sagen, dass mir das sehr leid tut. Ich habe versucht sie umzustimmen, aber das war nicht möglich. Du weißt ja, wenn Anne sich einmal etwas in den Kopf gesetzt hat, ist sie nicht mehr davon abzubringen. Kommst du zurecht?"

„Ja, es geht, einfach ist es nicht. Ich vermisse Anne schon sehr. Sag, weißt du, wo sie sich momentan aufhält? Mein letzter Stand ist, dass sie sich hier in der Altstadt ein Zimmer genommen hat. Dort ist sie aber nicht zu erreichen. Stimmt das, dass sie in Dallas ist für ein Praktikum?"

„Ja, dort war sie zumindest vor ein paar Tagen noch, als ich das letzte Mal mit ihr telefoniert habe. Sie ist bei SIEMENS und kann dort wohl auch ihre Diplomarbeit schreiben. Magst du ihre Nummer haben? Handy hat sie keines aber du kannst sie auf dem Festnetz erreichen."

„Ja, gerne."

„Warte, ich sag dir gleich die Nummer."

Gabler notierte und bedankte sich.

„Was macht denn die Schreiberei", wollte Annette wissen.

Es freute Gabler, dass sie sich erkundigte. Sie hatte ein Gespür für Literatur und ein ernsthaftes, keineswegs geheucheltes Interesse. „Bist du schon bei deinem Roman?"

„Nein, momentan habe ich keine Muße, ich schreib immer noch für die Zeitung. Erst einmal muss ich die Trennung von Anne verkraften. Du kannst dir denken, wie es mir dabei geht."

„Vielleicht kannst du dir professionelle Hilfe bei einem Therapeuten holen. Ich will dir nichts vorschreiben, es ist nur ein Gedanke, eine Empfehlung."

„Einen Therapeuten habe ich schon, der kann mir nicht wirklich helfen."

„Versuche es bei einem anderen. Du bist ja frei, das zu entscheiden, zu wem du gehst."

„Stimmt, du hast recht. Ich glaube nicht, das Tabletten die alleinige Lösung sind."

Gabler dachte an den letzten Besuch von Annette. Zu dritt hatten sie ein ganzes Wochenende über Kunst und Literatur gesprochen. Annette war auch Architektin und hatte einen feinen Sinn für alles Kreative. Sie hatte Gabler einen Bildband des Fotografen Edward Steichen geschenkt, weil Anne ihr erzählt hatte, dass der Schwiegersohn in spe eine Fotoausstellung plante. Die Fotografie war eines von Gablers Hobbys, dem er durchaus mit Ernst und Beharrlichkeit nachging.

„Ich weiß, es ist ein schwacher Trost Alexander, aber Anne ist nicht die einzige Frau auf der Welt."

„Ja, du hast recht. Ich habe auch die Hoffnung nicht aufgegeben", lachte Gabler. „Vielleicht sitzt die eine auch schon irgendwo und wartet auf mich. Das wäre der Idealfall. Ich weiß ja nicht, ob und wann wir uns wieder einmal sehen werden."

„Wir haben immer ein offenes Haus für dich, Alexander, du bist immer willkommen."

„Ich melde mich auf alle Fälle wieder. Danke und Grüße an alle."

„Tschüss Alexander, mach's gut."

„Tschüss Annette."

Gabler stand am Fenster und schaute auf die Straße. Er ließ das Telefonat erst einmal Revue passieren. An der Bushaltestelle wartete eine alte Frau mit ihrem Rollator auf den Bus, ein paar Kinder rannten auf dem Gehweg hin und her und spielten Fangen. Die Sonne tat sich schwer heute, es lag Nebel über der Stadt. Für einen Anruf in die USA war es noch zu früh, dort war es jetzt noch mitten in der Nacht. Er wollte Anne auf alle Fälle noch einmal sehen, zur Not würde er einen Flug nach Dallas buchen. Er setzte sich an seinen Laptop und recherchierte einen Flug. 649 Euro hin und retour, das war das billigste, was er finden konnte. Ab Frankfurt via New York nach Dallas.

Du spinnst komplett, sagte er zu sich. Momentan bis du so was von pleite, wie kommst du dann auf die Schnapsidee, in die USA zu fliegen?

Gabler sah sich in den Sog hineinschliddern, den Sog von „Ex Freundin treffen", koste es was es wolle. Das konnte nicht gut gehen. Er war sich rational völlig darüber im Klaren, dass das nur Ärger bringen konnte. Er dachte wieder an die Rentenversicherung. Tu es nicht Alexander, tu es nicht. Er beschloss, das Thema zu vertagen und zog seinen Trenchcoat an. Zum Verlag konnte er mit dem Bus fahren. Unten im Treppenhaus öffnete er den Briefkasten. Der Brief seines Vaters mit der Rechnung für das gestohlene Fahrrad war gekommen. Den konnte er an seine Versicherung weiterleiten.

„Wenigstens etwas", dachte er.

Mit dem Bus waren es nur ein paar Stationen, aber Gabler war zu bequem, die Strecke zu Fuß zu gehen. Die Menschen, die im Bus saßen, muteten Gabler seltsam an. Ein Handvoll alter Leute, die entweder nicht mehr Auto fahren konnten oder nicht das Geld für einen PKW hatten. Keiner sprach ein Wort. Dann eine Handvoll Jugendlicher, die mit zerrissenen Klamotten und Kopfhörer in den Ohren zum Fenster hinausschauten. Es war gleich Mittagszeit. Wenn er wieder zuhause war würde er Anne anrufen. Sieben Stunden waren die Texaner hinten dran.

Im Verlag angekommen erklomm Gabler die wenigen Stufen am Eingang forschen Schrittes. Er nahm immer zwei Stufen auf einmal. „Today is my day", dachte er.

Die Kulturredaktion war im ersten Obergeschoss, gleich neben den Kollegen vom Sport. Gabler klopfte an die Türe und trat ein.

„Ach, da ist ja unser Literaturkritiker", rief der Ressortchef laut zur Begrüßung. Gabler war mit Bungert per Sie, aber sie verstanden sich seit Gablers Start in der Redaktion sehr gut. Bungert hatte nie einen Text von Gabler verändert oder gar entstellt. Das kam bei Redakteuren immer wieder vor, Gabler war das auch schon passiert. Der Chef mochte die Schreibe seines Kritikers. Bungerts Stellvertreter Apitz war ein paar Jahre älter als Gabler und kam aus derselben Stadt. Er konnte Gabler nicht leiden, umgekehrt war das genauso. Gabler hielt Apitz für einen eher durchschnittlichen Schreiber.

Er war ehrgeizig und haderte mit der Situation, dass er vor ein paar Jahren nicht Ressortchef geworden war als die Stelle vakant war.

„Haben sie die Buddenbrooks gelesen", hatte er Gabler einmal gefragt. Diese Anspielung war ebenso unverständlich wie überflüssig. Eine gewisse Provokation war im Tonfall nicht zu überhören. Nach dem Motto, wer die Buddenbrooks nicht gelesen hat, versteht nichts von Literatur. Die Anspielung nervte. Klar kannte Gabler Bücher von Thomas Mann, welche Frage. Er hatte noch zu Schulzeiten den „Tod in Venedig" gelesen, später dann den „Zauberberg", damit war es erst einmal gut gewesen.

„Nein, aber den „Ulysses", wenn Ihnen das was hilft" konterte Gabler. James Joyce war Thomas Mann mindestens ebenbürtig, wenn nicht der talentiertere der beiden. Oder die Brüder Karamasow nebst Schuld und Sühne von Dostojewski. Krieg und Frieden von Tolstoi. Wenn man sich schon in die Gilde der Vielleser einreihte, musste man Kompromisse machen und Prioritäten setzen. Man konnte

sich nicht den gesamten Kanon der Weltliteratur einver-
leiben, das war schlicht unmöglich, dafür hätte es mindestens drei oder vier Leben gebraucht. Und dann wollte man
ja auch noch was schreiben, das erforderte Zeit, viel Zeit,
wenn man das ernsthaft betreiben wollte.

Jedenfalls war das Verhältnis von Gabler zur Kulturredaktion ein eher gemischtes. Mit dem Chef verstand er
sich prächtig, mit dessen Stellvertreter war es eher
schwierig.

Bungert händigte Gabler den Schlüssel des Bücher-
schranks aus, in dem die zu besprechenden Bücher gelagert waren. Das was an sich schon ein Vertrauensbeweis.

„Suchen sie sich was Schönes aus", ermunterte er Gabler. In dem Schrank standen an die Hundert Bücher oder
mehr, Gabler liebte es darin zu stöbern, wenn Apitz im
Dienst war, musste Gabler immer mit dem Vorlieb nehmen, was jener ihm in die Hand drückte. Der Stellvertreter
fristete ein unzufriedenes Dasein, das war nicht zu über-
sehen.

Gabler hatte nur die Vokabel „Ignorant" im Sinn, selbstverständlich ohne das jemals auszusprechen. Er nahm
sich vor, einfach in Zukunft vorher anzurufen und zu checken, wer von den beiden in der Redaktion war.

Er nahm von Bungert den Schlüssel entgegen und öffnete den Schrank. Das war ein wenig wie Ostern und
Weihnachten zusammen. Ihm fiel gleich ein dicker Wälzer
in die Hände, es war eine Biografie über den portugiesi-
schen Dichter Fernando Pessoa. Das klang interessant und
viel versprechend.

Gabler legte das Buch beiseite und stöberte noch ein
wenig weiter. Er stieß auf einen Autor, den man ihm schon
einmal empfohlen hatte, den Amerikaner Henry Roth.
Sein Roman „Requiem für Harlem" ging über eine jüdische

Kindheit im New York der 1920er Jahre, das war das zweite Buch für heute. Die Freude, vor dieser bibliophilen Schatzkammer zu stehen und auf Entdeckungsreise zu gehen war immer eine große. Gabler beschloss, sich nicht weiter von Apitz schlechter Laune anstecken zu lassen.

Er setzte auf Bungert, mit dem er ein kollegiales Verhältnis auf Augenhöhe pflegen konnte. Die Sekretärin notierte sich noch die Daten der beiden Bücher und händigte Gabler die Exemplare aus.

„Wie immer", sagte sie.

Bungert bat Gabler noch einmal zu sich ins Büro.

„Ich habe eine Frage Herr Gabler: Ich mag Ihren Schreibstil, möchten Sie nicht öfter für uns schreiben? Sie könnten Lesungen besuchen, von Literatur scheinen Sie ja durchaus etwas zu verstehen. Haben Sie eigentlich Germanistik studiert?"

„Nein Jura", antwortetet Gabler.

„Oha, dann sind Sie aber auf einem gänzlich anderen Gleis unterwegs. Haben Sie abgeschlossen?"

„Nein", Gabler wollte ehrlich sein.

„Na ja, im Grunde spielt das auch keine Rolle, auch Mathematiker sollten Interesse und Freude an Literatur haben." Er lachte.

„Gelesen habe ich immer schon gerne. Und über Bücher zu schreiben halte ich für eine echte Herausforderung. Mir macht das einfach Spaß."

„Und das spürt man." Bungert war ein Paradebeispiel in Sachen guter Mitarbeiterführung.

„O. K, dann melden wir uns, wenn wir etwas Passendes finden. Viele Autoren kommen auch hier zu uns an die Universität und lesen dort. Interessieren Sie sich für Theater?"

„Sagen wir so, ich habe in der Schule Theater gespielt und bin regelmäßiger Gast im hiesigen Stadttheater."

„Vielleicht können wir auch eine Theaterkritik versuchen. Hätten Sie Interesse?"

„Gerne", Gabler konnte sein Glück kaum fassen.

„Also, wir melden uns. Wie lange brauchen Sie für die beiden Bücher?"

„Ich denke ein bis zwei Wochen, wie immer."

„Prima, dann freuen wir uns auf Ihre Texte, bis bald."

„Ja, bis bald. Und danke." Gabler wäre am liebsten in die Luft gesprungen.

Er beschloss, den Weg nach Hause zu Fuß zu gehen. Die Welt ist schön. Er erinnerte sich an den gleichnamigen Film. Und das Glück kommt irgendwann auch zu einem. Man muss es wollen. Klar musste man sich das auch ein Stück weit erarbeiten. Disziplin, Mut, Engagement. All diese Komponenten konnten zusammen genommen sollten eine Menge bewirken. Und dann wollte es das Schicksal, dass man Menschen wie Bungert begegnete. Sie treten immer dann in ein Leben, wenn man es garantiert nicht erwartet hätte. Es ist wie ein Wecker, der einen immer zu den verschiedensten Zeiten weckt, mit so einer Art Zufallsgenerator. Irgendwann klingelt er dann zur richtigen Zeit, das kann morgens um sieben sein oder zur Mittagszeit. Man musste spüren lernen, wann die Zeit reif war.

Bungert hatte ein solches Signal gesendet. Mit Sympathie, Verständnis und einer Portion Lob. Gabler lief vor sich hin denkend die Straße entlang und wäre um ein Haar mit einem Fahrradfahrer kollidiert. Gerade noch hörte er die Klingel und konnte ausweichen.

„Zwei Schritte nach vorn und einen zurück", dachte er.

Die Luft war klar mittlerweile. Ein Schwarm voller Vögel schien aus dem Winterurlaub zurückzukommen. Waren es Stare oder Schwalben, Gabler konnte es nicht richtig erkennen. Die Szenerie am Himmel war geräuschlos, lediglich die Muster, welche die Vögel in den Himmel schnitten, waren zu sehen. „Flieg Gabler flieg", dachte er. Alles sollte möglich sein.

Es war letzten Endes nur eine Frage des Willens. Es galt der Zauber der Vernunft, gepaart mit der Kontrolle der eigenen Gefühle. Bei dem Gedanken an den Anruf bei Anne wusste Gabler nicht recht, ob er das überhaupt versuchen sollte. Es ging nicht um Liebe, das war nicht das Thema. Es ging um Respekt vor ihrer Entscheidung und die Frage, ob es überhaupt einen Sinn machte, die Geschichte noch einmal aufzuwärmen. Gabler lag nichts ferner als in eine Stalking Geschichte zu verfallen.

„Alles nur das nicht", dachte er.

Zuhause angekommen wärmte er die restlichen Spaghetti Bolo auf und ließ es sich schmecken. Er hatte die Zeitung aus dem Verlag mitgenommen und schaute nach, ob seine Kleinanzeige erschienen war. Er fand sie auf Anhieb. Zu Verkaufen: E-Klavier, Esstisch, Kaffeehausstühle et cetera.

Wenn alles gut ging, konnte er ein wenig Geld machen. Den Erlös aus den Schallplatten hatte er schon auf die Bank gebracht. Er musste heute noch zu dem Autohändler und das Geld für seinen SAAB abholen. Das konnte er am Nachmittag mit einem Spaziergang verbinden. Sollte er Anne anrufen? Er schaute auf die Küchenuhr, es war kurz vor 14 Uhr.

„Dann haben die in Texas jetzt sieben Uhr morgens, das scheint noch etwas früh", dachte er. 16 Uhr wäre eine gute Zeit, da wäre Anne vermutlich schon wach, aber noch nicht bei der Arbeit. Das Handy klingelte.

„Gabler?"

„Ja Hallo, ich rufe an wegen der Stühle, die Sie inseriert haben, sind die noch zu haben?" Es war eine Frauenstimme.

„Ja, die sind noch da."

„Sind das echte Thonet Stühle?"

„Ja, sie haben auf der Unterseite der Sitzfläche sogar noch ein original Thonet-Etikett."

„Was sollen die Stühle denn kosten?"

„120 Euro das Stück."

Gabler überlegte, ob er den Preis nicht zu niedrig angesetzt hatte. Original Thonet Stühle gab es schließlich nicht gerade oft. In der Großstadt konnte man so etwas noch öfter finden. Gabler hatte die beiden Stühle aus Frankreich mitgebracht, dort bei einem Trödler gekauft. 120 Euro wären O. K., er hatte selbst 80 Euro pro Stuhl bezahlt, dabei hätte er sogar noch etwas verdient. Er dachte an die Schallplattensammlung, unter Wert wollte der die Sachen nicht hergeben.

„Könnte ich bei Ihnen vorbei kommen und mir die Stühle anschauen?"

„Ja klar, wann wollten Sie kommen?"

„Von mir aus gleich, wo wohnen Sie denn?"

Gabler nannte seine Adresse und verabredete sich für 15 Uhr mit der Anruferin. Das lief ja gut an, dachte er sich. Sein E-Klavier sollte das meiste Geld bringen. Das war anders als bei den Schallplatten, ein Instrument konnte man immer wieder kaufen, das war eine Sache von wenigen Minuten. Schallplatten sammelte man über Jahre hinweg.

Gabler nahm ein Spültuch und säuberte die beiden Stühle noch einmal. War es ihm schwer ums Herz? Anne hatte die Stühle immer gemocht, einen hatte sie als Kleiderablage im Schlafzimmer benutzt. Also hingen doch noch Erinnerungen an den Stücken. Zum Sitzen waren solche Möbel fast zu schade, die Stühle schätzte Gabler aus den 1920er oder 1930er Jahren. Er schaute vorsichtshalber noch mal ins Internet und suchte bei Google nach

Thonet Stühlen. Er lag mit seinem Preis in etwa richtig. Ähnliche Stühle gab es für zirka 100 Euro.

Es klingelte.

Die Interessentin war eine Frau mittleren Alters, Gabler schätzt sie auf zirka 40. Sie war adrett gekleidet mit einem schwarzen Kostüm und trug weiße Turnschuhe. Ihre Haare waren blond und lockig, markant war ihre spitze Nase. Gabler fand sie sympathisch und bot einen Kaffee an.

„Gerne. Wo sind denn die Stühle?"

Gabler beschloss, sein momentanes Chaos im Wohnzimmer der Besucherin nicht zu offenbaren.

„Einen Moment, ich hole sie gleich." Noch vor ein paar Wochen hatte er die Stühle neu gewachst, er trug sie in die Küche und stellte sie dort ab.

„Oh, sehr schön, die sind ja wirklich in gutem Zustand."

Gabler merkte gleich, dass es der Frau nicht um ein Geschäft ging, sondern dass sie ein ernsthaftes Interesse hatte, die beiden Stücke in ihren Wohnalltag zu integrieren.

So kommen die Teile wenigstens in gute Hände", dachte er.

„Ja, es sind schöne Stücke, ich habe sie in der Bretagne erstanden." Er drehte einen der Stühle um und zeigte das Etikett.

„Sie sehen, es sind originale Thonet Stühle."

„Sie hatten den Preis mit 120 Euro pro Stuhl angesetzt?"

Gabler überlegte ob er einen Nachlass anbieten sollte. Das erübrigte sich, denn die Frau dachte gar nicht daran, über den Preis zu feilschen.

„Ich wäre einverstanden, 240 Euro für die beiden Stühle."

„Ja gerne, das freut mich", Gabler streute ein Lächeln in dem Raum.

Die Kundin zog ihr Portemonnaie aus der Tasche und blätterte das Geld auf den Tisch. Es schien, als hätte sie den Betrag vor ihrem Kommen schon abgezählt.

„Sagen Sie, sind Sie der Alexander Gabler, der für die Lokalzeitung Bücher bespricht?" Gabler war überrascht. Damit hatte er nicht gerechnet.

„Ja, das bin ich wohl", antwortete er und lachte.

„Ich lese Ihre Aufsätze immer gerne, ich mag Ihren Schreibstil. Sind Sie in finanziellen Schwierigkeiten?"

Gabler überlegte kurz und beschloss, seine momentane Situation nicht zu offenbaren.

„Nein, ich bin grade nur dabei, mein Leben etwas umzusortieren. Dazu gehört auch die Trennung von ein paar Dingen, die mir nicht mehr viel bedeuten."

Im Grunde war das ja nicht gelogen.

„Ich verstehe, Sie haben eine Beziehung beendet?"

War das schon zu privat? Generell mochte Gabler das ja, wenn Leute ehrlich das sagen, was sie denken. Aber er wollte das Thema jetzt nicht diskutiert wissen.

Vermutlich sah die Frau ihm an, dass er nicht über seine Trennung reden wollte.

„Entschuldigen Sie, ich verstehe, Sie brauchen mir nicht zu antworten."

Gabler bot eine zweite Tasse Kaffee an.

„Danke, eine Tasse genügt."

„Sind Sie mit dem Auto da?"

„Ja."

„Dann kann ich ihnen helfen, die beiden Stühle nach unten zu tragen." Gabler ging mit nach unten und trug die beiden Stühle.

Das Auto der Frau, ein schwarzes Mercedes Coupé stand direkt vor dem Hauseingang. Die beiden Stühle passten gerade in den kleinen Kofferraum.

Als Gabler sich verabschieden wollte, reichte ihm die Frau ihre Visitenkarte. Susanne Gerber stand darauf, Rechtsanwältin.

„Wenn Sie mal einen Rechtsrat brauchen." Beide mussten lachen.

„O. K. danke", sagte Gabler. „Gut zu wissen. Ich hoffe, Sie haben Freude mit den Stühlen. Danke noch mal und einen schönen Tag noch."

„Danke Ihnen, ich freue mich."

Gabler sah dem Wagen nach und kämpfte mit ein klein wenig Wehmut. Platten futsch, Stühle futsch, Auto futsch. Was war als nächstes futsch? Klavier futsch, Esstisch futsch. War das komplette Leben futsch? Und vor allem: Beziehung futsch. Das war mit Abstand das schlimmste. Dinge ließen sich immer wieder besorgen, die meisten jedenfalls. Gleich ob es Möbel waren oder Schallplatten, Autos oder sonst was.

Gabler lag auf seinem Bücherbett und resümierte den bisherigen Tag. Es war später Nachmittag, so schlecht war die Kiste bis dahin nicht gelaufen. Er hatte eine adrette Anwältin kennen gelernt, die hatte ihm auch noch zwei Stühle abgekauft. Er hatte ein gutes Gespräch mit seinem Chef bei der Zeitung geführt. Sein SAAB war Geschichte. Im Grunde brauchte Gabler kein Auto. Er beschloss, sobald er von der Versicherung das Geld für das Fahrrad bekommen würde, sich ein neues Rad zu kaufen. Sollte er Anne anrufen? Er beschloss es nicht zu tun. Er wusste im Grunde nicht, über was er mit ihr hätte reden sollte. Es musste ein Gesprächskonzept her. Nicht einfach drauflos telefonieren, das versprach wenig Erfolg. Die Situation so wie sie momentan war, verlangte nach klaren Ansagen. Gabler befragte sich selbst: Was willst du eigentlich noch von Anne. Was haben wir noch nicht miteinander besprochen. Einfach nur Hallo sagen war zu wenig. Wollte er, dass sie zu ihm zurückkehrte? Das war nicht gerade wahrscheinlich. O. K., dann eben heute erst einmal kein Ferngespräch in die USA.

Gabler war erschöpft. Er döste vor sich hin, der heutige Tag würde nicht mehr viel bringen. Das war auch genug. Im Kühlschrank gab es noch drei Eier, das sollte für eine Omelette reichen. Abermals klingelte das Handy. Die Nummer war unbekannt, das musste der nächste Kunde wegen des Inserates sein. Gabler ließ es klingeln und hörte danach seine Mailbox ab. Es war ein Interessent für den Fernseher. „Wenn ich diese Kiste vom Hals habe, bin ich mehr als froh", dachte er. Ein Fernseher ist so ziemlich der unnützeste Gegenstand, den man besitzen kann. O. K. dann eben der letzte Akt für heute. Er rief die Nummer zurück und machte gleich mit dem Interessenten einen Termin aus.

„Ja, heute Abend würde gehen."

Er nannte Namen und Adresse und verabredete sich für 18 Uhr.

Bis dahin stierte Gabler unbeteiligt zum Fenster hinaus und versuchte, seinen Gedanken einen positiven Verlauf zu geben. Fernseher futsch war ihm so was von gleichgültig. Er hätte tausend Fernseher verkauft wenn er sie gehabt hätte. Sein Kopfkino genügte ihm fürs erste. Susanne Gerber, Rechtsanwältin. Die kurze Begegnung war positiv verlaufen, die neue Besitzerin seiner Kaffeehausstühle war sympathisch gewesen. Sollte er sie anrufen?

Zum ersten, zum zweiten und zum dritten. Das Leben war eine Antiquitätenauktion. Alles sollte unter den Hammer kommen. Auch Gefühle. Liebe mit Echtheitszertifikat gewissermaßen. Oder Hoffnung aus dem Biedermeier. Angst aus dem Jugendstil. Nein, Angst wollte keiner haben. Angst war ein sogenannter Ladenhüter. Dann schon eher Zufriedenheit Empire. Barocke Glücksgefühle, zum ersten, zum zweiten und zum dritten.

Aus einem Fernseher schöpft man keine Hoffnung, der Fernseher war ein Gefühlszerstörer.

Gabler wollte das Ding so schnell wie möglich los werden. Es klingelte. Ein junger Mann schritt die Treppen hoch und betrat die Wohnung ohne sich vorzustellen,

„Mir recht", dachte Gabler, „bringen wir es hinter uns."

Er hatte das Ding schon in die Küche geschafft.

„Haben sie noch eine Rechnung, ich meine, ist auf dem Gerät noch Garantie?"

„Nein, leider nicht, aber der Fernseher funktioniert einwandfrei."

„Können wir es kurz ausprobieren?"

Gabler trug den Fernseher in das leere Zimmer von Kerstin und schloss ihn an den Strom und die Antenne an. Es funktionierte perfekt.

„O. K., 50 Euro hatten sie inseriert?"

„Ja genau, 50 Euro."

Der Käufer zog das Geld aus seiner Hosentasche und drückte es Gabler in die Hand.

„Danke, ich hoffe Sie haben Spaß damit."

Der Käufer schien glücklich, 50 Euro für einen funktionierenden Fernseher war auch wirklich ein guter Preis. So schnell wie er die Treppen herauf gekommen war, ebenso schnell verschwand der Mann wieder nach unten. Gabler hatte nicht einmal nach seinem Namen gefragt. Der Deal war perfekt, das genügte. Zum ersten, zum zweiten und zum dritten. Gabler kam blitzartig die Idee, Lotto zu spielen. Er hatte noch nie in seinem Leben an einer Lotterie teilgenommen. Und dabei sollte es auch bleiben. Für heute hatte er genug. Zum ersten, zum zweiten und zum dritten.

„Gute Nacht Alexander", sagte er zu sich. Selten war er so früh eingeschlafen, es schien als brauche er den Schlaf. Das konnte kein solch schlechtes Zeichen sein.

No 14

Die kommenden Tage verliefen ohne große Höhen und Tiefen.

„Manchmal scheint mir die Zeit zwischen den Fingern zu zerrinnen", dachte Gabler öfter. Er verbrachte die Tage mit Lesen und Schreiben, der Roman von Henry Roth war lesenswert, auch die Biografie über Pessoa las sich spannend und interessant.

Die erste finanzielle Not war dank der Verkäufe erst einmal überstanden. Das Klavier hatte noch keinen Käufer gefunden, Gabler würde die Hälfte seiner Schulden bei der Bank ausgleichen können.

Dienstags und freitags stand der Wochenmarkt auf dem Programm, das war schon immer einer seiner Lieblingsorte gewesen. Dort gab es alles frisch, Gabler liebte die Gerüche und Farben von frischem Obst und Gemüse. Er kaufte reichlich ein, manchmal einen Fisch, den er dann als sein persönliches Festmahl zubereitete.

Alle möglichen Gemüse, das, was gerade saisonal zu bekommen war. Zucchini, Brokkoli, Fenchel oder Karotten. Äpfel und Bananen für das allmorgendliche Müsli. Gabler legte mittlerweile Wert auf eine ausgewogene und gesunde Ernährung.

Er war bis auf die wenigen Male, in denen er Fisch kochte so gut wie 100 Prozent vegetarisch. Seit Jahren hatte er schon keinen Döner mehr gegessen, noch zu Berliner Zeiten während des Studiums war das eine seiner Hauptmahlzeiten gewesen. Auch die gute alte Currywurst war tabu, stattdessen gab es immer öfter Gemüse mit Reis oder Nudeln. Eine Bolognese hin und wieder war eine der seltenen Sünden. Gabler hatte gelesen, dass es seit einiger Zeit veganes Hackfleisch gab, das aus Erbsenprotein hergestellt wurde. Er hatte es ausprobiert, es war zwar teuer, schmeckte aber vorzüglich. Keine Massentierhaltung mehr, dachte er.

Statt Kuh- trank er Hafermilch. Statt Wurst setzte er auf veganen Brotaufstrich. Er hatte die Welt der Pilze entdeckt. Damit gab es reichlich Möglichkeiten der Zubereitung. Mit der entsprechenden Soße konnte man ein leckeres vegetarisches Gulasch zaubern. Um die Wurst- und Fleischtheke im Supermarkt machte er seit längerem schon einen großen Bogen. Er hatte das Gefühl, dass das auch seinem Körper gut tat. Er konnte besser schlafen und war tagsüber nicht ständig müde.

Mittlerweile waren Kerstin und Daniel eingezogen, es tat doch gut, jemanden in der Wohnung zu haben. Kerstin übte täglich mehrere Stunden auf ihrem Kontrabass, die Lautstärke war moderat und störte nicht. Die beiden spülten nach dem Frühstück ihre Tassen und Teller ab, das war ein guter Anfang, eine gewisse Ordnung war in einer Wohngemeinschaft unerlässlich. Auch das Bad war in sauberem Zustand, Gabler hatte mit den beiden scheinbar Glück gehabt.

Jeder ging seinen Dingen nach, Daniel ging morgens schon früh aus dem Haus und kam erst am späten Abend wieder zurück. Er schien sich mit dem Durchgangszimmer angefreundet zu haben. Die beiden „Neuen" verstanden sich gut. Gelegentlich gab es in der Küche ein kurzes Gespräch. Gabler hatte auch schon für alle gekocht. Ihm war es wichtig, dass eine gute und entspannte Atmosphäre herrschte. Man spürte, dass alle schon WG-Erfahrung hatten. Jeder nahm Rücksicht, selten kam Besuch, und dann auch nur tagsüber, nächtliche Partys fanden keine statt.

Wenn Gabler nicht mit Lesen oder Schreiben beschäftigt war, machte er ausgedehnte Spaziergänge am Seeufer entlang, es war schon Anfang Mai, die Vögel waren aus ihren Winterquartieren an den See zurückgekehrt. Es herrschte buntes Treiben auf dem Wasser. Es mochten Tausende Vögel sein. Majestätisch zu beobachten der Flug der Schwäne, das war immer wieder ein beeindruckendes Schauspiel. Zum Schwimmen war es noch etwas zu kalt, die ersten Segelboote schnitten schon ihre Bahnen durch das tief blaue, manchmal türkisfarbene Wasser.

Gabler war immer noch solo, er hatte die Trennung von Anne noch nicht wirklich verarbeitet. Er überlegte immer noch hin und her, sie anzurufen. Wenn die Zeit dafür reif ist, dachte er. Die Zeit ist immer reif, wenn nicht jetzt, wann dann?

Mittlerweile hatte er die beiden aktuellen Bücher für den Verlag gelesen und auch schon die Besprechungen geschrieben. Er saß am Schreibtisch und stierte die weiße Wand an. In Gedanken spielte er ein Gespräch mit Anne durch. Über was sollten sie reden? Wie würde sie auf einen Anruf reagieren? Würde sie gleich wieder auflegen?

Augen zu und durch, dachte er. Er suchte den Zettel mit Annes Nummer, und tippte die Ziffern ein. Es war früher Nachmittag, die Nummer war ein Festanschluss. Nach den Angaben von Annes Mutter wohnte Anne in einer Art Hostel, dort hatte sie ein Telefon auf dem Zimmer.

„Ja, hallo?"

Sie war tatsächlich zuhause. Gabler stockte kurz der Atem. Er überlegte, ob er wieder auflegen sollte.

„Nur Mut", dachte er.

„Hallo Anne, Alexander hier, wie geht's?"

Was für eine bescheuerte Frage, war ihm nichts Besseres eingefallen?

„Ach Alexander, was für eine Überraschung. Es geht gut, danke. Und dir?"

„Auch so, danke. Ich dachte ich melde mich mal. Annette war so nett, mir deine Nummer zu geben. Bist du allein?" Noch dümmer ging es wohl nicht. Oh Mann.

„Ob ich alleine bin? Wieso interessiert dich das?"

„Ich dachte ..."

„Ja, was dachtest du?"

„Eigentlich geht es mich ja gar nichts an." Eigentlich... wie blöd.

„Ich wollte nur fragen, wie es dir so geht, was macht dein Job und deine Diplomarbeit?"

„Es läuft gut, ich lerne viel hier, und kann im Job meine Abschlussarbeit schreiben, das macht Spaß. Die Kollegen sind nett, es hat ein paar andere Deutsche hier. Und mein Englisch ist mittlerweile fast perfekt. Wie geht es dir denn so, was macht die Kunst?"

Gabler musste lachen. Ja, was machte die Kunst, das war eine gute Frage.

„Ich bin fleißig am Schreiben", log er. Außer den Buchbesprechungen hatte er lange nichts mehr zu Papier gebracht.

„Ich habe die Wohnung zu einer WG umfunktioniert. Das klappt ganz gut, eine Musikerin und ein Biologe, die sind beide sehr nett."

„Das freut mich, dann bist du wenigstens nicht so alleine. Du hast mit meiner Mutter telefoniert?"

„Ja, sie war so nett, mir deine Nummer zu geben. Ist das O. K.?"

„Klar."

Wenigstens hatte sie nicht gleich aufgelegt. Gabler war überrascht von Annes Offenheit.

„Wie lange bis du denn noch in Dallas?"

„Das weiß ich noch nicht. Es kommt drauf an, wie lange ich noch für die Diplomarbeit brauche. Vielleicht noch ein paar Wochen. Schreibst du noch für die Zeitung?"

„Ja, das läuft gut, die wollen mich auch als Theaterkritiker und ich soll über Lesungen schreiben."

„Das klingt doch gut." Gabler war überrascht von Annes Offenheit. Sollte er Hoffnung schöpfen?

„Und sonst?" Er überlegte kurz.

„Ich habe eine neue Brille." Oh nein, wie konnte er nur so etwas Beklopptes sagen. Wenn ihm wirklich nichts Besseres einfiel.

„Und, ist es eine klassische?" Anne nahm es sportlich und blieb gelassen.

„Ja, sie würde dir gefallen." Ging es noch plumper?

„Und was machen deine therapeutischen Fortschritte? Bis du noch bei Albrecht?"

„Ja, ich denke aber ich werde wechseln. Ich kommt mit ihm einfach nicht klar."

„Hast du schon mal überlegt zu einer Frau in Behandlung zu gehen? Vielleicht wäre das eine bessere Lösung für dich."

Gabler war überrascht, dass Anne sich ernsthaft zu interessieren schien. Sollte er nach ihrer Adresse fragen?

„Du magst recht haben. Sag, kann ich deine Adresse haben, dann könnte ich dir schreiben?"

„Ja klar, ich freue mich immer über Post." Gabler nahm einen Stift und notierte.

„Du musst wissen, dass ich kein Handy habe hier, ich möchte nicht ständig am Telefon hängen. Sag, hast du was von Jakob gehört?"

Jakob war ein Studienkollege von Anne und ein gemeinsamer Freund.

„Nein, schon länger nicht mehr. Ich glaube der ist auch irgendwie untergetaucht. Ich habe wenige Kontakte momentan." Das war wenigstens ehrlich.

„Das ist ja nicht wirklich was Schlechtes. So kannst du dich einmal auf die wesentlichen Dinge konzentrieren."

Anne war schon immer gut darin, Gablers Psyche auseinander zu nehmen.

„Du bist eines der wesentlichen Dinge in meinem Leben." Er bereute es gleich, diesen Satz gesagt zu haben.

„Gewesen Alexander, gewesen." Diese Antwort war mehr als eindeutig. Gabler schien schwer von Begriff. Jetzt war er an einem Punkt des Gespräches angelangt, an den er auf gar keinen Fall kommen wollte. Sollte er einfach auflegen? Nein, das wäre erstens unfair und zweitens unhöflich. Sie hatte ja recht, er musste lernen in der Vergangenheit zu denken.

„Trinkst du noch Alkohol?"

Das war ehrlich und traf den Punkt.

„Nein, selten." Das war ehrlich. „Ich habe unseren Bioobstler in den Ausguss gekippt."

Anne lachte. „Das hast du gut gemacht. Was macht dein Klavierspiel?"

„Momentan habe ich wenig Muße. Aber das kommt wieder. Du weißt ja, ich bin immer in Phasen kreativ."

„Bleib dran. Du spielst ja wirklich gut, ich habe dir immer gerne zugehört."

Gabler freute sich über das Kompliment. Anne hatte ihm zu seinem letzten Geburtstag eine CD von Lennie Tristano geschenkt, die hatten sie oft zusammen gehört. Er überlegte, ob er die Kardinalfrage stellen sollte. Er beschloss es zu tun.

„Hast du einen Freund?"

Anne lachte wieder.

„Du lässt nicht locker Alexander, typisch. Nein, wenn dich das beruhigt. Ich habe hier gar nicht die Zeit für einen Flirt. Obwohl die hier alle sehr nett sind. Gelegenheit gäbe es genug. Ich informiere dich, wenn es diesbezüglich etwas Neues gibt." Sie lachte wieder laut, Gabler musste

mitlachen. O. K., das war für eine erste zaghafte Kontakt-
aufnahme erst einmal nicht so schlecht. Gabler war froh,
den Anruf getätigt zu haben.

„Im Grunde geht es mich ja auch gar nichts an", sagte er.

„Ich bin halt immer neugierig, das weißt du ja."

„Klar, ich hätte das an deiner Stelle auch gefragt. Und
wie schaut es bei dir aus?"

Gabler dachte an die Diplomblüte und an die Anwältin,
die seine Stühle gekauft hatte. Gelegenheiten hätte er gehabt, so viel Selbstbewusstsein durfte sein.

„Momentan nicht", lautete die Antwort.

„Ich finde das gar nicht so schlecht, einmal ohne Beziehung zu sein." Anne wurde philosophisch.

„Meinst du das im Ernst?" Gabler war verblüfft.

„Ja klar, warum nicht? Die Welt besteht nicht nur aus
Liebe und Eierkuchen. Distanz kann auch Nähe schaffen."
Diesen Satz hätte Gabler gerne selbst gesagt. Anne war
ihm zuvor gekommen. Wie so oft in ihrer Beziehung. Sie
war manchmal einfach schneller und präziser als er.

„Du magst recht haben. Aber vier Augen sehen mehr als
zwei." Jetzt hatte er gepunktet.

„Das stimmt auch wieder." Anne akzeptierte den Gleich-
stand.

Aber Gabler war jetzt nicht nach einem Ideenwettbe-
werb zumute. Er freute sich, dass er den Anruf riskiert
hatte, das war es erst einmal gewesen. Er versprach einen
Brief zu schreiben.

„Ich melde mich wieder", sagte er.

Für einen kurzen Moment war Schweigen in der Leitung. Keiner sagte ein Wort.

„O. K., das würde mich freuen", sagte Anne schließlich.

„Hab's gut Alexander."

„Hab du es auch gut, bis bald."

Gabler legte auf, starrte an die weiße Wand und begann zu heulen. Er schämte sich nicht, es musste einfach raus. Er heulte und bekam eine Art tückischer Schüttelfrost. Obwohl es erst später Nachmittag war, legte er sich schluchzend aufs Bett und zog die Decke über den Kopf. Er fror wie so oft in diesen Tagen. Erst nach dem Anruf merkte er, wie sehr er unter der Trennung litt. Er war mit sich und der Welt noch lange nicht im Reinen. „Distanz kann auch Nähe schaffen" hatte Anne gesagt. Der Satz hatte etwas. Gabler wollte nicht, dass ihn jemand so sah. Er stand auf, schloss die Zimmertüre ab, und legte sich wieder aufs Bett. Wie lange er da so lag vermochte er nicht mehr zu sagen, es musste mindestens eine Stunde gewesen sein. Schließlich schlief er ein und wachte erst am nächsten Morgen wieder auf. Was hatte ihm das Telefonat jetzt eigentlich gebracht? Er war schon über den Punkt des Schmerzes hinweg gewesen, jetzt hatte er die Geschichte noch einmal aufgerollt. Das hätte er besser bleiben lassen. Es war wie wenn man den Schorf auf einer Wunde weg kratzt, und es erneut zu bluten beginnt. Ja, er blutete. Nicht wirklich sichtbar, aber dennoch tat es weh. Im Badezimmer gab der Blick in den Spiegel ein verheultes Gesicht frei. Du Idiot, dachte er. Wie kann man nur so blöd sein?

Und doch hatte er Anne noch immer nicht aufgegeben. Er wollte kämpfen, obwohl er tief in seinem Innern wusste, dass es vollkommen zwecklos war.

Ich werde sie überraschen, genau, überraschen, dachte er. Ich werde einfach nach Dallas fliegen und sie überraschen, und wenn sie mich abweist ist es auch egal, ich habe es dann wenigstens versucht. Und wenn es mich meine Rentenversicherung kostet, ich werde das durchziehen. Wäre Gabler neben sich gestanden und hätte sich selbst zugehört, hätte er sich für komplett verrückt erklärt.

Ich muss sie sehen, koste es was es wolle. Es begann ein Trip, den Gabler nicht mehr unter Kontrolle hatte. Er konnte auf einem fatalen Irrweg sein, ohne sich das selbst eingestehen zu wollen.

„Ich muss sie sehen", war alles was er denken konnte. Es war schlimmer als eine Droge, die von einem Besitz ergreift. Er war vollkommen machtlos. Bisher hatte er ein solches Gefühl nie erleben müssen, es tat weh, der Schmerz war heftig. Die Frage war im Grunde nur noch, wann er den Schritt über den Atlantik gehen wollte. Er beschloss, noch ein paar Tage zu warten. Soviel Realitätssinn hatte er noch.

„Reiß dich ein wenig zusammen", sagte er zu sich. „Bleib real und mache einen Plan."

Genau, ein Plan musste her. Wenn er Anne überraschen konnte, war das vielleicht die Chance auf einen neuen Anfang. Sie würde ihn wahrscheinlich nicht abweisen, das war nicht ihr Stil. Aber er konnte ein paar Tage mit ihr zusammen sein. Das würde ihm schon genügen. Ihre Stimme zu hören, ihr Gesicht zu sehen, vielleicht ihre Hand halten. Die Sehnsucht war eine tückische Gefährtin. Sie weckte Hoffnungen, die eventuell bitter enttäuscht würden. Das war das Risiko.

„No risk no fun", dachte er. Was für eine bescheuerte Floskel, aber sie stimmte.

„Was hält mich noch hier", fragte er sich. Hätte Anne ihm angeboten, mit ihr zusammen auf einen fernen Planeten durchzubrennen, er hätte sofort eingewilligt. Nein, das war kein Kitsch mehr, es war eine Packung bitterer Pillen, von denen er eine nach der anderen zu schlucken hatte. Gabler hatte einen trockenen Mund und ihm war schlecht. Es war als hätte er eine Flasche Bioobstler ex ausgetrunken. Bittere Pillen, eine nach der anderen. So what?

Den Alltag meistern die kommenden Tage, das war eine Methode, einfach nur das Nötigste erledigen, ganz langsame und kleine Schritte gehen. Kobler, der Arzt und Freund seiner Eltern hatte ihm diese Politik der kleinen Schritte ans Herz gelegt.

„Mach langsam Alexander, du hast keine Eile, niemand drängt dich", hatte er gesagt. Er war gut gewesen, hätte er nicht so weit weg gewohnt, Gabler wäre sofort zu ihm in Therapie gegangen.

„Ruf ihn einfach an und sprich mit ihm, er wird dich nicht abweisen", dachte Gabler. Er fragte sich, warum er nicht schon früher auf diese Idee gekommen war.

Nase zu und ab ins kalte Wasser.

No 15

Gabler wählte Koblers Nummer und setzte sich an seinen Schreibtisch.

„Kobler."

„Ja, Alexander Gabler hier, störe ich Sie gerade?"

„Nein, was kann ich für dich tun Alexander?"

„Mir geht es schlecht, ich habe grade mit meiner Ex Freundin telefoniert."

„Mit Anne?"

„Ja, genau."

„Wo ist das Problem?"

„Ja, gerade das ist es ja, ich weiß nicht, wo das Problem liegt. Ich dachte ich könnte sie vielleicht wieder zurückgewinnen, aber das ist wohl ein Irrtum. Sie war sehr nett am Telefon, das macht mir wieder Hoffnung und ich habe Angst dass diese Hoffnung enttäuscht wird."

„Warum besuchst du sie nicht einfach?"

„Ja, das ist das nächste Problem. Sie hält sich zurzeit in Dallas auf und schreibt dort ihre Diplomarbeit. Ich kann da nicht einfach mal so kurz hinfahren."

„O. K., verstehe, das macht die Geschichte etwas kompliziert. Aber ich finde es gut, dass du mich anrufst. Der erste Schritt ist, dass du dir eingestehst, dass du Hilfe benötigst. Das ist sozusagen schon mal die halbe Miete. Eine Trennung schmerzt immer, lass den Schmerz zu, du brauchst dich nicht zu genieren und musst niemandem gegenüber Rechenschaft ablegen. Ich kenne dich ja schon seit deiner Kindheit und weiß, dass du ein sehr sensibler Bursche bist. Das meine ich ernst. Du bist intelligent, das kann in gewissen Situationen auch eine Art von Behinderung sein. Versteh mich bitte nicht falsch. Ich will dir nur sagen, wenn dir deine Bauchgefühl sagt, dass du jetzt auf Teufel komm raus nach USA fliegen solltest, dann mach das, vorausgesetzt natürlich, du kannst dir das finanziell leisten. Verstehst du was ich dir sagen möchte?"

„Ja, ich glaube schon."

„Wichtig ist, dass du dich auf eine weitere Enttäuschung gefasst machen musst. Es kann sein, dass Anne dich abweist. Das ist vielleicht sogar wahrscheinlich. Also kalkuliere das Risiko und schaffe einen Schutzschirm um dich, so will ich es einmal nennen."

„Ich denke, gerade das ist das Problem, ich verstehe."

„Die Sache ist die, wenn du es nicht tust, dann machst du dir vielleicht lange Zeit Vorwürfe. Das kann auf die Dauer schlimmer sein als eine erneute Enttäuschung. Ich kann dir nur einen Rat geben, entscheiden musst du das selbst. Du bist schlussendlich erwachsen." Kobler lachte.

„Du kannst mich gerne auch jederzeit besuchen kommen, ich helfe dir gerne wenn ich kann. Du warst schon einmal bei mir zuhause?"

„Ja, ich habe Sie mit meiner Mutter schon einmal besucht, das muss schon vier oder fünf Jahre her sein."

„Stimmt, ich erinnere mich. Magst du am Wochenende vorbei kommen?"

Gabler überlegte kurz, klar, das war ein Angebot. Er mochte Kobler.

„Sehr gerne, sollen wir uns zum Frühstück treffen?"

„Ja, am Sonntag wäre gut, wir können auch einen Spaziergang machen wenn das Wetter gut ist. Ich wohne ja auf dem Land, direkt am Wald, da ist es sehr schön. Dann komm doch Sonntag und bring Brötchen mit, ich freue mich."

„Gut danke, Sonntag gegen 11 Uhr. Mir fällt grade ein, dass ich gar kein Auto habe im Moment."

„Du kannst mit dem Zug direkt nach Tuttlingen fahren, ich hole dich dort ab."

„Prima, Ich melde mich noch wegen der genauen Uhrzeit."

„Gut, also dann bis Sonntag."

„Bis Sonntag, Tschüss."

Gabler war fürs erste beruhigt und besser gestimmt. Kobler kannte ihn schon als Kind und war kompetent. Anders als sein aktueller Therapeut Albrecht, der immer nur abstruse Vorschläge machte. Kobler war anders. Er sprach aus dem Herzen, und war ein Meister im Aufzeigen von Möglichkeiten. Und er kannte Gablers Familie, das war sicherlich von Vorteil.

Heute war Donnerstag, Gabler suchte im Internet die Zugverbindung heraus und beschloss, den Tag noch nicht verloren zu geben. Er baute sein E-Klavier auf und spielte über eine Stunde lang mit Kopfhörer, Kerstin war da, er wollte sie nicht stören. Meist improvisierte Gabler, er hatte als Kind klassisches Klavier gelernt und später bei einem Arbeitskollegen seines Vaters die Grundzüge des Jazz studiert. Am liebsten setzte er sich hin und spielte das, was ihm gerade einfiel. Er konnte das E-Klavier an sein Tape anschließen und das, was er gerade spielte aufnehmen. Damit hatte er schon einen ganzen Koffer voller Kassetten bespielt. „Für die Nachwelt", dachte er und grinste in sich hinein.

Als er in die Küche ging um sich einen Tee zu kochen, saß Kerstin am Tisch und frühstückte. Sie war eine Spätaufsteherin.

„Moin, wie geht's", fragte sie.

Gabler hätte lügen müssen, wenn er „gut" gesagt hätte.

„Es geht so, danke. Und dir?"

„Ja auch gut, ich bin gestern spät ins Bett, war ein langer Abend. Ich habe grade Tee gekocht, magst du eine Tasse?"

„Gerne."

Sie goss Gabler eine Tasse grünen Tees ein. Gabler spürte, dass gerade nicht die Zeit für ein tiefgreifendes Gespräch war, es war noch zu früh am Tag.

„Ich muss noch mal ins Bett, sorry", sagte Kerstin.

Gabler war das recht.

„Danke für den Tee, einen schönen Tag dir."

Er trank seinen Grüntee und war bereit für den Tag. Als erstes wollte er zur Bank gehen und dort klar Schiff machen. Gerade als er sich angezogen hatte und aus dem Haus wollte klingelte sein Handy. Es war der Gebrauchtwagenhändler.

„Sie haben das Geld für ihren SAAB noch nicht abgeholt. Wollen Sie heute vorbei kommen?"

„Oh ja, ich bin in zehn Minuten bei ihnen, passt das?"

„Ja klar, ich bin da."

„Bis gleich."

Gabler ging die paar Straßen zu Fuß und ließ sich die 1.200 Euro für seinen Wagen ausbezahlen.

„Wenn sie wieder einmal meine Dienste benötigen gerne", sagte der Typ.

Gabler bedankte sich und beschloss, einen Großteil des Geldes auf sein Konto einzuzahlen. In der Bank angekommen fragte er nach seinem Sachbearbeiter. Knopfler war der Name desjenigen, der für seinen Dispo zuständig war. Er sah aus wie jeder andere Banker auch. Zog man Anzug, weißes Hemd und Krawatte ab, glichen sich diese Herren über das Geld wie ein Ei dem anderen.

„Hallo Herr Knopfler, ich habe gute Nachrichten", sagte Gabler.

„So, das freut mich. Können Sie ihren Dispo ausgleichen?"

„Ja, nicht ganz aber einen Teil davon. Wir sind bei ungefähr 6.000 Euro?" Knopfler schaute in seinen Computer.

„Ja, wir sind genau bei 6.123 Euro, also weit über dem Limit, was ich Ihnen eigentlich zubilligen darf."

Gabler zog einen Umschlag aus seiner Aktentasche.

„Ich kann Ihnen fürs erste 2.500 Euro geben, vielleicht kommt die Tage noch was dazu."

„Gut" Knopfler kniff die Augen hinter seiner Brille zusammen und setzte das übliche Banker-Lächeln auf.

„Aber das ist noch nicht genug. Wir hatten ursprünglich einen Dispo von 4.000 Euro vereinbart. Wenn ich richtig rechne, sind das 3.620 Euro momentan. Wir mussten schon Ihre Mietzahlung stornieren."

Gabler entglitten seine Gesichtszüge.

„Du Arschloch", dachte er.

„Das geht nicht, sorry aber die Miete ist mein wichtigster Dauerauftrag. Ich kann das Geld bis morgen besorgen. Können wir den Dispo nicht auf 4.500 Euro erhöhen? Nur bis Ende des Monats?"

Knopfler kniff die Augen noch mehr zusammen. Er schaute noch mal auf seinen Bildschirm.

„Ja, kommende Woche kommt ihr Geld vom Arbeitsamt, dann sollten wir unter 4.000 bleiben können."

Gabler war jetzt auf 180. Knopfler hatte das Wort Arbeitsamt so laut durch die Schalterhalle gebrüllt, dass es jeder der Anwesenden hören konnte. Die Situation war mehr als peinlich.

Beinahe wäre er über den Tresen gesprungen und hätte Knopfler am Schlawittchen gepackt.

Er riss sich zusammen.

„O. K., dann schaue ich, dass ich das Geld für die Miete bis morgen zusammen habe. Ich melde mich dann morgen wieder."

„Gut." Knopfler reckte den Hals wie eine neugierige Giraffe und nickte mit dem Kopf.

Soweit so gut. Gabler hatte für die nächsten 24 Stunden Luft. Er verabschiedete sich und verließ die Bank. Er war dort seit seiner Jugend mit seinem damals ersten Konto Kunde, das würde er Knopfler morgen noch mal ins Gedächtnis rufen.

Zuhause traf Gabler Kerstin an, sie war mittlerweile bereit für den Tag. Er fragte sie, ob er die Miete für den ersten Monat jetzt schon haben könne. Ursprünglich hatten sie Ende des Monats vereinbart, was im Grunde vollkommen unüblich war.

„Ja klar", sagte Kerstin, ich kann es dir auch gleich geben. Sie ging in ihr Zimmer und kam mit 250 Euro zurück in die Küche.

„Hast du Geldsorgen?", fragte sie.

Gabler wollte ehrlich sein.

„Ja, momentan schaut es bei mir nicht besonders aus, ich komme schon durch, die Bank macht mir halt gerade Schwierigkeiten."

Kerstin schien das nicht zu überraschen.

„Dann machen wir das so, dass du die Miete am Anfang des Monats bekommst, für mich ist das kein Problem."

„Das ist lieb, danke dir. Sag, kennst du eventuell jemanden, der Interesse an einem E-Klavier hat?"

„Wieso, hast du eines zum abgeben?"

„Ja, ich kann es dir zeigen, es steht in meinem Zimmer."

„Gerne."

Gabler führte Kerstin in sein Zimmer.

„Sorry, es ist nicht aufgeräumt. Hier steht das Teil. Es ist ein italienisches Master Keyboard mit einem Soundmodul."

Gabler hatte das Teil auf Anraten eines Freundes gekauft, einem amerikanischen Pianisten, den er seit langem schon kannte.

„Kannst du es kurz anschließen?"

Gabler stöpselte den Stecker des Pianos in den Verstärker und spielte ein paar Takte.

„Du bist ja ein Jazzer", lachte Kerstin. Wir könnten auch zusammen Musik machen."

„Ich denke nicht, dass ich dein Niveau halten kann. Für den Hausgebrauch ist es genug."

„Und du möchtest das Teil tatsächlich los werden?"

„Ja, schweren Herzens aber ich kann mir ja immer wieder ein neues kaufen."

Gabler wollte jetzt kein Gespräch darüber anfangen, wie tief er in der Kreide stand.

„Ich kann mich mal umhören unter den Kollegen, vielleicht könnte man auch einen Schüler dafür begeistern. Was soll es denn kosten?"

„Neu habe ich an die 2.000 Euro bezahlt, ich würde es für 1.400 Euro hergeben."

„O. K, das scheint ein guter Preis. Wie gesagt, ich höre mich um."

Gabler überlegte, ob er Kerstin die Geschichte von seinem Schallplattendeal erzähle sollte. Er beschloss es nicht zu tun.

Sie gingen wieder in die Küche zurück.

„Hast du ein Auto?", fragte er Kerstin.

„Ja, einen alten Golf, warum?"

„Nur so, ich habe meines grade verkauft. Was hältst du von Car Sharing? Vielleicht können wir uns deinen Wagen teilen. Oder du leihst ihn mir gelegentlich gegen ein Entgelt selbstverständlich."

„Die Idee ist gut, können wir gerne machen."

„Ich bin selten mit dem Auto unterwegs, meist fahre ich mit dem Rad, meins wurde mir grade vor ein paar Tagen gestohlen."

„Oh shit."

„Ja, direkt aus dem Garten hinter dem Haus. Ich denke die Versicherung wird mir den Schaden ersetzen."

Gabler war froh, dass er von Kerstin früh das Geld für die Miete bekommen würde, das würde ihm noch etwas mehr Luft verschaffen. Und vielleicht konnte er auch sein Piano loswerden.

„Ich muss", sagte Kerstin", ich habe gleich noch Probe."

„Ich gehe noch ein paar Schritte am See entlang", sagte Gabler. „Wir sehen uns."

Fürs erste konnte Gabler mit dem heutigen Tag zufrieden sein. Es hätte schlimmer kommen können. Er zog sich seine bequemen Turnschuhe an und verließ das Haus. Es war trocken, nur wenige Wolken betupften den Himmel, die Sonne meinte es gut, sie war in Geberlaune und spendierte etwas Wärme.

No 16

Am Abend schaute Gabler aus Gewohnheit in die Fernsehzeitung und merkte erst nach ein paar Sekunden, dass er gar keinen Fernseher mehr hatte. „Zum Ersten, zum Zweiten und zum Dritten" hatte es geheißen.

Er beschloss, einen Aktenordner aus einer der Kisten zu nehmen, die noch einsam, jede für sich im Zimmer standen. Ihm war nach ein wenig Nostalgie zumute. Das macht man sonst nur alle paar Jahre, in der Regel bei Umzügen, ihm fiel als erstes ein Ordner in die Hände, der noch Dokumente aus seiner Studienzeit enthielt. Er hatte sein Studium in Augsburg begonnen, nach ein paar Semester wechselte er nach Berlin. Er kam deshalb drauf, weil er eine ähnliche Situation wie jetzt schon einmal erlebt hatte. Es war eine seiner ersten WGs gewesen, sie waren in einer ehemaligen Zahnarztpraxis zuhause, drei Juristen und eine Floristin. Gabler hatte sich weniger aus Überzeugung für Jura entschieden. „Jura kann man immer brauchen", hatte ein Freund seiner Eltern gesagt. Die Option auf einen Job als Anwalt war in einem gewissen Maße verlockend. In der Familie hatte es keine Juristen gegeben.

Gleich zu Beginn des Studiums musste Gabler feststellen, dass viele seiner Kommilitonen das Studium als eine Art Erbpacht begriffen. Vater Anwalt, Söhnchen oder Töchterlein Anwalt, Vater Richter, Söhnchen oder Töchterlein Richter, et cetera. Insofern hatte Gabler einen schweren Stand. Die WG hatte anfangs gut funktioniert, erst nach einigen Monaten stellten sich Dinge heraus, die Gabler mächtig auf die Nerven gingen.

Die Mutter eines Mitbewohners stand jeden Morgen auf der Matte und forderte alle Anwesenden zum Putzen auf. Anfangs fand Gabler das noch lustig, im Laufe der Zeit ging ihm das gehörig gegen den Strich. Die gute klopfte tatsächlich am frühen Morgen an die Zimmertüren und weckte die ganze WG auf. Auch sonst war die Stimmung nicht besonders gut, Gabler beschloss, sich eine neue Bleibe zu suchen. Doch wie es oft seiner Natur entsprach, ging er das Unterfangen vollkommen blauäugig an und statt erst auszuziehen, wenn er etwas anderes gefunden hatte, kündigte er, ohne zu wissen, wo er dann unterkommen konnte.

Er engagierte sich im Zuge des Studiums in der Fachschaft, wurde gleich im ersten Semester als Kooptierter gewählt, das war eine Art Klassensprecher. An die 350 Kommilitonen und Kommilitoninnen starteten das Projekt Jura. Gabler ließ sich dann noch in den Fachschaftsrat wählen, kandidierte für das gesamt universitäre Studentenparlament und wurde auch dort hinein gewählt. Unipolitik war eine anstrengende Angelegenheit. Aber man bekam vieles mit, was einem als „normalen" Studenten verborgen blieb. Etwa wie Gelder verteilt werden oder wie man Stellen in der Verwaltung besetzt. Endlose Sitzungen. Das kostete alles sehr viel Zeit, aber Gabler tat das gerne, er lernte so auch Studenten aus anderen Fachbereichen kennen. Germanisten, Philosophen, Psychologen, Mathematiker. Er hatte einen direkten Draht zur Leitung der Universität und verfügte über ein kleines Büro, in dem er Initiativen schmiedete und Veranstaltungen organisierte, den Uniball, Kinoabende, Konzerte und Vorträge von Juristen, die von auswärts an die Uni kamen. Es war ebenso spannend wie lehrreich. Gabler war in Hochform.

Nun musste er sich damals eine neue Bleibe suchen, das war auf die Schnelle nicht einfach. Sein Déjà-vu, als er auf seinem Bücherbett lag und an die Decke stierte war, dass er eben damals schon einmal in der gleichen Situation war. Keine richtige Bleibe und finanztechnisch vollkommen außer der Spur.

Er hatte sich entschlossen, nach dem Auszug aus der Augsburger WG erst einmal in seinem Büro unterzukommen. Das war im Grunde eine vollkommen wahnwitzige Idee, der Raum maß lediglich an die sechs Quadratmeter, es gab einen Schreibtisch, einen Stuhl und einen blechernen Aktenschrank. Die Atmosphäre war leicht unterkühlt, um es vorsichtig zu formulieren. Gabler hatte noch einen alten Bundeswehrschlafsack. In dem Büro gab es nicht mal eine Heizung. Das Büro teilten sich fünf andere Mitglieder des Studentenrates, Gabler konnte also nur nachts ungestört bleiben. Er schoppte seinen Körper gegen 22 Uhr in den Schlafsack und schlief, wenn er müde genug war bis vier Uhr morgens. Dann kam die Putzfrau, durch die Ritze der Türe fiel ein Schimmer des Neonlichts im Flur. In der ersten Nacht hatte die Putzfrau noch die Türe aufgeschlossen und erschreckte fürchterlich über den Körper, der wie tot auf dem Fußboden lag. Gabler beruhigte sie und erklärte ihr, dass sie die kommenden Tage nicht mehr zu putzen bräuchte. „Aber ich muss, ich muss", sagte sie. „Nein, nein, wirklich nicht", antwortete Gabler. Es hatte dann dergestalt funktioniert, dass er die nächsten zwei Wochen zumindest nur durch das Licht gestört wurde, das durch den Türschlitz fiel. Nach ein paar Tagen machte ihn eine Kollegin aus dem Konvent, eine Wirtschaftswissenschaftlerin klar, dass die Unileitung wohl von Gablers Aktion Kenntnis erlangt hatte. Er musste sich eine andere Bleibe suchen, sonst hätte man ihn womöglich exmatrikuliert.

„Das waren Zeiten", dachte Gabler. Er hatte dann nach Verlassen seines urprivaten Bürohotels ein paar Wochen ein regelrechtes Nomadendasein geführt. Hin und wieder

konnte er bei einer Kommilitonin übernachten, die groß-
zügig ihr Gästebett zur Verfügung gestellt hatte. Nach gut
einem Monat hatte er dann Glück gehabt. Eine schöne Einzimmerwohnung mitten in der Altstadt, wenige Meter
entfernt von der Augsburger Puppenkiste. Sie war nicht
besonders groß aber bezahlbar und Gabler genoss es,
endlich wieder einmal sein eigenes Reich und seine Ruhe
zu haben.

Zu dieser Zeit hatte er seine ersten journalistischen
Gehversuche gemacht. Er gründete zusammen mit drei
anderen Studenten, zwei Juristen und einem Germanisten
eine Unizeitung, vielmehr war es eine Zeitschrift. UNI-
VERSUM hieß das Projekt. Es war das gesamt universitäre
Organ für Studenten und wurde an allen Fachbereichen
verteilt. UNIVERSUM entwickelte sich binnen kürzester
Zeit zum Kultobjekt. Die Auflage ging in die Tausende, es
war schließlich Gabler, der das Ganze in die Vorwärtsbe-
wegung brachte. Die Themen waren vielseitig, es ging
über Dinge, die sich rund um die Uni abspielten, etwa Aufsätze zum Hochschulrahmengesetz oder zu Prüfungsfra-
gen. Gabler selbst schrieb über eine Parisreise, er besprach
Bücher und Schallplatten, setzte ein Gedicht auf die letzte
Seite oder schrieb über einen Auftritt des Musikclowns
Django Edwards. Das Layout wurde noch von Hand geklebt, die Texte tippte man in die Schreibmaschine. Gabler
musste bis nach Heidelberg fahren, um dort bei einem
Spezialisten alle Texte digital erfassen zu lassen. Es war
ein Abenteuer, aber es machte unheimlich viel Spaß. UNI-
VERSUM hielt sich über Jahre, Gabler war für die ersten
drei Ausgaben verantwortlich, die im Laufe eines Jahres
erschienen waren. Leider litt das eigentliche Studium an
Gablers Engagement. Er hatte nicht die Kraft, beides miteinander zu verbinden. Oft saß er bis spät abends in Sit-

zungen, wenn er danach noch in irgendeiner Kneipe ein Bier trank, was er am kommenden Tag zu müde, um schon um acht Uhr an der Uni zu sein. Er packte das Pflichtprogramm mit dem Absolvieren der nötigen Scheine, die er fürs Examen benötigte gerade noch so. Nach dem vierten Semester zog es Gabler zusammen mit der ganzen Clique, für die das Studium nicht lediglich das Pauken von Paragrafen bedeutete, nach Berlin.

„Turbulente Zeiten", dachte Gabler und suchte auf seinem Bücherbett liegend die Zimmerdecke nach Mustern ab, die ihm bekannt vorkamen. Etwa die Silhouette von Charlie Chaplin oder die Akropolis in Athen. An die Zimmerdecke zu schauen war eine von Gablers Lieblingsbeschäftigungen. Stunden konnte er damit zubringen. Anstatt ein Buch zu lesen oder sich an sein Klavier zu setzen, starrte er Löcher in die Decke.

„Das muss aufhören", dachte er. „Ich werde noch zum Zombie, zum an-die-Decke-starren-Zombie."

Er überlegte, ob er sich eines der drei Biere genehmigen sollte, die in seinem Kühlschrank ein einsames Dasein fristeten. Er verwarf die Idee. Seine Armbanduhr zeigte zwanzig Uhr an. Vor wenigen Tagen hätte er jetzt noch die Tagesschau angeguckt. Zum Ersten, zum Zweiten und zum Dritten. Er hatte gewissermaßen die Tagesschau versteigert. Mit samt dem Vorabendprogramm und den langweiligen Krimis. Er vermisste nichts. Außer Anne, aber das Thema wollte er heute Abend nicht mehr durchdenken. Morgen vielleicht oder übermorgen.

„Was war früher besser", fragte sich Gabler. Mit welcher Leichtigkeit war er die Dinge angegangen? Wo war sie jetzt geblieben, diese Leichtigkeit? Was erwartete er vom Leben? Jetzt schon Schluss machen? Nein, aber die Dinge überdenken. War er gescheitert, wie man so schön sagt?

Gleich ein ganzer Katalog von Fragen. Er musste sie selbst beantworten. Als Kind werden einem diese Fragen, wenn man sich ihnen schon stellt, von den Erwachsenen abgenommen. Jetzt musste er das selbst regeln. Manchmal hatte Gabler das Gefühl, an den Sohlen seiner Schuhe hätte jemand Pattex geklebt. Er war dazu verdammt, auf der Stelle zu treten, er konnte sich nicht mehr fortbewegen. Alles war unheimlich zäh. Er brauchte ein Lösungsmittel, und zwar ein aggressives, das seine geistige Verklebtheit auflösen konnte. Bioobstler war keine echte Alternative, das war schon klar.

„Tief und langsam atmen", verordnete er sich selbst. An die Zimmerdecke zu starren und von der Tapete Antworten auf offene Fragen zu beantworten war so ziemlich das dämlichste, was man tun konnte. Wenn er das jemandem erzählen würde, würde man ihn für komplett verrückt erklären.

Da war es wieder, das Wort „verrückt". Im Grunde bedeutete das, wenn man es wörtlich nahm, lediglich, das etwas an eine andere Stelle gerückt wird. Also ein Ding ist oder wird verrückt. Gabler staunte über seine eigene Kraft, einzelne Wörter nach ihrem Sinn und Ursprung auseinander zu nehmen.

Alexander Gabler, Welterklärer. Die explosive Mischung aus Größenwahn und Minderwertigkeitskomplex. Genie oder Wahnsinn. Versteher oder Nichtwisser.

„Die Grenzen sind fließend", dachte Gabler. Er verspürte den Wunsch, seine Sicht auf die Dinge jemandem mitzuteilen, der sich dafür interessierte oder zumindest in der Lage war zuzuhören. Am Wochenende würde er ja Kobler treffen. Das war schon ein Anfang. Kobler war vor allem eins, er war ehrlich. Und er kannte Gablers familiäres Umfeld, das sollte kein Schaden sein.

Gabler schaute auf die Uhr, es war viertel nach Neun. Er wollte sich nicht angewöhnen, schon so früh ins Bett zu gehen. Er schlurfte in die Küche, weder Kerstin noch Daniel waren anwesend. Man spürte gar nicht, dass hier seit ein paar Tagen noch zwei andere Menschen wohnten. Gabler war das recht, ihm war nicht nach Kommunikation zumute. Er ließ die Biere im Kühlschrank und machte sich einen Ingwertee. Auf dem Tisch lag noch die Zeitung von gestern. Er blätterte lustlos durch den Lokalteil, was sich da abspielte war quasi nicht der Rede wert. Bald waren die Wahlen für den städtischen Oberbürgermeister, das gab Futter für die Schreiberlinge. Sonst gaben sich die Hauptversammlung der Städtischen Feuerwehr und der aktuellste Autounfall die Klinke in die Hand.

Der Lokaljournalist muss über die Gabe verfügen, aus der Mücke einen Elefanten zu machen. Eine Lappalie wird zum Aufmacher hochgejubelt, so bekommt man die Seiten voll und der Leser hat den Eindruck, es hätte sich etwas Wichtiges ereignet. Am schlimmsten ist es im Sommer zur Ferienzeit. Die Politiker haben Urlaub, die Kinder sind in den Ferien und Veranstaltungen gibt es so gut wie keine. Das muss dann eine Reportage her über das Problem der Müllentsorgung im Stadtwald oder ähnliches. Nicht wirklich spannend.

Gabler nahm die Teetasse und ging wieder zurück in sein Zimmer. Er setzte sich an seinen Rechner und googelte ein paar Namen von Kommilitonen, die mit ihm studiert hatten. Eine Kollegin, die mittlerweile in Hamburg lebte, hatte ebenfalls keinen Jura-Abschluss, sondern war selbstständige Psychologin geworden. Sie war mit Gabler gemeinsam im Studentenrat gewesen. Coaching, Supervision und Kommunikation waren jetzt ihre Themen, Respekt. Drei seiner männlichen Kollegen waren allesamt als

Rechtsanwälte tätig. Zwei lebten in Berlin, einer in Rostock. Gabler überlegte, ob er Kontakt aufnehmen und Mails schreiben sollte. Er verwarf den Gedanken. Er war zu sehr mit sich im Unreinen, um eine ehrliche Korrespondenz aufbauen zu können. Vielleicht später, er wusste jetzt, wo er seine Studienkollegen finden konnte. Den steilsten Sprung macht eine Kommilitonin, von der Gabler wusste, dass sie nach ihrem Examen nach London ging und dort einen Master of Law absolvierte. Sie war mittlerweile in Genf bei der UNO beschäftigt. Gabler fand ein Video von ihr auf Youtube, in dem sie vor einer internationalen Delegation auf Englisch über den Klimawandel referierte. Kurzum, alle, die er gefunden hatte, legten eine doch ansehnliche Karriere hin. Dagegen fiel er um Längen zurück.

„Egal, es kann nur noch aufwärts gehen", dachte er. Für heute blieb ein letzter Blick aus dem Fenster. Die Menschen hatten sich in ihre Wohnungen und Häuser vergraben. Im Fenster gegenüber flimmerte der Fernseher. In der Wohnung ein Stockwerk tiefer ebenso.

„Bisher hast du alles richtig gemacht", dachte Gabler bei sich. Er trauerte seinem TV-Gerät zu keiner Sekunde nach. Vielleicht konnte er statt abends fern zu schauen wieder Tagebuch führen. Das hatte er, als er noch mit Anne zusammen war, öfter getan. Er nahm sich vor, sein altes Tagebuch wieder einmal aus einem der Kartons zu ziehen und darin zu lesen. Für heute würde es genug sein. Noch ein paar Seiten Tucholsky, nach wenigen Minuten glitt ihm das Buch aus der Hand.

No 17

Am nächsten Morgen traf Gabler Kerstin kurz in der Küche.

„Guten Morgen, schon wach?"

Kerstin hatte tiefe Ränder unter den Augen, sie schien noch nicht wirklich auf dem Damm.

„Ich habe eine gute Nachricht für dich", sagte sie. „Ein Kollege von mir ist an deinem Piano interessiert."

Sie ging in ihr Zimmer und holte einen Zettel mit einer Telefonnummer, und drückte ihn Gabler in die Hand.

„Ja prima, Freude groß", sagte Gabler. „Was meinst du, wie viel kann ich verlangen?"

„Soweit ich das gesehen habe, ist das Instrument in einem guten Zustand. Was hast du dafür bezahlt?"

„An die 2.000 Euro, ich habe die Rechnung noch."

Gabler war im Aufbewahren solcher Dinge immer sehr sorgfältig, das hatte er wohl von seinem Vater geerbt.

„Ich dachte 1.200 Euro?"

„Das finde ich fast zu billig. Versuche es mit 1.750, dann kannst du immer noch mit dem Preis runter gehen."

„O. K. gut. Ich werde deinen Bekannten gleich nachher anrufen."

Gabler hatte den Eindruck, Kerstin wolle erst einmal alleine sein. Er bedankte sich und ging in sein Zimmer. Wenn das E-Klavier verkauft war, hätte er vorläufig keine gravierenden Geldsorgen mehr. Er wählte die Nummer und machte mit dem Bekannten von Kerstin für den Abend einen Termin aus.

Bis dahin war noch Zeit, dem Instrument ein paar letzte Töne zu entlocken, sofern der Deal denn über die Bühne gehen sollte. Gabler spielte über eine Stunde und überlegte, ob er wehmütig werden solle oder nicht. Wieder kam der Einwand: Es ist nur ein Gegenstand. Den kannst du immer wieder ersetzen. Bei den Kartons stand ein kleiner Koffer, in dem er Kassetten aufbewahrte. Auf ihnen waren Aufnahmen mit dem E-Klavier gespeichert. In der Küche stand noch ein altes Radio, mit dem man auch Kassetten hören konnte. Er holte es und legte eine Kassette ein. Das Ergebnis war überraschend. Meist improvisierte er, wenn er spielte. Die Aufnahmen waren vom spielerischen her gut, auch die Tonqualität stimmte.

Das war das wirklich Wichtige, was es galt aufzubewahren. Diese Kassetten hatten den Status von Briefen oder Manuskripten. Vor Jahren hatte Gabler bei einer Party einen Teil seiner Gedichte verbrannt, ohne vorher eine Kopie zu ziehen. Das war eine sogenannte Performance gewesen, aus heutiger Sicht vollkommen bekloppt. Er gäbe viel drum, diese frühen Zeugen seines kreativen Schaffens wieder bei sich zu haben. Nun gut, es war vorbei. Das E-Klavier zu verkaufen war wie eine Schreibmaschine los zu werden oder einen Computer. Wichtig war die „Software", die „Hardware" war jederzeit wieder zu besorgen. Also ruhig Blut Alexander, keine Nostalgie bitte.

Er dachte an die Zeiten, in denen man noch Geschwistern oder Freunden Kassetten aufnahm. Als Gabler noch zur Schule ging, nahm er nach dem Unterricht Musik aus dem Radio auf. Einmal die Woche gab es Freitagabend die Hitparade mit Rock- und Popmusik. Gabler war in der Schule bei Festen immer als DJ tätig, später dann übernahm der den Job auch an der Uni. Eine gute Dekade lang bannte man jede Menge Schallplatten auf die MCs, das war eine Art Sport, wer über die coolste Musik und die besten Aufzeichnungen verfügte. Natürlich war mit entscheidend, wer die beste Stereoanlage hatte. Heute waren diese Dinge Gabler nicht mehr wichtig. Hätte er einen Steinway abgeben müssen, hätte das geschmerzt, aber ein E-Klavier war nun wirklich keine Staatsaffäre. Nach endlosen Blues-Variationen schaltete Gabler das Piano aus und überlegte, welchen Preis er verlangen sollte. Kerstins Ratschlag, das Ding nicht zu billig abzugeben schien logisch.

„Ich werde es mit 1.800 Euro versuchen", dachte er.

„Vielleicht habe ich Glück."

Genau, Glück. Das war das, was er momentan dringend brauchte. Nicht immer oder vielleicht auch nur selten lassen sich die Dinge doch steuern. Dem mochte man widersprechen, doch Gabler glaubte nicht daran, dass alles vorherbestimmt war. Man musste auch Glück im Leben haben. Oder Dinge würden zufällig geschehen. Was war Wille, was war mit Vernunft herbeizuführen, was geschah, weil man es wirklich wollte. Gabler dachte an das Thema Sucht. Anne hatte immer gelacht, wenn er davon gesprochen hatte. Wie war das mit dem Schnapsladen? Ab welchem Grad war man abhängig? Nicht nur von Zigaretten oder Alkohol, es gab die kleinen, versteckten Süchte. Etwa wenn man jeden Abend oder schlimmer schon morgens in der Früh den Fernseher einschaltete? So konnte man die Zeit totschlagen. Es war eine verlorene Zeit, sie war nicht wieder zu gewinnen. Wenn dir dein Fernseher das DU anbietet, ist es an der Zeit Schluss zu machen. Oder Süßigkeiten. Gabler hatte Zeiten, in denen er täglich mindestens eine Tafel Schokolade vertilgte. Oft auch mehr. Kekse, Pralinen, Chips et cetera. Das schlug sich erstens auf das Gewicht nieder und zweitens killte es jede Form von gesunder Ernährung. Es gibt noch viel zu lernen, dachte er. Tu deinem Körper etwas Gutes. Versuche es wenigstens.

Gabler zog seine Sportklamotten an und ging auf die Straße. Er war nach nur wenigen Metern am See, dort konnte man herrlich laufen, es gab einen Weg, der nur für Fußgänger und Radfahrer erlaubt war. Gabler war kein besonders guter Läufer. Er hatte früher viel Fußball gespielt, als Kind war er ein erfolgreicher Schwimmer gewesen, gewann zahlreiche Wettbewerbe. Dann zog es ihn zur Leichtathletik und zum Tischtennis. Wie gesagt Laufen war nicht seine Stärke. Aber für ein paar Meter reichten seine Kräfte noch aus. Er nahm den Weg zum öffentlichen Strandbad, machte dann kehrt und lief wieder nach Hause. Es hatte gut getan. Er duschte, zog sich frische Klamotten an und beschloss, den Tag mit sinnvollen Tätigkeiten fortzusetzen. Als nächstes packte er einen Stapel Klamotten in die Waschmaschine.

Kerstin und Daniel waren schon aus dem Haus. Aus seinem Schreibtisch lag noch die Rechnung des Fahrrads, die ihm sein Vater geschickte hatte. Seine Versicherung, bei der er eine Hausratsversicherung abgeschlossen hatte, war mit ihrem Büro in derselben Straße vertreten, wie praktisch. So musste er nicht seinen Schulfreund den Versicherungsvertreter bemühen.

Gabler ging die paar Schritte, erklärte der Angestellten, was passiert war und ließ sich von ihr ein Schadensformular aushändigen, mit dessen Hilfe er den Schaden melden konnte. Die Frau, die dieses Büro alleine leitete war zuvorkommend.

„Schreiben sie genau, was geschehen ist. War das Rad abgeschlossen? Hatten sie es in einem abgeschlossenen Raum oder Ort abgestellt?"

Gabler beantwortete die Fragen mit einem Kopfnicken. „Das Rad war im Garten abgestellt, und auch mit einem Schloss gesichert. Ich weiß gar nicht, wie die Diebe das Teil über den Zaun hieven konnten."

„Es gibt Menschen, die über eine unglaubliche kriminelle Energie verfügen", sagte die Dame. „Sie glauben gar nicht, was wir hier jeden Tag erleben."

„Danke. Kann ich ihnen den Kaufbeleg des Rades geben?"

„Ja klar, sie können auch das Protokoll gleich ausfüllen, ich leite das dann an unsere Zentrale weiter."

„Super", bedankte sich Gabler. Er setzte sich an den kleinen Tisch, der für Wartende reserviert war und füllte das Formular aus.

„Haben sie meine Versicherungsnummer parat", fragte er.

„Moment. Ich diktiere."

Gabler trug die Nummer ein.

„Was ich noch brauche ist die Meldung an die Polizei, dass ihnen das Rad gestohlen wurde."

„Das Formular habe ich zuhause, ich kann es gleich holen. "Prima."

Gabler rannte kurz in die Wohnung, holte die Diebstahlsanzeige und brachte sie zu der Frau ins Büro.

„Das ist wirklich nett von ihnen, dass sie sich so viel Mühe machen. Danke."

„Gerne, das ist mein Job. Sie hören dann von uns."

„Prima, danke. Schönen Tag noch."

„Ebenso."

Gabler war erleichtert. Wenn er schon bei der Sache Fahrrad war, konnte er gleich noch in die Stadt gehen und seinen Schulfreund Markus besuchen, der das erste Fahrradhaus am Platz hatte. Markus war seit der Schulzeit immer schon auf Fahrräder gepolt gewesen. Er hatte ein paar Semester Maschinenbau studiert, brach dann aber ab und machte sich früh mit einem kleinen Fahrradladen selbstständig. Mittlerweile war er drei Mal mit Laden und Werkstatt umgezogen und hatte sich fest in der Stadt etabliert. Er hatte über zehn Mitarbeiter.

„Salut Markus."

„Salut Alexander, was führt dich hier her?"

„Schlechte Nachrichten, mein Rad wurde geklaut."

„Ach du Schande, das alte Holland-Rad?"

„Genau, es ist bitter, es nervt einfach, verstehst du?"

„Klar, so wie so vollkommen unsinnig, das Ding erkennt man ja auf Meilen."

„Ich war gerade bei der Versicherung. Das scheint kein Problem zu sein."

„Wenn du Hausrat versichert hast, dann schaut es gut aus. Brauchst du ein neues in dem Fall?"

„Ja, nicht sofort, habt ihr auch gebrauchte Räder?"

„Immer wieder mal, ich kann dich anrufen, wenn was reinkommt. Die alte Handynummer?"

„Ja, immer noch die selbe."

„Und sonst, was macht das Leben so im Allgemeinen?"

„Och es geht, Anne hat sich getrennt, ich bin grade in der Verarbeitungsphase. Ich werde es überleben."

Gabler war erstaunt über die Nonchalance, mit der er Markus die Nachricht verkündete. Es schien ja gar nicht so schlimm zu sein.

„Konserviere diese Leichtigkeit", dachte er. Es war lustig, Markus hatte auch einige Brüche in seiner Biografie zu verkraften. Noch kurz vor dem Abitur wurde er für zwei Wochen vom Unterricht suspendiert, weil er sich mit seinem Mathe Lehrer angelegt hatte. Markus war ein Stehaufmännchen im besten Sinne.

„Ich ruf dich an, wenn wir was rein bekommen, ich muss."

Markus war immer busy.

„O. K., danke und bis die Tage."

Der bisher erfolgreiche Tag musste mit einem Extra-Milchkaffee belohnt werden.

„Belohnen ist wichtig", dachte Gabler. Es ist wie mit den Leckerli, die man einem Hund gibt, wenn er einen Stock apportiert.

Ich bin ein Hund, dachte Gabler. Demnächst reagiere ich wie auf den Pawlowschen Reflex. Die Frage stellt sich lediglich, wer die Klingel drückt. War das die Aufgabe von Anne? Oder die seines zuständigen Redakteurs bei der Zeitung? War es Kobler, mit dem er am Wochenende verabredet war? Er beschloss, den Gedanken zu konservieren und Kobler bei ihrem Meeting vorzutragen. Der würde eine Antwort haben, bestimmt. Für's Erste galt es sich zu merken, dass jede gute Leistung, sei es im Alltag oder in der Liebe belohnt werden musste. Dieses Verhalten musste zum Reflex werden. Klingel-Leckerli. Klingel-Leckerli. Klingel-Leckerli. Im Grunde war es einfach.

Gabler lachte still in sich hinein und machte sich auf den Weg zu seinem Stammcafé. Dort bestellte der den Belohnungs-Milchkaffee und schnappte sich die aktuelle Zeitung. Er kannte das Gefühl gut: Die Zeitung war voller Nachrichten und Meldungen, voller Features und Reportagen und doch gab es nichts, was Gabler in dem Moment wirklich interessiert hätte. Sonst konnte es manchmal noch der Sportteil retten, aber auch damit war heute nichts zu machen.

Gerade als er die Zeitung schließen wollte, war er beim Feuilleton und stieß auf einen Aufsatz über ein Theaterstück, das gerade in München uraufgeführt wurde. Er las wie instinktiv die ersten Zeilen und stieß auf den Namen von Cornelia, die ihn vor ein paar Tagen angerufen hatte. Sie war die Regisseurin des Stücks und zugleich die Autorin. Es ging um eine Kindheit in der Sowjetunion, um erste Gehversuche in Westdeutschland und die sich daraus ergebenden Konflikte.

Also dann scheint es ihr ja doch gut zu gehen, dachte Gabler. Er freute sich. Cornelia war eine der wenigen Frauen, mit denen man nach einer Trennung die Devise:

„Wir bleiben Freunde" tatsächlich in die Tat umsetzen konnte. Sie war schon zu den Zeiten, als Gabler noch mit ihr liiert war, dem Theater zugetan. Nun war sie offenbar am Ziel des Weges angekommen, den sie couragiert und selbstbewusst eingeschlagen hatte. Er tippte eine SMS in sein Handy und gratulierte.

„Zahlen bitte."

Gabler verließ das Café und machte sich auf den Nachhauseweg. Es war an der Zeit, seine Sonnenbrille aus der Schublade seines Sekretärs zu holen, wo sie immer überwinterte. Die Stimmung war gut. Konservieren, dachte er, Konservieren.

Zuhause angekommen geschah unglaubliches. Gabler schaute aus dem Fenster und stellte fest, dass es Schlieren waren, die eine freudige Aussicht verhinderten. Er ging in die Küche, füllte einen Eimer mit Spülmittel und nahm ein Geschirrtuch zum Trocknen. Dann machte er sich an das Wohnzimmerfenster und begann es zu putzen. Irre, das hatte er schon Jahre nicht mehr gemacht. Es wurde so sauber, und er freute sich so darüber, dass er beschloss, gleich in den anderen Zimmern mit der Prozedur fortzufahren. Nach einer guten Stunde blitzte alles so, dass es eine helle Freude war. Gerade als er mit dem Zimmer von Kerstin fertig war, kam Daniel zur Tür herein.

„Hi, ist man fleißig", fragte er.

„Muss, muss", lachte Gabler. „Das ist gewissermaßen mein Willkommensgeschenk an euch."

„Genial", Daniel hatte seine helle Freude.

„Ich gebe eine Runde Kuchen aus", er hatte einen Streuselkuchen mitgebracht.

„Prima, dann mache ich uns einen Kaffee."

„Ordnung ist das halbe Leben", feixte Daniel.

„Stimmt. Wie läuft es an der Uni, kommst du voran?"

„Es geht gut, danke. Ist halt Stress, Prüfungen vorbereiten et cetera, du kannst es dir denken."

Fast wäre Gabler mit der Kaffeekanne gestolpert, um ein Haar hätte er Daniel den Kaffee über die Schulter gegossen.

„Sorry, manchmal bin ich etwas tollpatschig."

Just in dem Moment kam Kerstin zur Türe rein.

„Aha, großes Meeting?"

„Ja, du kommst gerade richtig, es gibt Kaffee und Kuchen."

„Prima. Es ist so hell hier, habt ihr die Fenster geputzt?"

„Ja, Alexander war so freundlich und hat die Fenster in unseren Zimmern gleich noch mit erledigt."

„Genial, da sage noch einer, Männer könnten keinen Haushalt managen."

„Ganz meine Rede." Daniel war sichtlich erfreut.

„Ich habe meinen Kollegen getroffen, der heute Abend wegen des Pianos vorbei kommen möchte. Er wäre mit dem Preis soweit einverstanden. Vielleicht kannst du ihm 50 Euro nachlassen?"

„Klar, super." Gabler schaute auf die Uhr. Er müsste eigentlich bald kommen.

„Tom heißt er übrigens."

Wie wenn er es gehört hätte klingelte Tom unten an der Haustüre.

„Dritter Stock", gab Gabler in die Sprechanlage.

„Hi Tom", begrüßte Kerstin ihren Musikkollegen.

„Hallo zusammen."

„Ich bin Alexander, magst du einen Kaffee?"

„Gerne."

„Ja, Kerstin hat erzählt, du hättest eventuell Interesse an meinem E-Klavier?"

„Ja, kann ich es anschauen?"

„Klar." Gabler nahm Tom mit in sein Zimmer.

„Entschuldige die Sauerei, ich lebe grade aus Koffern gewissermaßen. Ich habe es für dich schon mal aufgebaut. Es ist ein FATAR, ich weiß nicht, ob du die Marke kennst. Das ist ein Masterkeyboard, die Sounds kommen aus einem Kurzweil-Modul. Das wird separat angeschlossen. Kennst du das Prinzip?"

„Ja, ist mit geläufig. Was hast du für Sounds im Modul?"

„Es gibt verschiedene Pianosounds, dazu E-Pianos, auch der klassische Fender-Sound. Dann Orgeln und Streicher, insgesamt sind es 32 verschiedene Sounds."

„O. K., kannst du mal anschalten?"

Gabler schaltete das Piano an. Er erklärte Tom das Modul.

„Kurzweil ist ja eine sehr bekannte Marke, wird in den USA hergestellt, obwohl der Name deutsch klingt." Tom spielte ein paar Takte und probierte die jeweiligen Sounds aus.

„Klingt gut. Warum willst du es abgeben?"

„Du siehst, im Moment kein Platz. Ich trenne mich grade von allem Möglichen."

„Machst du professionell Musik?"

„Nein, ich bin Journalist."

„Und was war dein Preis?"

„1.800 Euro, ohne den Verstärker."

„Ja klar, Verstärker habe ich selbst. Das Stativ?"

„Wenn du mit dem Preis einverstanden bist, kann ich dir das Stativ dazu geben."

Tom überlegte kurz.

„Ich will nicht handeln, wenn du das Stativ dazu gibst, sind 1.800 Euro in Ordnung."

„Ja klar, prima." Gabler war happy.

„Komm, wir gehen in die Küche. Magst du ein Bier, eines habe ich noch im Kühlschrank?"

„Gerne." Gabler holte die restlichen drei Biere aus dem Kühlschrank und gab Tom und Daniel jeweils eine Flasche.

„Du auch Kerstin?"

„Nein, nimm du, ich mache mir gleich einen Tee."

„Auf unseren Deal, ich hoffe, du hast Spaß damit. Es ist wirklich ein tolles Instrument."

„Auf unseren Deal."

Tom erzählte, dass er Berufsmusiker sei und erklärte, warum er ein neues Piano brauchte. Er hatte zuhause ein richtiges akustisches Klavier und zwei Synthesizer, wegen der Mobilität war er eben noch auf der Suche nach einem E-Klavier. Besonders der Authentische Fender-Sound hatte es ihm angetan. Gabler hatte vor Jahren während seines Studiums ein Fender-Rhodes gehabt, gewissermaßen das Kultobjekt unter den E-Pianos. Ähnlich wie die Fender Gitarre, die jeder Profigitarrist einmal gespielt haben musste. Er hatte auch das verkauft, schon Jahre bevor er in die Stadt gezogen war

„Soll ich dir tragen helfen", fragte Gabler Tom.

„Ja, das wäre nett, mein Auto steht vor dem Haus.

Gabler baute das Piano ab, gab das Modul in eine Stofftasche und legte das Stativ zusammen. „Ich kann das Piano nehmen, hier sind Modul und Stativ."

Die beiden gingen die Treppen hinunter. Tom verstaute die Sachen in seinem Kofferraum und gab Gabler die 1.800 Euro in einem Briefumschlag in die Hand.

„Prima, danke."

„Danke dir."

„Ich denke du wirst Spaß haben an dem Teil, wenn was ist, Kerstin hat meine Telefonnummer, für alle Fälle. Und jetzt weißt du ja auch, wo ich wohne." Gabler lachte.

„So long."

„So long, Alexander, so long."

So, das war erst einmal geschafft. Gabler war nicht wehmütig wegen des Verlustes. Im Gegenteil, er freute sich, dass er seine finanziellen Angelegenheiten einigermaßen autonom geregelt bekam. Er würde von den 1.800 Euro 1.500 auf die Bank bringen, mit dem Rest konnte er bis Ende des Monats zurechtkommen. Es blieben die Erinnerungen. Er hatte mit dem E-Klavier auch schon öffentliche Auftritte gehabt. Das war Jahre her, damals liebäugelte er noch mit einer Karriere als Berufsmusiker, aber er musste dann doch feststellen, dass er einfach zu schlecht war, technisch gesehen. Rock und Pop wäre vielleicht noch gegangen, aber das war hier in der Provinz eher schwierig. Für Jazz hätte er mehr üben müssen. Leute die mit Musik ihr Geld verdienten wie Kerstin als Bassistin waren hier nicht so häufig anzutreffen. Die hatten meist entweder studiert oder waren Ausnahmekönner als Autodidakten. Gabler hatte sich dann im Laufe der Jahre aufs Schreiben fokussiert, darin war er eindeutig besser. Klavier spielen war ein Hobby, dem er gerne nachging, aber eben nur ein Hobby. Er ging wieder nach oben.

„Danke Kerstin für den Kontakt, ich denke dein Bekannter wird Freude haben."

„Gerne, das denke ich auch."

Den Rest des Abends verbrachten Gabler und seine beiden Mitbewohner noch mit Gesprächen über Musik, wie sich herausstellte spielte Daniel Gitarre. Schnell fand man einen gemeinsamen Geschmack heraus. Neben Klassik waren es vor allem die Zeiten des Bebop im Jazz und Rock- und Pop in den 1980er Jahren. Talking Heads, The Cure oder U2.

„Wenn du wieder mal deine Schallplatten anbieten möchtest, dann frag mich vorher. Ich kann dir eventuell einen besseren Preis organisieren." Kerstin lachte.

„Futsch ist futsch", kommentierte Gabler. „Prost!"

Die Versammlung in der Küche löste sich allmählich auf, es war an der Zeit schlafen zu gehen. Gabler schaute noch mal aus dem Fenster und dachte über das Wort Nostalgie nach. Es klang nach Sentimentalität. Erinnerungen verband man immer auch mit Gegenständen. Dabei drängten sich Bilder in den Kopf, Bilder von Menschen oder Orten, wichtige und unwichtige Ereignisse. In Berlin hatte Gabler Straßenmusik gemacht. Zusammen mit einen Freund war er in der U-Bahn gesessen und hatte auf Bongos getrommelt, man hatte dabei ein ansehnliches Honorar erzielt. Mehr jedenfalls, wie wenn man für die Heinzelmännchen Tapeten geklebt oder Wände gestrichen hätte. Zur letzten Weihnacht, die er noch mit Anne verbrachte hatte, nahm er eine Kassette auf mit Vertonungen von Tucholsky und Brecht Gedichten. Die Musik dazu hatte er selbst komponiert. Er ließ das Werk in einem Tonstudio zwanzig Mal kopieren und verschenkte die Exemplare an Familie und Freunde zu Weihnachten. Das Ganze war ein Musikalisches Experiment, die Texte sprach er selbst. Die Resonanz war gut. Hätte er mehr Geld gehabt, hätte er eine CD auf die Beine gestellt.

Sein Handy klingelte.

„Hier Kobler, hallo Alexander, ich wollte nur fragen, ob es bei unserem Termin bleibt am Sonntag?"

„Ja, ich melde mich morgen noch mal wann ich in Tuttlingen bin, sie wollten mich abholen?"

„Klar, hatten wir ja so vereinbart."

„Ok dann sehen wir uns Sonntag, bis dann."

„Bis dann."

Und dann nach dem Gespräch geschah etwas bisher vor dem Einschlafen noch nie da gewesenes. Gabler stellte sich vor sein Bücherbett und machte zwanzig Kniebeugen. Dann im Anschluss zwanzig Liegestützen.

„Sapperlot, du bist ja lernfähig. Wenn du das in der Früh nach dem Aufstehen machst, bekommst du hundert Punkte auf der Skala „Frisch in den Tag", versprochen."

Es war Zeit für die Tagesthemen. Ohne Fernseher konnte man sich seine Abendnachrichten so zusammenbauen, wie man gerade in Stimmung war. Ohne Kriege, ohne Parteispendenskandal, ohne Erdbeben. „Ich wünsche mir einen friedlichen Abend. Ich wünsche mir einen schönen Traum, voller Harmonie und Frieden. Ich wünsche mir, dass Karlsson vom Dach an meinem Fenster vorbeifliegt und mir gute Nacht sagt." War das zu viel verlangt?

Gabler schwang sich ins Bett und nahm noch Stift und Zettel zur Hand. Er notierte sich ein paar Fragen für das Gespräch mit Kobler. Er wollte mehr darüber wissen, was genau bei einer Psychose passiert. Oder bei einer Depression. Was war eine Manie? Wie konnte man diesen Krankheitsbildern mit Medikamenten entgegen steuern? Es gab reichlich Gesprächsstoff. Gabler wusste aus zahlreicher Lektüre, dass viele kreative Geister sich mit den Tücken ihrer Psyche auseinandersetzen mussten. Angst hatte er keine. Warum auch? Kobler konnte er vertrauen, er war wie ein Freund. Gabler siezte ihn, obwohl der von Kobler geduzt wurde. Der selbst hatte fünf Kinder, die jüngste Tochter Hanna hatte er zufällig in Berlin getroffen, sie studierte auch Jura und war zwei Semester später dran als er. Gabler wusste nicht, wen er bei Kobler alles antreffen würde, vermutlich nur dessen Ehefrau.

Sprich mit ihm auch über Drogen, dachte Gabler. Erst vor ein paar Wochen hatte er noch einmal das Buch „Moksha" von Aldous Huxley gelesen. Darin ging es um Erfahrungen, die der Autor mit psychedelischen Drogen gemacht hatte. Gabler kannte die Geschichte mit LSD, was von dem Wissenschaftler Albert Hofmann erfunden und

von der Beat-Ikone Timothy Leary als Wundermittel verbreitet wurde. Das war spannend. Gabler hatte seine Erfahrungen schon vor Jahren gemacht. Mittlerweile lebte er
fast zu 100 Prozent frei von Drogen. Nicht einmal Canna-
bis konsumierte er, vielleicht ein oder zwei Mal im Jahr.
Nun gut, er freute sich auf des Treffen mit Kobler und verabschiedete sich von seiner privaten Tagesthemen Sen-
dung. Er knipste seine Kopfglühbirne aus und sank in den
Schlaf.

„Morgen früh zwanzig Kniebeugen" war das letzte, was
er denken konnte.

No 18

Seit langem war Gabler nicht mehr Zug gefahren. Er war auf dem Weg nach Tuttlingen, wo Kobler ihn abholen würde. Es war morgens gegen zehn Uhr, die Fahrt ging durch den Hegau, vorbei an den längst erloschenen Vulkanen, die ein Dichter einst als des „Herrgotts Kegelspiel" bezeichnet hatte. Die Sonne blinzelte beinah penetrant durch das Zugfenster.

Es lagen Orte an der Strecke, die Gabler seit langer Zeit nicht mehr gesehen hatte. Kleine Dörfer, die fast verlassen schienen. Die Landschaft war von einem üppigen Grün durchzogen. Einsame, zufällige Nadelbäume waren die ersten Vorboten des Schwarzwaldes. Hier ist der Hund begraben, dachte Gabler, wenn nicht ein ganzes Tierheim. Er war gespannt, wie Kobler wohnen würde. An den letzten Besuch konnte er sich nicht mehr erinnern.

Kurz nach elf Uhr war Gabler in Tuttlingen angekommen. Kobler begrüßte ihn auf dem Bahnsteig.

„Grüße dich Alexander, wie geht's?"

„Es geht so, danke."

Die Fahrt ging etwa eine halbe Stunde über Land nach Unterschwandorf, das war ein kleines Dorf mit nicht einmal tausend Einwohnern.

„Ist des Ihnen nicht zu ruhig hier", fragte Gabler.

„Nein im Gegenteil, ich genieße es in vollen Zügen. Wenn ich Trubel brauche, fahre ich nach Stuttgart oder nach Zürich. Aber sonst sind meine Frau und ich hier gerne zuhause. Die Kinder sind ja alle aus dem Haus, du kennst sie noch von früher?"

„Ja klar, die Hanna habe ich in Berlin an der Uni getroffen, hat sie ihr Studium abgeschlossen?"

„Ja, sie arbeitet als Rechtsanwältin in Berlin. Annette

unsere Älteste wohnt auch dort, sie ist Psychologin. Du hast dein Studium nicht abgeschlossen, nicht wahr?"

„Nein leider nicht."

„Das ist ja an und für sich nichts Schlimmes."

Es war klar, dass das Gespräch auf dieses Thema kommen würde. Gabler dachte je schneller desto besser. Es gab wichtigere Themen.

Kobler steuerte den Wagen in einer eher niedrigen Geschwindigkeit über die Landstraße. In Unterschwandorf angekommen fuhren sie einen kleinen Hügel hinauf bis an den Waldrand. Dort stand ein stattliches, großes und sehr schönes Haus. Weißer Waschbeton, viel Holz, blaue Fensterläden.

„Hier leben wir, komm ich zeig dir als erstes meine Pferde."

Kobler hatte neben dem Haus einen Stall bauen lassen, in dem zwei prächtige Gäule hausten.

„Ich reite regelmäßig, weißt du, wenn es geht morgens bevor ich in die Klinik fahre oder nach Feierabend. Hier leben auch zwei Gänse, Leopold und Eleonore. Und oben im First hat es sich eine Eule bequem gemacht. Wir sind hier sehr naturverbunden. Hinter dem Haus haben wir eine Koppel, dort kann ich reiten, wenn ich nicht in den Wald möchte. Es ist hier very Countryside", lachte Kobler. „Vermutlich nichts für junge Leute wie dich."

Die beiden gingen ins Wohnhaus, Gabler hängte seinen Mantel an die Garderobe.

„Ich habe Brötchen mitgebracht, und Croissants. Mögen sie Croissants?"

„Immer."

Koblers Frau kam aus der Küche und begrüßte Gabler.

„Wir haben uns lange nicht gesehen, ich glaube es war noch während deiner Schulzeit, erinnerst du dich?"

„Nicht wirklich, stimmt, das muss Jahre her sein."

„Ich habe Kaffee gekocht, oder möchtest du lieber Tee?"

„Kaffee ist prima, danke."

Koblers Frau war in ihrem letzten Jahr als Grundschullehrerin. Kobler selbst hatte noch drei oder vier Jahre als Chefarzt bis zur Rente.

„Ich lass euch Männer dann alleine, ihr habt sicher einiges zu besprechen."

Der große Tisch im Wohnzimmer war reichlich gedeckt mit diversen Marmeladen, Honig, Butter, dazu verschiedene Sorten Käse, Schinken und weichgekochte Eier. Gabler fühlte sich wohl.

Er mochte Kobler, sonst hätte er ihn nicht angerufen. Das Wohnzimmer war groß und geräumig. Es war eingerichtet mit teuren Antiquitäten, an der Stirnseite stand ein großer Biedermeier Schrank, der Esstisch mit den sechs Stühlen war vermutlich aus Kirschbaumholz, genau konnte Gabler das nicht sagen. Auf der anderen Seite stand ein Spinett, scheinbar musizierte Kobler auch.

„Spielen Sie", fragte Gabler und schaute sich das Spinett an.

„Leider nur selten, ich habe momentan nicht die Zeit. Wenn ich in Rente gehe, will ich mehr spielen, ich habe mir das fest vorgenommen. Komm, ich zeig dir noch mein Arbeitszimmer."

Es ging eine schmale Holztreppe nach oben in den ersten Stock, dort waren das Schlafzimmer, ein Raum, der von Koblers Frau bewohnt wurde und eben das Büro. An drei von vier Wänden fanden sich unzählige Bücher, in der Hauptsache medizinische Fachliteratur.

Am Fenster stand ein wuchtiger Schreibtisch, der Blick aus dem Fenster ging auf den nahen Wald. An der einzig freien Wand gingen ein paar Bilder, eher konservativ, keine abstrakte Kunst. Zwei Stillleben, eine Landschaft in Aquarell und ein Frauenakt.

„Hier arbeite ich und finde meine Ruhe."

„Sehr schön, ich glaube man kann es hier gut aushalten."

„Lass uns frühstücken."

Kobler ging die Treppe voraus nach unten ins Wohnzimmer.

„Du hast gesagt, deine Freundin oder besser Lebensgefährtin hätte sich getrennt. Habt ihr denn zusammen gewohnt?"

„Ja, drei Jahre lang. Wir waren insgesamt fünf Jahre zusammen. Es schmerzt grade sehr momentan. Ich versuche das zu vergessen, zu verdrängen, aber es gelingt mir nicht wirklich."

„Wenn ich dir einen Rat geben darf, verdrängen ist immer schlecht. Du musst dich der Situation stellen, auch wenn es weh tut. Viele Patienten, die zu uns in die Klinik kommen haben Beziehungsprobleme."

Kobler goss Gabler einen Kaffee ein.

„Magst du Milch zum Kaffee?"

„Gerne."

„Ja, wie gesagt, Beziehungsprobleme sind sehr häufig der Grund für eine psychische Instabilität. Hast du jemanden, mit dem du über das Thema sprechen kannst?"

„Ich bin ja seit längerem schon in Therapie bei Dr. Albrecht, der versteht mich nicht wirklich."

Gabler überlegte kurz, ob er sein Verhältnis zu Albrecht offen legen sollte. Er wollte ehrlich sein.

„Albrecht ist meiner Meinung nach vollkommen unsensibel. Er macht mir immer wieder den Vorschlag, in Rente zu gehen. Damit kann ich nicht wirklich was anfangen."

„Wie ist denn dein derzeitiger Berufsstand, von was lebst du?"

„Ich bekomme Stütze vom Arbeitsamt und schreibe für die Lokalzeitung. Es reicht grade so zum Leben, ich musste mein Auto verkaufen. Aber jetzt schon in Rente, das kann ich mir nun wirklich nicht vorstellen. Ich habe immer gehofft, Albrecht könnte mit mir gemeinsam eine Therapie entwickeln. Eine Art Strategie. Das funktioniert leider nicht."

„Ich denke wir brauchen einen Schlachtplan. Nimmst du die Tabletten noch?"

Gabler überlegte ob er ehrlich antworten sollte.

„Ja, aber nicht regelmäßig."

„Wenn ich dir einen Rat geben darf, dann versuche, sie regelmäßig zu nehmen. Ich habe dir ja, als du bei uns in der Klinik gewesen warst, eine homöopathische Dosis verordnet. Das wird dich nicht zu sehr einschränken. Ich denke, dass du vielleicht eine leichte psychotische Störung hast. Das mag sich jetzt schlimm anhören, aber mittlerweile können wir Mediziner das sehr gut ausgleichen. Man kann es vergleichen mit einer Diabetes. Wenn du regelmäßig Insulin nimmst, kannst du mit einer Diabetes sehr gut leben. Die Medikamenteneinnahme sollte für dich eine alltägliche Übung werden, so wie Duschen oder Zähneputzen. Nimmst du noch Drogen?"

„Nein, nur noch sehr selten."

„Lass es ganz bleiben. Es gibt Menschen, denen Drogen nichts anhaben können, ich schätze dich als Typ eher so ein, dass dir das nicht gut tut. Das gilt im Übrigen auch für Alkohol. Wenn überhaupt, dann nur noch in Maßen. Vielleicht ein Glas Wein zum Essen oder ein Bier wenn du abends ausgehst."

Das war ein Brett. Gabler hatte sich nicht mit dem Gedanken anfreunden können, dass er eine „psychische Störung" hatte, wie Kobler das ausdrückte. Das war eine Art

Stigma. Er hatte sich immer für einen gesunden Menschen gehalten. Da war es wieder, das Kuckucksnest. Das Wort Psychose. Mörder waren psychotisch, Triebtäter, Päderasten.

Er wollte einfach nur sein Leben weiterleben, ohne große Komplikationen. Dennoch fragte er nach.

„Woher kann denn diese leichte Störung kommen?"

Kobler nahm seine Brille ab und schaute Gabler in die Augen.

„Ich meine es ernst Alexander. Ich versuche es zu erklären. Es können verschiedene Faktoren sein. Eine endogene Störung, wie ich sie bei dir sehe kann durch Drogen ausgelöst werden, oder durch traumatische Erlebnisse oder sie kann erblich bedingt sein. Wir Psychiater sprechen von multifaktoriellen Ursachen. Eben biologische oder psychosoziale. Es kann auch sein, dass dein Dopamin Haushalt im Ungleichgewicht ist. Kannst du mir folgen?"

Gabler nickte.

„Wie ich schon sagte, diese Diagnose ist kein Todesurteil. Mit Hilfe der Medizin können Menschen mit dieser Störung heute ein weithin sorgenfreies Leben führen. Ich halte von dem Vorschlag, in Rente zu gehen auch nichts. Du solltest aber eine Perspektive entwickeln. Einen festen Job zu haben, kann dir eher nützen als schaden. Hast du dich denn von deinem Studium endgültig verabschiedet?"

„Mittlerweile ja."

„O.K., wie gesagt, das ist kein Beinbruch. Es gibt einen schönen Spruch: „Lieber ein Bruch in der Biografie als im Rückgrat." Du kannst durchaus einen erfolgreichen Weg beschreiten, auch wenn du kein Staatsexamen in der Tasche hast. Aber du musst diszipliniert sein. Ich weiß, das hört sich hart an, aber du solltest das verinnerlichen. Denk nach und versuche dir darüber im Klaren zu sein, was du wirklich möchtest. Und das gilt sowohl für das berufliche als auch für das private. Verstehst du was ich meine?"

„Ich denke ja. Privat ist klar, dass ich auf alle Fälle wieder mit einer Frau zusammen sein möchte. Beruflich habe ich mich noch nicht entschieden."

„Ich kenne dich schon als Kind Alexander, und habe über die Jahre auch immer wieder von deinen Eltern gehört, was du grade tust. Ich denke du bist ein kreativer Typ und hast viele Fähigkeiten und Möglichkeiten. Hast du dir mal überlegt, was im sozialen oder medizinischen Bereich zu machen? Nicht für immer, aber einfach für eine gewisse Zeit, bis du dir im Klaren darüber bist, was dir wirklich Freude macht."

„Offen gestanden bisher noch nicht. Ich glaube Schreiben ist das, was ich wirklich gut kann und auch machen möchte."

„Dann versuch doch ein Zeitungsvolontariat."

„Ja, klar habe ich daran schon gedacht. Es ist schwierig, ich weiß, dass bei unserer Heimatzeitung für das halbe Jahr an die fünfhundert Bewerbungen auf maximal zehn Ausbildungsstellen kommen. Die Chancen stehen hier nicht wirklich gut."

„O. K., vielleicht kannst du bei einem Verlag unterkommen. Eine Stelle als Lektor würde auch passen."

„Das wäre eine Möglichkeit." Gabler war glücklich über den Verlauf des Gespräches. Mit Albrecht war er nie soweit gekommen.

„Wenn du Lust hast machen wir einen Spaziergang."

„Gerne, an der frischen Luft lässt es sich besser denken."

„Stimmt."

Kobler holte Gablers Mantel und zog sich eine dicke Lederjacke an.

„Wir können ein Stück im Wald laufen."

Draußen war es mittlerweile angenehm warm, die Vögel zirpten um die Wette und Gabler war mit dem Verlauf des bisherigen Gesprächs zufrieden.

„Erzähl mal genau, wie ist denn die Trennung von deiner Partnerin von statten gegangen?"

Kobler setzte in langen Schritten einen Fuß vor den anderen. Gabler konnte kaum mit dem Tempo Schritt halten.

„Es hatte sich im Grunde schon länger angekündigt, aber ich habe die entsprechenden Signale nicht wahrgenommen. Anne war unzufrieden mit unserer Beziehung, wohl auch mit meinem beruflichen Status. Ich konnte nicht reagieren, dann kam das endgültige Aus nicht wirklich überraschend. Sie hat einfach mitgeteilt, dass sie sich von mir trennen und die gemeinsame Wohnung verlassen würde. Viel mehr ist nicht passiert. Wir haben uns dann noch ein paar Mal getroffen, aber meine Bemühungen waren nicht erfolgreich. Jetzt ist sie grade in Dallas in den USA und arbeitet an ihrer Diplomarbeit. Ich habe überlegt, ob ich sie dort nicht einfach besuchen soll."

„Dann hast du also noch Hoffnungen?"

„Ja, auch wenn es wahrscheinlich sinnlos ist."

„Überlege dir das gut. Wenn du das wirklich riskieren möchtest, dann höre auf deine innere Stimme. Sei dir aber darüber im Klaren, dass sie dich eventuell abweisen wird, auch wenn du über den großen Teich geflogen kommst."

„Ja klar, damit muss ich rechnen."

„Kannst du das denn finanzieren?"

„Ja, irgendwie werde ich das Geld zusammen bekommen. Flüge sind heutzutage nicht mehr so teuer."

Gabler folgte Koblers forschem Schritt und die beiden gingen eine Weile nebeneinander her ohne ein Wort zu sagen. Im Grunde war alles besprochen.

„Ich habe also ein psychotische Episode", dachte Gabler.

Und das könne man mit einer Diabetes vergleichen. Der Doc war ehrlich.

„Was halten sie von Depotspritzen?"

„Das kann eventuell eine Möglichkeit sein, wenn man die tägliche Tabletteneinnahme umgehen möchte. Warum fragst du?"

„Albrecht hat das vorgeschlagen."

„Ja, das kann eine Lösung sein, muss aber nicht."

Der Weg führte wieder zurück zu Koblers Haus. Es war noch ein wenig Kaffee da, Gabler setzte sich an das Spinett und spielte das Präludium Nr 1 von J.S. Bach. Koblers Frau kam in die Treppe hinab in das Wohnzimmer und hörte zu.

„Bravo", sagte sie und klatschte in die Hände.

„Bravo", applaudierte auch Kobler. „Ich glaube, wir können einen kleinen Sherry riskieren, magst du einen Alexander?"

„Gerne."

„Wann geht denn dein Zug?"

Gabler schaute auf die Uhr. Es war schon gegen drei Uhr nachmittags. „Ich könnte den nächsten um halb fünf nehmen, wenn sie mich nach Tuttlingen bringen könnten..."

„Das passt." Auch Kobler schien zufrieden mit dem Verlauf des Treffens. Er strahlte ein zufriedenes Lächeln aus.

„Salut."

„Salut", prostete Gabler.

„Salut", prostete Koblers Frau.

Gabler beschloss, dass der Gespräche genug geführt waren. „Ich würde gerne noch mal in den Stall und die Pferde sehen."

„Und Leopold und Eleonore", lachte Kobler. „Komm. Ich bin heute noch nicht geritten, das mache ich, nachdem ich dich zum Zug gebracht habe. Die Pferde machen viel

Arbeit, aber ich habe einen riesigen Spaß dran. Wenn ich gar keine Zeit habe, kümmert sich ein junges Mädchen aus der Nachbarschaft, die Tiere müssen ja jeden Tag bewegt werden. Und dann den Stall ausmisten und so fort. Wie gesagt, das macht viel Arbeit."

„Das glaube ich gerne." Gabler war beeindruckt. Kobler schien neben seiner beruflichen Karriere als Arzt auch eine philosophische Ader zu haben.

„Kennen sie Ernst Bloch", fragte Gabler.

„Ja natürlich, das „Prinzip Hoffnung", ich habe es zweimal gelesen. Bloch ist eine Fundgrube. Interessierst du dich für Philosophie?"

„Ja, hin und wieder nehme ich Philosophen in die Hand, eben Bloch oder andere, auch wenn ich nicht alles verstehe."

„Keine Bange, man kann gar nicht alles verstehen, was die schreiben. Versuche es mal mit Hanna Arendt, die verehre ich sehr."

Kobler schaute auf die Uhr. „Ich glaube wir müssen."

„Ja, ich möchte mich noch von ihrer Frau verabschieden."

Sie gingen noch mal ins Haus und Gabler bedankte sich bei Koblers Frau für das reichhaltige Frühstück.

„Auf Wiedersehen, Ihnen eine gute Zeit."

„Auf Wiedersehen Alexander, schön, dass du uns besucht hast. Gute Heimreise."

Kobler hatte den Wagen gestartet und die Fahrt ging zurück nach Tuttlingen. Unterwegs sprachen sie nur wenig. Kobler hatte eine CD mit klassischer Musik eingelegt. Das Auto glitt wie auf Schlittschuhen vorbei an sanften grünen Hügeln. Gabler war entspannt und glücklich.

Er traute es sich nicht zu sagen, aber er hatte das Gefühl, einen Freund gefunden zu haben.

Am Bahnhof Tuttlingen war es Zeit sich zu verabschieden.

„Schön, dass du da warst Alexander, mach es gut und halt die Ohren steif. Ich bin immer da, wenn du mich brauchst. Gute Heimreise." Kobler setzte zu einer Umarmung an und Gabler erwiderte die Geste. Die beiden drückten sich und schüttelten einander beide Hände und sagten Lebewohl.

Der Zug rollte ein und nahm Gabler mit zurück an den Bodensee. Kobler hielt beide Arme in die Höhe und winkte noch.

No 19

Gabler ließ auf der Rückfahrt das Treffen mit Kobler noch einmal Revue passieren. Er wusste jetzt, dass es besser sein würde, regelmäßig seine Tabletten zu nehmen. Zumindest für eine gewisse Zeit. Ein Thema hatte er mit Kobler ausgespart, das Thema Familie. Er hatte mit Anne immer Kinder gewollt, sie hatte den idealen Zeitpunkt erst nach ihrer Diplomarbeit gesehen. Mittlerweile hatte Gabler sich damit abgefunden, kinderlos zu sein. Das kränkte ihn jedoch nicht wirklich. Er musste, als der Zug die Hegau-Landschaft passierte, in diesem Zusammenhang an das Mädchen denken, mit dem er befreundet war, als er noch zur Schule ging.

Mit Katrin hatte er seine ersten sexuellen Erfahrungen gemacht. Verhütet hatten sie mit der Zeitwahlmethode, da war es nur zwangsläufig, dass es zu einer Schwangerschaft gekommen war. Aus heutiger Sicht war es Gabler schleierhaft, warum sie sich damals nicht für die Pille entschieden hatten. Jedenfalls war das Geschrei groß, Gabler war erst achtzehn, Katrin ein Jahr jünger. Theoretisch hätten sie gar keinen Sex miteinander haben dürfen. So kam es dann schlussendlich nach langer Überlegung und Beratung bei Pro Familia zu einer Abtreibung. Gabler und Katrin recherchierten die Adresse einer Klinik in Frankfurt, in der man den Eingriff vornehmen konnte. Sie fuhren auch mit dem Zug, die Rückfahrt war grauenvoll, Katrin heulte und sowohl sie als auch Gabler waren sich nicht mehr sicher, ob sie die richtige Entscheidung getroffen hatten.

Aus heutiger Sicht ließ sich die damalige Situation nur schwer beurteilen. Ihrer beider Leben wäre vermutlich komplett anders verlaufen. Mit Katrin war Gabler neun Jahre lang zusammen. Sie hatte Psychologie studiert und lebte mittlerweile in Freiburg. Der Kontakt war schon vor Jahren abgebrochen. Gabler hatte über diese Episode in seinem frühen Erwachsenendasein nie wirklich getrauert. Vielleicht war das ein Fehler. Heute hatte er genügend Abstand, um die Sache zu überdenken. Mit achtzehn Jahren ein Kind mit einer Siebzehnjährigen zu bekommen barg reichlich Konfliktstoff. Wahrscheinlich war die Abtreibung die beste Lösung gewesen.

Er schaute zum Fenster hinaus und dachte wieder: „Ich, Alexander Gabler der Welterklärer."

Der Ratgeber in allen Lebenslagen. Gabler stellte sich ernsthaft die Frage, warum er nicht Psychiater geworden war. Er, der Menschenversteher, hätte bestimmt einen prima Job gemacht. Er sah Albrecht bei sich zu Hause auf seinem Bücherbett liegen. Gabler saß wie in der Freudschen Analyse erforderlich auf einem Stuhl links hinter dem Patienten. Albrecht war den Tränen nahe, er schluchzte, dass seine Frau keinen Sex mehr mit ihm haben wolle.

„Jetzt endlich habe ich ihn", dachte Gabler. „Du gehst mir nicht mehr durch die Lappen."

Albrecht flehte geradezu. Er begann schließlich so laut zu heulen, dass Gabler die Fenster schließen musste. Jetzt hatte er Albrecht am Wickel. Dem nützten auch seine Calvin Klein Jeans und seine teure Spiegelreflexkamera nichts mehr. Gabler grinste in sich hinein und passierte im Zug die ersten Ufer des Bodensees.

Ich werde dich schon noch erwischen mein Freund, dachte er. Albrecht entwickelte sich zu Gablers ganz persönlichem Feindbild.

Die Gedanken sind frei, dachte Gabler. Und er mochte jetzt in seinen Gedanken Albrecht alle Schande der Welt an den Hals wünschen. In Realo hätte er sich das nie getraut, aber jetzt, da Albrecht schon mal auf seinem Bücherbett lag, hatte er alle Zeit und Muße der Welt, seinen Delinquenten zu demütigen. Abgelenkt wurde Gabler dann lediglich durch den Schaffner, der die Fahrkarten kontrollierte. Er sah Albrecht mit der Mütze des Schaffners auf dem Kopf. Nein, für diesen Trip gibt es keine Fahrkarten, hörte er sich zu Albrecht sagen. Wir fahren gemeinsam in die Hölle, dieser Trip ist gratis. We will never come back.

Gabler erinnerte sich, dass seine Mutter früher, wenn sie sich über irgendetwas geärgert hatte immer „Zum Kuckuck" gesagt hatte. Das war jetzt im Nachhinein quasi der direkte Weg zum „Kuckucksnest".

Wer von uns muss nun fliegen lernen, hörte er sich Albrecht fragen. Aus einem just unerklärlichen Grund musste Gabler an den Künstler Mondrian denken. Vor Jahren hatte er bei einem amerikanischen Freund Klavierunterricht genommen. Peter hatte in New York in der Juilliard School studiert und war ohne zu übertreiben einer der besten Pianisten und Komponisten in Süddeutschland. Als Gabler ihm zum ersten Mal seine Eigenkompositionen vorgespielt hatte, meinte Peter zu ihm: „Du bist ein Mondrian". Das war durchaus als Kompliment gemeint. Gablers Klavierspiel folgte einfachen Harmonien, eben so wie die Farbkompositionen des niederländischen Künstlers. Scheinbar einfach.

Das Bild, das sich Gabler aufdrängte, waren die farbigen Mützen, die Anne immer getragen hatte. Sie hatte jeweils eine Baskenmütze in Gelb, Rot und Blau. Gabler hatte die drei Mützen an der Garderobe fotografiert und die Fotos in jeweils zehn Abzügen zu einer Art Collage zusammengefügt. Es war die perfekte Mondrian-Kopie. Die zusammen gelegten Bilder hatte er dann noch einmal abfotografiert.

Er mochte es gerne, derart mit Gegenständen des Alltags zu spielen. Er fotografierte Obst und Gemüse, Kleider und Schuhe, Utensilien aus dem Badezimmer und von seinem Schreibtisch. Er hatte nie eine Ausbildung in Malerei oder Fotografie absolviert, aber er liebte das Spiel mit Formen und Farben.

Anne hatte dafür wirkliches Talent. Sie hatte die künstlerische Ader ihrer Eltern, die beide Architekten waren, geerbt. Das Bild mit den Mützen gefiel ihr. Gabler wollte es ihr schenken, als sie auszog, aber er hatte es schlicht vergessen. Was sollte sie auch mit einem Bild anfangen, wenn sie schon in Dallas war. Ja, Dallas. Er überlegte, ob und wann er die Reise über den Atlantik antreten sollte. Wenn, dann würde er ohne Anmeldung aufkreuzen. Der Effekt der Überraschung sollte Wirkung zeigen. Anne würde ihn nicht abweisen, dessen war er sich sicher. Er wollte noch ein paar Tage warten. Finanzieren konnte er den Trip mit seiner Rentenversicherung.

Was brauche ich auch eine Rentenversicherung, dachte er. Dabei zeigte sich ein für Gabler bekanntes Phänomen, er war ein Meister der Selbsttäuschung. Die Versicherung zu kündigen war bar jeder Vernunft. Im Grunde war es vollkommener Unsinn. Doch manchmal war Gabler rationalen Argumenten einfach nicht zugänglich. Kobler hatte ihm geraten, auf seine innere Stimme zu hören. Und die sagte ihm: Tu es, frag nicht lange, tu es einfach, Dispokredit und Rentenversicherung hin oder her.

Es dämmerte schon, die Fahrt ging die letzten Kilometer am See entlang. Mit dem Sonnenuntergang im Rücken weinte Gabler ein paar wenige Tränen. Der Blick aus dem Fenster ging über den orangefarbenen See in eine beängstigende Leere. Am Himmel zeichneten Kondensstreifen ein kubistisches Muster.

„Wohin geht die Reise", dachte Gabler. Er war sich in dem Moment gerade nicht die Spur darüber im Klaren, was ihn die nächste Zeit alles erwarten würde.

Er relativierte: Wir leben in einem friedlichen Land, wir haben genug zu essen, wir haben Autos und Motorräder, wir können mit der Bahn fahren, Leute besuchen, wir haben Kleider, die uns wärmen, wir haben ein Dach über dem Kopf. Also warum lamentieren? Wegen einer gescheiterten Beziehung?

Gabler wischte sich die Tränen ab und versuchte, seine Gedanken in eine positive Bahn zu leiten. Er schaute sich um, ob jemand der anderen Fahrgäste ihn so sehen konnte. Es war ihm peinlich. Eines war klar, er heulte nicht wegen seiner Schallplatten oder seines Autos, auch nicht wegen seines Fernsehers oder des E-Klaviers. Das konnte er immer verschmerzen. Es war viel schlimmer, er heulte, weil er sich nicht geliebt glaubte. Das war der schlimmste Schmerz überhaupt. Nicht geliebt zu werden, war die Hölle auf Erden. Seine Ratio sagte ihm, es gibt genug Menschen, die dich lieben, deine Eltern, du hast Freunde, vielleicht liebt dich die Diplomblüte, vielleicht liebt dich Cornelia oder sonst irgendein Mädchen. Aber von einer bestimmten Person nicht geliebt zu werden, von der man es sich so sehr wünscht, das war hart, und damit kam Gabler nicht klar.

Er war gut im Ertragen körperlicher Schmerzen. Wenn er sich den Fuß verstaucht hatte oder sich in den Finger geschnitten, das machte ihm nichts aus. Das war alles zu ertragen, auch ohne Tränen. Aber jetzt und hier, gedemütigt von einem anderen Menschen, der von einer Sekunde auf die andere den Liebespakt aufkündigt, das war die eigentliche Crux. Er wusste, dass dieser Schmerz eines Tages vorbei sein würde. Aber bis dahin gönnte er sich seine ureigene Melancholie. Er musste diese Tränen weinen, er musste in Tränen baden, er musste den Schmerz spüren. Es war notwendig im wahrsten Sinne des Wortes. Er befand sich in einer seelischen Notlage. Kobler hatte das verstanden, Albrecht mitnichten. Dieser verfügte nicht über den Schlüssel, mit dem Gabler die Tür öffnen konnte, die in einen Raum ohne Schmerzen führte.

Denke an etwas Positives, flüsterte er sich zu. Versuche es zumindest.

Der Zug fuhr in den Bahnhof ein, Gabler ging zu Fuß nach Hause. Als er die Brücke über den Rhein passierte, zeigte sich der Himmel in einer Stimmung saftiger Blutorangen. Diese Farbenpracht konnte Gabler ein wenig trösten. Er blieb ein paar Sekunden stehen und genoss den Ausblick. Eine letzte Träne lief ihm über das Gesicht.

„Es wird wieder", dachte er, „es wird wieder."

Plötzlich kamen Gablers Gedanken auf das Schachspielen. Er konnte sich beim besten Willen nicht erklären, warum. Vielleicht suchte sein Gehirn nach einer Alternative für die Gefühlsachterbahn, in der er sich gerade befand. Eine Art logischer Hintertür gewissermaßen. Wenn das Leben ein Schachspiel ist, dann gibt es tausende Möglichkeiten der Kombination. Auch aus der schlechtesten Stellung lässt sich manchmal ein Ausweg finden. Nun hatte Gabler im Spiel seine Dame verloren. Das war bitter. Er musste seine anderen Figuren so einsetzen, dass er dieses Spiel doch noch als Sieger beenden konnte. Zumindest wollte er sich wehren. Zuhause angekommen, kramte er aus einer seiner Bücherkisten ein Buch über die Schach WM Fischer gegen Spasski von 1972 heraus. Gabler spielte eine der Partien nach und nahm sich vor, die nächsten Wochen wieder einmal in den Schachclub zu gehen. Dort war er noch Mitglied, aber seit Monaten nicht mehr gewesen. Die Beschäftigung mit Schach verschaffte ein wenig Abwechslung. Es war allemal besser als sich in der Glotze irgendeinen zweitklassigen Krimi anzuschauen. Genau, das war es: Die Dame war ihm beim Spiel abhanden gekommen. Er musste sich auf die Bauern konzentrieren, vielleicht konnte er die Dame wieder zurück gewinnen. Kobler hatte ihm den Rat gegeben, auf seine Gesundheit zu achten. Das war sicher nicht verkehrt. Gabler holte sich in der Küche einen Apfel. Weder Kerstin noch Daniel waren zuhause. In der Wohnung war es beinah totenstill, Gabler legte eine der Platten auf, die ihm noch geblieben waren. „Remain in light" von den Talking Heads. Diesen Sound hatte er oft während seiner Studienzeit gehört. Es konnte ein wenig seine Stimmung heben. Das mochte die Lösung sein. „Im Licht bleiben". „Burning down the house", war ein rigoroser Slogan. Gabler war gerade danach, sein kleines Gedankenkartenhäuschen in Brand zu setzen. Bis nichts mehr übrig bliebe als die Gedankenasche. War das zu rigoros? Vermutlich. Oder doch nicht?

Gabler überlegte, ob er ein gewöhnlicher Typ sei. Gewöhnlich, das war schlimmer als mittelmäßig. 180 Zentimeter groß, 80 Kilo schwer, Schuhgröße 42, alles Mittelmaß, so wie Millionen anderer Männer auch. Hatte er irgendetwas Besonderes? War er besonders gut aussehend, war er besonders intelligent, begabt, belesen? Weder das eine noch das andere. Es gab tausende wenn nicht abertausende, die besser schreiben, Klavier oder Schach spielen oder sonst irgendwas konnten. Eine Bekannte hatte ihm vor einiger Zeit gesagt, er würde sich unter Wert verkaufen.

Man sollte ja sein Licht nicht unter den Scheffel stellen, dachte er. Wenn du noch einen Funken Grips im Kopf hast, dann benutze ihn und erkläre dir deine Situation so, wie sie wirklich ist. Gabler fielen auf einmal alle möglichen Sprichwörter ein. Sein Hirn lieferte gerade ein Potpourri von Alltagsweisheiten. „Es ist nicht aller Tage Abend", war eines davon. Die Kalendersprüche kaperten Gablers Gehirn im Sturm. Er konnte sich gerade gar nicht dagegen wehren. Alles war reduziert auf ein paar wenige schlaue Worte. Er musste an „Fegefeuer der Eitelkeiten" von Tom Wolfe denken. Nein, er war nicht der Master of the Universe. Oder doch? Zeitenweise hatte er an diesem Attribut geschnuppert. Wenn auch nur für kurze Momente. Eine Frau zu erobern kam dem Erschaffen eines komplexen Kunstwerks oder einer Sinfonie gleich. Wer eine Frau verliert, der hatte sie doch irgendwann einmal erobert. Woher kam die Energie, die Kraft, die Kreativität, die es für den Beginn einer Liebesbeziehung brauchte. Eine Eroberung war wie das Verdienen von Millionen von Dollar an der Börse. Und dann: Wie hält man die Geschichte am Laufen? Das war der eigentliche Knackpunkt. Gabler dachte über das Wort „Ausdauer" nach. Vielleicht war es das, was ihm fehlte. Eine gewisse Konstanz in den Dingen. Um ein guter Sportler zu sein, bedarf es harten Trainings und einer guten Kondition. Oder war es das Pflegen einer Pflanze? Jeden Tag muss sie gegossen werden. Gablers Mutter hatte immer gesagt. „Du musst sprechen mit den Pflanzen." Es war wie bei Komapatienten: Ärzte und Pfleger sprechen mit ihnen, auch wenn selbige weder hören noch antworten können. Aber es kommt doch an, das ist jedenfalls der Stand der aktuellen Medizin.

Vielleicht habe ich einfach zu wenig mit Anne geredet, dachte Gabler. Auch das Reden war eine Kunst. Das Reden-Können ist eine Gabe. Auch das kann man mit hartem Training erreichen. Aber es braucht doch auch Talent.

Gabler dachte an das Wort „Beziehungsanfang". Wer beim ersten Date ins Kino geht, kann eventuell den jeweiligen Geschmack des anderen ausloten, was für Filme der- oder diejenige für sehenswert befindet. Aber der eigentliche kommunikative Akt beim ersten Date ist definitiv das Miteinander-Essen-Gehen. Da muss man Farbe bekennen, da muss man zeigen, dass man unterhalten kann. Wenn man miteinander isst, kann man nicht einfach zwei Stunden schweigen. Am besten ist es, beim Essen den gemeinsamen Geschmack auszuloten und danach ein zweites Date im Kino auszumachen. Das funktioniert. Soweit war das geschickteste Prozedere Gabler schon geläufig. Ja, er schmiedete Pläne für den Fall, dass Anne ihm den kleinen Spalt Türe auch noch zuknallen würde. Er konnte sich ein Leben als Single auf die Dauer nicht vorstellen. Vielleicht war eine Kontaktanzeige die Lösung. Vielleicht.

„Ich mache Nägel mit Köpfen", dachte er. Die nächsten Tage werde ich meine finanzielle Situation abklopfen und schauen, wie ich den Flug nach Dallas finanzieren kann. Sein Entschluss stand fest, er wollte über den Teich und sein Glück versuchen.

No 20

In der Zeit bevor er Anne kennen gelernt hatte, war Gabler für zwei Jahre bei einem lokalen Kulturmagazin als Redakteur beschäftigt. Er hatte dort viele Freiheiten, konnte seine Themen setzen, schreiben, fotografieren. Es war kein besonders großer Verlag, aber das Magazin wurde in der Region gelesen und hatte seinen festen Platz in der Medienlandschaft. Renate, seine Chefin, hatte als Herausgeberin das Projekt schon in den 1980er Jahren gestartet. Finanziert wurde das ganze über Anzeigen, dafür waren eigens drei Mitarbeiter angestellt, die den ganzen Tag lang am Telefon hingen und versuchten, an potenzielle Kunden Inserate zu verkaufen. Das funktionierte. Gelegentlich musste Gabler Beiträge mit den Inserenten abstimmen, das war O. K., so öffneten sich auch redaktionelle Themen, die sich sonst so nicht offenbart hätten.

Die Chefredaktion war von einer Frau besetzt, Manuela, mit der Gabler gleich von Beginn an ein prima Verhältnis hatte. Außerdem waren noch drei Technikerinnen angestellt, die für das Grafische verantwortlich waren, so wie ein Fotograf. Gabler hatte im Verlag zuerst ein Praktikum absolviert, nach vier Wochen machte man ihm dann das Angebot, dass er fest als Redakteur bleiben könne. Er hatte sofort zugesagt, auch wenn das Gehalt nicht gerade üppig war. Aber Jobs als Redakteur waren in der Region rar, so konnte er das als Einstieg sehen, er war zumindest beschäftigt und hatte sein monatliches Auskommen. Schnell stellte sich heraus, dass Gabler das Talent für Interviews und Portraits hatte. Er war gut in Gesprächsführung und stellte die relevanten Fragen. Nach wenigen Wochen konnte er jeweils auf den Seiten vier und fünf ein doppelseitiges Interview positionieren. Er waren auch Promis darunter, die sich aus welchem Grund auch immer, in die Region verirrt hatten. Paul war der Fotograf, der Gabler bei den Interviews begleitete und jeweils die Fotos machte. Das Kultur-Magazin erschien im Turnus von zwei Wochen und hatte mit 30.000 Exemplaren eine für die Region doch stattliche Auflage. Die Atmosphäre war aufgrund der überschaubaren Anzahl der Mitarbeiter eher familiär. Gabler hatte einen schönen Arbeitsplatz, einen Schreibtisch mit Blick ins Grüne, er fuhr jeden Morgen 20 Minuten mit dem Rad zur Arbeit. Er war zusammen mit Manuela immer der erste um Punkt acht Uhr. Die anderen trudelten etwas später ein, Herausgeberin Renate kam eher sporadisch, meist um die Mittagszeit für drei oder vier Stunden. Sie war eine gute Journalistin, hatte ein feines Gespür für Themen und verfügte über gute Kontakte zu allen möglichen Leuten, die in der Branche wichtig waren. Gabler hatte bei Renate einen Stein im Brett. Sie fütterte ihn immer wieder mit Storys oder Fakten, die man zu einer Story machen konnte, gleich ob aus Politik, Wirtschaft oder Kultur. Das war das spannende an dem Job. Man arbeitete gewissermaßen ressortübergreifend.

Gleich zu Beginn seines Engagements sollte Gabler eine Reportage über das Thema Mobilfunk und UMTS machen. Er hatte dafür zwei Wochen Zeit, kontaktierte Personen, die damit mittel- oder unmittelbar zu tun hatten. Politiker, Mitarbeiter in der städtischen Verwaltung, Mitglieder von Initiativen und Umweltverbänden, Rechtsanwälte et cetera. Das Thema war heikel, Befürworter und Gegner von UMTS standen sich in erbittertem Kampf gegenüber. Und genau das war es, was die Sache spannend machte. Gabler sammelte Daten und Fakten, führte Interviews, hin tagelang am Telefon und konstruierte so eine spannende Story. Es machte Spaß. Als das Ganze dann publiziert wurde, war

Gabler in der Region der Erste, der sich mit dem Thema redaktionell ausführlich befasst hatte. Es gab Zuspruch der Leserschaft, auch davon lebt der Journalist letzten Endes.

Eine andere Geschichte führte Gabler in die Schweiz nach Zürich. Er traf dort den Zirkusmagnaten Rolf Knie, der damals schon nur noch wenig mit dem Genre Zirkus zu tun hatte. Anlass war die Premiere von „Salto Natale", einem Zirkusprojekt von Knies Sohn Gregory. Die Knie Familie war seit Generationen weltweit eine der ersten Adressen in Sachen Zirkus. Rolf hatte es neben der Schauspielerei zur Malerei gezogen. Gabler interviewte ihn in seinem Atelier in Rapperswil, einem kleinen Dorf bei Zürich. Knie war ein Tausendsassa. Er war als junger Erwachsener ein talentierter Fußballer gewesen, war am Theater tätig und arbeitete als Choreograf in Hollywood. In seinen Bildern bannte er Motive aus dem Zirkus, natürlich Tiere, aber auch Clowns und Artisten auf riesige ausgediente Zeltplanen. Sein Atelier glich einer gigantischen Bilderproduktionsmaschine. Knie selbst war ein eher zurückhaltender Typ. Er hatte keinerlei Starallüren und schenkte Gabler einen ganzen Nachmittag seiner Zeit. Gabler konnte die Story als Aufmacher bringen, Knie hatte ihm zum Abschied noch seinen neuesten Bildband mitgegeben.

Das spannende an dem Job bei dem Magazin war, dass die Themen in aller Vielfalt des Alltags in die Redaktion flatterten. Gabler sprach mit einer Friseurin über deren Schuhtick, er recherchierte die Familiengeschichte eines lokalen Mineralwasserproduzenten, er interviewte die Leiterin einer der größten Rehakliniken Deutschlands, den ehemaligen Bundesgeschäftsführer einer großen Partei oder die Intendantin des städtischen Theaters und viele andere. Zahlreiche Theaterkritiken und Aufsätze über regionale Geschichte waren zusammen gekommen. Gabler war fleißig, kurzum: Der Job machte Laune.

Herausgeberin Renate hatte mittlerweile ein neues Projekt aus der Taufe gehoben. Sie brachte ein Lifestyle-Magazin heraus, ihren Job im Verlag übernahm einer ihrer Mitstreiter aus den Anfangsjahren, der sich wieder ins Geschäft einklinken wollte. Harald hatte eine gänzlich andere Methode der Unternehmensführung. Er war autoritär, und setzte die Anzeigencrew jeden Morgen in einem Meeting unter Druck, was die Zahlen der Anzeigenverkäufe anbelangte.

Auch Gabler bekam den Wechsel zu spüren. Er musste seine Themen rechtfertigen, konnte nicht mehr so unbeschwert arbeiten wie unter Renate. Das war im Journalismus nichts Ungewöhnliches. Selten sind Redakteure so frei, wie sie es gerne wären. Kurzum, Gablers Tage schienen gezählt. Für Harald war er ein Kostenfaktor, den dieser gerne eliminiert hätte.

Doch so einfach war es nicht, denn Gabler hatte sich mittlerweile eine feste Position erarbeitet. Auch bei den Kollegen war er beliebt. Das ging eine Weile gut, bis Harald dem Team eines Morgens eröffnete, dass der Verlag kurz vor der Insolvenz stehe. Das war denn auch das Ende der Geschichte. Gabler musste das Feld räumen, auch wenn es vollkommen unlogisch war, den Redakteur zu feuern, der den Inhalt des Blattes mit zu verantworten hatte.

Gabler trug das Dilemma mit Fassung, er solidarisierte sich mit Renate, die auch aus dem Verlag aussteigen wollte. Sie konnte Gabler erst einmal übergangsweise ein paar Storys für ihr neues Magazin anbieten. Das war besser als nichts. Gabler portraitierte einen bekannten Maler aus der Region, eine Architektin und einige andere Personen, die direkt oder indirekt mit Kunst und Lebensart zu tun hatten.

Diese Kultur-Redakteur-Episode war nun vier Jahre her. Das Kulturmagazin war finanziell wieder auf die Beine gekommen, Harald war mittlerweile verstorben, Herzinfarkt. Einige Mitarbeiter waren ausgeschieden, andere waren neu dazu gekommen. Am Morgen nach dem Besuch bei Kobler klingelte Gablers Handy. Seine ehemalige Chefredakteurin Manuela war am Apparat.

„Hallo Alexander, Manuela hier, wie geht's denn so?"

„Alles gut soweit, danke."

„Ich wollte fragen, ob du Zeit und Lust hättest, für uns zwei Interviews zu machen."

Gabler staunte. Es geschehen noch Zeichen und Wunder, dachte er.

„Ja, prinzipiell gerne, worum geht's?"

Manuela kam gleich auf den Punkt. „Diese Woche wird eine neue TATORT Folge gedreht, du könntest mit Eva Mattes sprechen, wir würden die Story als Aufmacher bringen."

Gabler war baff. Natürlich kannte er Eva Mattes. Er hatte keinen TATORT mit ihr verpasst, sie war eine der großen deutschen Schauspielerinnen, hatte schon mit Fassbinder und Verhoeven zusammen gearbeitet. Ein Interview mit ihr war für Gabler eine spannende Geschichte. Er sagte sofort zu, ohne nach dem Honorar zu fragen. Das war in diesem Falle zweitrangig.

„Und dann hätten wir noch Robert Gernhardt, ich weiß nicht, kennst du ihn?"

Gernhardt war einer aus der Neuen Frankfurter Schule, einer der bekanntesten Satiriker Deutschlands.

„Klar, ich habe mehrere Bücher von ihm."

„O. K., er hat ab übernächster Woche eine Ausstellung mit Zeichnungen im Städtischen Kulturzentrum."

Gernhardt war Maler und Poet zugleich. Sicher ein überaus dankbarer und interessanter Gesprächspartner.

„Auch gut", sagte Gabler. „Mache ich gerne."

„Als Honorar würden wir 250 Euro pro Interview zahlen, wäre das gut für dich?"

Klar, das Honorar war wichtig, aber bei solchen Geschichten ging es weniger ums Geld. Drum wollte Gabler gar nicht lange herum feilschen.

„Klar, 250 ist gut, machen wir."

„Für Mattes gebe ich dir den Kontakt vom SWR, die werden dann mit dir einen Termin ausmachen. Ich kann dir Paul mitgeben, der kann die Fotos machen. Von Gernhardt habe ich eine private Telefonnummer, er lebt in Frankfurt. Du kannst ihn anrufen, das habe ich mit dem städtischen Kulturamt abgeklärt. Ich schick dir nachher noch seine Nummer per Mail. Auch seine Email Adresse, falls du ihn telefonisch nicht erreichen kannst. Das wäre soweit schon mal alles. Mattes wäre für unsere nächste Ausgabe, Gernhardt für die übernächste. Wir haben außer dir noch niemanden angefragt, wenn du mit dem Honorar einverstanden bist, gebe ich dir den Zuschlag."

„Ich wüsste nicht, was ich lieber täte", Gabler war ebenso überrascht wie glücklich.

Robert Gernhardt und Eva Mattes zu interviewen war eine echte Herausforderung. Gabler hätte vor Freude in die Luft springen können. Er suchte aus einer seiner Bücherkisten ein Gernhardt Buch, das er vor Jahren von seiner Schwester geschenkt bekommen hatte, es war ein Gedichtband. Gernhardt war ein echter Könner seines Faches.

Vielleicht komme ich doch noch irgendwie in die Bundesliga, dachte Gabler. Also doch Master of the Universe?

Vorsicht Alexander, je höher man fliegt, desto tiefer kann man fallen. Lass es langsam angehen und mach dein Ding solide und wende das Handwerk an, das du gelernt hast. Dann kann im Grunde nichts schief gehen. Die beiden Interviewpartner waren sicher keine einfachen Charaktere. Bisher hatte Gabler aber mit prominenten Menschen, die er interviewt hatte, immer gute Erfahrungen gemacht. Im Gegenteil, oft waren Promis unkomplizierter als „Normalos". Er hatte es öfter erlebt, dass Interviewte den Text zum Gegenlesen forderten, Promis winkten das Interview in aller Regel durch, ohne dass sie es vor der Veröffentlichung noch einmal lesen wollten. Einmal war es sogar so gewesen, dass er eine Frau interviewt hatte, die dann den kompletten Text gekippt und alles noch einmal neu geschrieben hatte. Das war selten, aber es kam vor. Gabler wusste, dass die Qualität eines Interviews auch von den Fragen abhing. Deshalb nahm er sich immer viel Zeit, befasste sich ausführlich mit Leben und Werk der jeweiligen Person. Ein gutes Interview lebte auch davon, dass man sich nicht stur an den Fragen festhielt, sondern auch spontan reagieren konnte und Fragen stellte, die so nicht vorgesehen waren. Und natürlich war eine gute und fundierte Recherche im Vorhinein die Voraussetzung für ein gutes Gelingen.

Gabler wollte gleich in medias res gehen und setzte sich an seinen Rechner. Er googelte Eva Mattes und fand reichlich Material zu der Schauspielerin. Er suchte nach den Anfängen ihrer Karriere. Sie hatte früh mit Fassbinder gearbeitet, er war gewissermaßen ihr Entdecker gewesen. Also war sie schon als junge Actrice eine Berühmtheit. Sie hatte im Laufe ihrer Karriere in über 200 Filmen mitgespielt, gab unzählige Rollen auf den großen Deutschen Theaterbühnen, war mit zahlreichen Preisen ausgezeichnet. Die Interviews, die Gabler für das Kulturmagazin führte, standen immer unter einem Motto. Das war die Idee von Renate und Manuela gewesen. Das Motto für Eva Mattes lautete „Träume". Darunter konnte man sich alles Mögliche vorstellen. Gabler formulierte den Fragenkatalog und tippte die Nummer der SWR Redakteurin in sein Handy. Er konnte einen Termin für den nächsten Freitag abmachen. Das Fernsehteam würde an dem Tag den ganzen Nachmittag auf einem Bauernhof in der Schweiz drehen, dort konnte er Eva Mattes treffen. Er rief noch Paul, den Fotografen an und verabredete sich mit ihm, sie würden gemeinsam zum Set fahren.

„Es geht wieder aufwärts", dachte Gabler. „Das Glück scheint auf meiner Seite."

No 21

Am kommenden Tag wollte Gabler bei seiner Versicherung anrufen und nach den Konditionen fragen, wie viel er ausbezahlt bekäme, wenn er seine Rentenversicherung auflösen würde. Es war in jedem Falle ein schlechter Deal, das wusste er schon. Bisher hatte er zirka 5.000 Euro einbezahlt, er rechnete mit einer Einbuße von mindestens 20 Prozent. Auf der Bank hatte er mittlerweile seine Schulden ein wenig drücken können, aber mit mehr Dispo für den USA Trip konnte er nicht rechnen. Dafür war er noch zu sehr in der Kreide. Also blieb die Rentenversicherung als letztes Mittel. Er schaute noch einmal nach einem Flug, dafür musste er mindestens 600 bis 700 Euro veranschlagen. Zudem brauchte er noch mindestens 500 Euro, um sich in Dallas über Wasser halten zu können.

„O. K.", dachte er, „dann wären das 1.200 Euro, das werde ich irgendwie hinbekommen."

Zum Glück pflegte Gabler in seinen Unterlagen für Versicherungen, Steuer oder Rente eine gewisse Ordnung. Er fand die Unterlagen für die Rentenversicherung sofort und suchte die Telefonnummer seines Versicherungsagenten, der für ihn zuständig war. In den Vertragsunterlagen konnte er nichts über eine frühzeitige Auflösung finden. Also musste er telefonieren. Er wählte die Nummer und hatte gleich den Agenten in der Leitung.

„Augsburger Leben, Greulich am Apparat, was kann ich für Sie tun?"

„Alexander Gabler hier, ich bin bei Ihnen rentenversichert. Können wir kurz sprechen, ich habe eine Frage?"

„Ja, bitte ihre Versicherungsnummer."

Gabler las die Nummer von seiner Police ab.

„Um was geht es?"

„Ich würde mit gerne vorzeitig meine Rentenversicherung ausbezahlen lassen. Geht das?"

„Prinzipiell ja, warten Sie einen Moment."

Greulich – nomen est omen – tippte vermutlich Zahlen in seinen Taschenrechner.

„Sie haben bisher 4.800 Euro einbezahlt. Wenn Sie den Vertrag kündigen wollen, kann die Augsburger Leben Ihnen exakt 3.059 Euro ausbezahlen."

Gut, dass Gabler fest auf seinem Stuhl saß, sonst wäre er vermutlich umgefallen. Er konnte erst einmal für ein paar Sekunden nichts antworten. Es war klar, dass er Verluste machen würde, aber das war ja beinah die Hälfte.

„Tu es nicht", dachte er. „Bitte tu es nicht."

In den folgenden Sekunden, in denen auf beiden Seiten kein Ton zu hören war, gingen Gabler blitzartig einige Szenen durch den Kopf, er sah sich mit einem Hut vor sich in der Fußgängerzone sitzen und die vorbei gehenden Passanten um einen Euro bitten.

Er sah sich in einer Gefängniszelle sitzen, weil er Greulich in den Arsch getreten hatte.

Er sah sich in einem Sarg auf dem Friedhof liegen, weil er vor Hunger verstorben war. Die Gedanken flitzten im Zeitraffer durch sein Gehirn.

Das letzte was er noch mal denken konnte war: „Tu es nicht Alexander, tu es bitte nicht."

Was dann folgte war das Paradebeispiel einer Diskrepanz zwischen nüchternem Verstand, der zu einer gewissen Frage mit einem klaren und deutlichen „Nein" antwortet und dem Gefühl, das einem sagt: „Tu es doch". Gabler musste ja am Telefon noch keine Entscheidung fällen. Er notierte sich die Zahl 3.059 und verabschiedete sich.

„Ich melde mich wieder bei Ihnen, auf Wiederhören."

„Gerne", antwortete Greulich.

Jetzt ist der Fall klar, dachte Gabler. Wenn ich nach Dallas fliegen möchte, kostet mich das umgerechnet nicht nur 1.200 Euro Reisekosten, sondern auch noch 1.800 Euro Miese bei meiner Versicherung. War es das wert?

Gabler ging in die Küche, am liebsten hätte er jetzt einen kräftigen Schnaps zu sich genommen. Zum Glück hatte er das Gesöff vor ein paar Tagen weg gekippt. Er setzte sich auf den Stuhl und setzte sein zweites ICH auf den Stuhl gegenüber. Es war an der Zeit für ein ernsthaftes Selbstgespräch. Er sah sich in einem Gerichtssaal auf der Anklagebank sitzen.

„Sie sind hier wegen groben Unfugs vor Gericht", sprach ein sonorer Herr in schwarzer Robe. „Sind Sie sich der Anschuldigung bewusst? Bekennen Sie sich schuldig?"

„Schuldig in allen Punkten der Anklage."

Gabler hoffte auf einen Freispruch oder zumindest auf mildernde Umstände. Das Geständnis, dass er quasi komplett neben der Spur lief, ging im leicht über die Lippen. Der Richter sagte noch: „Wenn Sie weiterhin solchen Unfug treiben, stellen wir Ihnen einen Betreuer zur Seite, der wird sich dann um Ihre finanziellen Angelegenheiten kümmern."

Gabler sah sich schon entmündigt.

„Muss ich dann um das Einverständnis fragen, wenn ich mir eine Hose kaufen möchte?" fragte er den Richter.

„Sie müssen auch um Einverständnis fragen, wenn sie eine Schachtel Zigaretten benötigen." Der Richter sprach Klartext. Gabler sah sich komplett entmündigt. Er saß auf seinem Stuhl in der Küche, ihm gegenüber saß der Richter, ein Vormund lehnte am Kühlschrank und lachte Gabler fies ins Gesicht. Die Szene hatte etwas von einem absurden Theater. Am Fenster saß eine Krähe und lachte ebenfalls. Gabler fror, er zitterte.

„Im Namen des Volkes ergeht folgendes Urteil", sprach der Richter. „Sie werden zu drei Tagen Kerker verurteilt. Dort können Sie zur Besinnung kommen. Vorerst wird kein Vormund bestellt, wenn Sie sich bessern, werden wir von der Maßnahme eines Betreuers absehen. Das Urteil ist ab sofort rechtskräftig."

Gabler atmete tief. Drei Tage, das war noch im Rahmen des erträglichen. Er beschloss, die Wohnung für drei Tage nicht zu verlassen. Er wollte noch mit der Krähe am Fenster sprechen, aber der Vogel war schon wieder verschwunden. Er kniff sich in die rechte Backe, Richter und Betreuer hatten die Wohnung ebenfalls verlassen. Er war allein.

„Es wird alles gut", dachte er. Er musste noch was zu Essen einkaufen, anschließend gab es Stubenarrest. Gabler warf sich seinen Trenchcoat über und steuerte das Einkaufszentrum an. Er kaufte reichlich Nudeln, Gemüse, Brot und etwas Käse. Dann holte er sich noch eine Zeitung und kehrte in die Wohnung zurück.

Drei Tage Kerker, dachte er. Das schaffe ich. Ich werde lesen und das Interview vorbereiten, ich schaffe das.

Er wollte auch weder Kerstin noch Daniel treffen, er schloss seine Zimmertüre, die sonst tagsüber immer offen war, ließ den Rollladen runter und knipste die Schreibtischlampe an. Bevor er an die Recherche ging, spielte er im Internet eine Partie Schach. Er gewann gegen einen Kontrahenten aus Polen, das besserte seine Stimmung.

„Nein, ich bin nicht verrückt", dachte er. „Ich bin nicht verrückt.

Wer im Schach gewinnen konnte, der konnte nicht verrückt sein.

Gabler rechnete: 3.059 Euro, damit könnte er allerhand anstellen. Nicht nur die Reise in die USA, er konnte vielleicht auch einen Trip nach Frankreich finanzieren, er war schon lange nicht mehr verreist gewesen. 3.059 Euro waren für Gabler eine Menge Geld. 3.059 Euro, das waren die Ziffern der Woche. Er hätte Lotto spielen können. Die Zahlen 3, 5, 9, 30, 35, 39 sollten sechs Richtige ergeben, Superzahl 3. Gabler verfing sich in einer Art autistischen Gedankenwirrwarrs. Für das Geld konnte er 611 Packungen Zigaretten kaufen, 2.200 Packungen Spaghetti, 637 mal seine geliebte Wochenzeitung. Oder eben einmal Dallas und retour plus eine Woche Bretagne und Paris. Es würde sogar noch etwas übrig bleiben, den Rest würde er auf sein Konto einzahlen, damit er auch mit seinem Banker wieder einigermaßen im Reinen war. 3059 Euro also, das war der Deal des Jahrhunderts. Quersumme 17, das sollte meine Glückszahl sein", dachte Gabler. Er legte sich auf sein Bücherbett und fiel in einen tiefen Schlaf.

„Drei Tage Kerkerhaft, auch das überstehe ich", war das letzte was er denken konnte.

No 22

Der Tatort-Dreh, an dem Gabler Eva Mattes treffen sollte, fand am darauffolgenden Freitag in einem Dorf in der Schweiz statt. Dort sollte eine Außenszene gedreht werden, Gabler war für 13 Uhr angemeldet. Er hatte sich mit dem Fotografen Paul verabredet, sie würden zusammen nach Bottighofen fahren und das Interview führen. Während der Tage Dunkelhaft in seiner Gruft hatte Gabler den Fragenkatalog vorbereitet. Das Motto unter dem das Gespräch stattfinden sollte, lautete: „Schauspiel und Träume". Gabler war nervös. Er hatte nicht alle Tage so eine Berühmtheit vor dem Mikrofon. Aber er freute sich auch, der Nachmittag in der Schweiz schien verheißungsvoll. Er und Paul waren pünktlich, man musste das Auto einige Gehminuten vom Set entfernt abstellen und ein paar Schritte zu Fuß gehen. Eine Mitarbeiterin des SWR nahm sie in Empfang. Gabler stellte sich vor.

„Wir sind vom Kulturmagazin und sind für ein Interview mit Frau Mattes angemeldet."

„Ja, wir haben Sie schon erwartet. Das Gespräch müssen wir ein wenig nach hinten verlegen, die Crew dreht gerade noch. Sie können gerne in unserem Catering einen Kaffee nehmen wenn sie möchten."

In der Garage des Bauernhofes war ein großes Buffet aufgebaut. Es gab reichlich zu essen, verschiedene Sorten Brot und Brötchen, Wurst und Käse, gekochten Fisch und Roastbeef, eingelegte Antipasti und Obst. Dazu antialkoholische Getränke, Wasser, Limonade, Apfelsaft und natürlich Kaffee und Tee.

Gabler war erst einmal nach einer Tasse Kaffee. Er versuchte, sich aus der Kaffeemaschine einen Milchkaffee rauszulassen. Vergeblich, offenbar war kein Wasser mehr im der Maschine. Das sollte kein Problem sein, Gabler kannte sich mit Kaffeemaschinen aus, das war sozusagen eine leichte Übung. Er ging an den Wasserhahn in der Garage und füllte eine Kanne mit Wasser ab. Paul wartete und ahnte nichts Böses. Gabler öffnete den Wassertank und goss das Wasser hinein. Nun passierte etwas für Gablers derzeitige Situation vollkommen Typisches. Es musste so kommen. Er hatte den Wassertank mit dem Kaffeebehälter verwechselt und das Wasser in die Öffnung gefüllt, die für die Kaffeebohnen vorgesehen war. Die Maschine machte einen letzten Seufzer und gab dann den Geist auf. Oh Gott. Sofort eilte eine Frau herbei, und schimpfte wie ein Rohrspatz. Ob er denn nicht wisse, dass Kaffee das wichtigste Getränk bei einem Dreh sein, raunztet sie Gabler an. Das war sozusagen ein Einstand nach Maß. Schlimmer hätte es nicht kommen können. Der Gipfel der Peinlichkeit.

„Vielleicht können wir das reparieren", versuchte Gabler die Gemüter zu beschwichtigen. „Es tut mit furchtbar leid, war wirklich nicht meine Absicht."

„Davon läuft die Maschine auch nicht wieder", hielt die Dame entgegen.

Gabler hatte quasi die komplette Stimmung des Sets gekillt. Ein Dreh ohne Kaffee war wie ein Auto ohne Benzin oder eine Jagd ohne Flinte. Paul stand daneben und starrte entgeistert auf die Kaffeemaschine. Er ergriff schließlich die Initiative und machte sich daran, den Schaden wieder zu beheben. Mit viel Fingerspitzengefühl schaffte er es, das Wasser wieder aus dem Behältnis für die Bohnen abzulassen. Er stellte die Maschine einfach auf den Kopf, den Rest erledigte die Schwerkraft von selbst. Schlussendlich gelang es mit Hilfe einiger Fetzen Haushaltsrolle, die Kammer für die Kaffeebohnen wieder trocken zu bekommen.

Paul steckte den Stecker der Maschine wieder ein und es ertönte ein Geräusch, das so klang, als sei alles wieder in Ordnung. Die Dame vom SWR holte eine Tüte mit Kaffeebohnen und füllte die Kammer auf. Dann gab sie Wasser in den richtigen Tank, der dafür vorgesehen war und tatsächlich lief die Maschine wieder. Es war nicht auszudenken, was geschehen wäre, hätte Gabler das Utensil tatsächlich geschrottet. Vermutlich hätte man ihn mit Schimpf und Schande vom Hof gejagt. Es war mittlerweile 14 Uhr, der Dreh dauerte noch. Gabler und Paul begaben sich in die Nähe des Wohnhauses, wo eine Szene gedreht wurde, in der die Kommissarin mit einem Bauer einen kurzen Dialog führte. Es herrschte mit Ausnahme der Sprechszene Totenstille. Man hörte nur ein paar Vögel zwitschern, niemand außer den Schauspielern machte einen Mucks. Das konnte noch dauern, Gabler und Paul hatten Zeit, sie würden warten, bis die Szene durch war. Fernsehen passierte in der Region nicht so häufig, es war spannend, das einmal hautnah mit zu erleben. Der Hof war voller Equipment, Kameras, Mikrofone, Spiegel, Lampen und Menschen, die die diversen Gerätschaften bedienten. Jeder hatte seine Aufgabe, Gabler war fasziniert davon, wie lange man für eine Szene drehen musste, die schlussendlich im Film nicht mal eine Minute dauern würde. Er forderte Paul auf, schon mal ein Paar Bilder zu machen. Doch schon das Klicken des Verschlusses an Pauls Kamera war zu laut. Einer der SWR Mitarbeiter schaute Paul an und schüttelte den Kopf.

„Dann warten wir noch", flüsterte Gabler Paul zu. Nach etwa einer Stunde war am Set eine Pause, aber die Zeit würde nicht für das Interview reichen. Einige Mitglieder der Crew gingen in die Garage und holten sich etwas zu essen und zu trinken.

Gablers Blamage mit der Kaffeemaschine hatte sich schnell herumgesprochen. Plötzlich kam Eva Mattes auf Gabler zu und lachte ihn lauthals an.

„Sind Sie der Journalist, der unsere Kaffeemaschine gesprengt hat?"

Gablers Gesicht nahm die Farbe eines dunkelroten Jonathan Apfels an. Er war sprachlos und nickte nur mit dem Kopf.

„Wissen Sie was, ich finde das sehr lustig, Sie sind mir sympathisch", sagte die Mattes. „Haben Sie noch ein wenig Geduld, dann machen wir unser Interview."

Gabler atmete auf, alles schien O. K. zu sein. Die für das Catering zuständige Mitarbeiterin des SWR, die Gabler wegen der Kaffeemaschine zusammengestaucht hatte, lachte ebenfalls. Der Vorfall war entschuldigt und vergessen.

Schlussendlich dauerte es noch einmal zwei Stunden, bis Gabler und Paul sich mit der Kommissarin in das Wohnmobil begeben konnten, in dem die Maske untergebracht war. Die Atmosphäre war entspannt. Gabler entschuldigte sich noch einmal und die Kommissarin schenkte ihm ein offenes Lächeln. Sie steckte in ihrer typischen lässig-eleganten Kleidung und war noch nicht abgeschminkt. Sie wartete auf die erste Frage und schaute Gabler mit großen Augen an.

Er legte sein Diktiergerät auf den Tisch und faltete den Zettel mit den Fragen auf. Es entwickelte sich ein intensives Gespräch, sie sprachen über die Anfänge der Karriere der Kommissarin, über ihr Elternhaus, über Kollegen und Regisseure, über Theater und Fernsehen. Mattes outete sich als intensive Träumerin, sie erzählte von ihrer kurzen Rolle als Intendantin und ihrem Engagement als Bildungsaktivistin und davon wie schwierig das in ihrem doch fortgeschrittenen Alter ist, passende Rollen als Frau zu finden. Sie war charmant, entgegen der Befürchtungen Gablers hatte sie keinerlei Allüren. Sie lachte laut und oft. Kurzum, das Interview sollte in Gablers Annalen eingehen als Highlight seines bisherigen journalistischen Schaffens.

Der Kommissarin letzter Satz lautete: „Wenn ich morgens aus dem Fenster meines Hotelzimmers auf den See schaue, dann träume ich." Das würde Gabler auch an den Schluss des Gespräches setzen.

„Möchten Sie das Interview gegenlesen?", fragte er.

„Nein nein, machen Sie mal."

Die Situation war vollkommen entspannt. Gabler bat Paul, der während des gesamten Interviews zahlreiche Bilder gemacht hatte noch, ein Portrait von ihm und der Kommissarin zu knipsen. Das war dann auch das Ende des Nachmittags.

Gabler bedankte sich, die Kommissarin gab den Dank zurück. Mit dem Gefühl der vollkommenen Beglücktheit kehrten der Reporter und sein Fotograf nach Hause zurück. „Das war echt spitze", sagte Paul.

„Ja, das war es."

„So was sollten wir wieder öfter machen."

„Du sagst es."

Gabler hatte es sich angewöhnt, Interviews wenn möglich immer unmittelbar nach dem Gespräch in seinen Rechner einzugeben. Zuhause angekommen setzte er sich an den Schreibtisch und tippte die Aufnahme seines Diktiergerätes ab. Dabei beließ er den Großteil des Gespräches in seiner ursprünglichen Form, lediglich einige wenige Sätze änderte oder strich er.

„Das Interview ist die Königsdisziplin des Journalisten", dachte Gabler. Es machte Freude, für heute hatte er genug erlebt. Eine defekte Kaffeemaschine, die ihn fast seinen

Kopf gekostet hätte, das Interview mit einer deutschen Schauspiel-Ikone.

Das ist etwas anderes als das Gewäsch eines Brauerei-gebietsleiters, dachte er. Gabler assoziierte den Mythos von Sisyphos. Er war immer wieder dabei, den Stein nach oben zu rollen. Oben angekommen wurde er zurückgeworfen und musste den beschwerlichen Weg erneut antreten. Momentan war er gerade auf dem Weg nach oben, wenn er die Ereignisse der letzten Tage und Wochen Revue passieren ließ, würde es sicher bald wieder bergab gehen.

Alles eine Frage der Perspektive, dachte er. Nach drei Stunden war das Interview im Kasten. Er wollte es am nächsten Tag noch einmal lesen und es dann der Redaktion schicken. Zuerst aber wollte er sich belohnen und sich etwas Gutes tun. Gabler tat etwas, was er schon lange nicht mehr getan hatte. Er ging zum Italiener und bestellte sich eine große Portion Muscheln, dazu Pommes und ein Glas Weißwein. Das hatte er sich redlich verdient.

„Es geht doch", dachte er. Wie hatte Anne immer so schön gesagt, du musst es nur wollen. Leider war der Wille nicht immer Sieger des internen Seelengerangels. Alexander Gabler, der Judomeister im Kampf Wille gegen Spontaneität oder Gelassenheit.

Wollen und Können, das drohte Gabler zu zerreiben. Er wollte schon, aber konnte er auch? Die Muscheln jedenfalls schmeckten vorzüglich. Nach dem Essen machte er noch einen ausgedehnten Spaziergang. Draußen war es fast schon dunkel, Gabler überlegte, ob er in eine Kneipe einkehren sollte. Doch ihm war nicht nach Gesellschaft. Manchmal war er gerne allein, so konnte er die Gedanken kreisen lassen. Er machte die paar wenigen Meter zum See und setzte sich auf eine Parkbank. Hier konnte er um diese

Uhrzeit keine Menschenseele treffen, das war ihm recht. Er versuchte, an nichts zu denken. Das war nicht einfach, manchmal gelang ihm das. Den Kopf leer zu bekommen, war eine schwierige Übung, doch wenn es funktionierte, tat sich ein unermesslicher Schatz an Ruhe und innerem Frieden auf.

Ja, ihm war nach Frieden. Mit sich, mit seiner Umwelt, mit allen Komponenten des Universums. Er schaute in den Himmel, es war sternenklar.

„Dort oben spielen sich die wirklich wichtigen Dinge des Lebens ab", dachte er. Dort werden Gesetze geschmiedet, dort fügt sich alles zueinander.

Ich wäre gerne ein Stern, es muss gar kein großer sein, ein kleiner würde vollkommen genügen. Gabler dachte an den Mann mit dem Staubmantel. „Die Welt ist voller Moleküle", genau, das war das Motto des Tages. Das war das Motto der Woche, des Monats.

Am Montag werde ich meine Rentenversicherung auflösen, Gabler war entschlossen. Er sehnte sich nach Ferne. Er wäre jetzt gerne in Marokko gewesen. Dort hatte er während des Studiums einen ganzen Monat verbracht. Er musste an Marrakesch denken, an die zauberhaften Farben, die es dort auf dem Markt zu sehen gab. Er hatte einen Amberstein mitgebracht, den man über die Haut streifen konnte. Es war ein intensiver Duft, intensiver als jedes Parfum. Gabler hatte den Stein Anne geschenkt. Vor seinem geistigen Auge sah er einen Wasserfall, Wasser war überhaupt das spannendste Element, spannender als Feuer. Auf dem See glitzerte es wie bei einem kleinen Feuerwerk. Gekräuselte Brillanten schimmerten um die Wette. Boote waren keine mehr zu sehen, auch keine Enten oder Schwäne, die Natur war zu Bett gegangen, hatte sich schlafen gelegt.

Ob die Fische auch schlafen nachts, fragte sich Gabler. Er nahm sich vor, die Frage zu einem späteren Zeitpunkt zu klären. Momentan wollte er sein Gehirn nicht anstrengen. Er schloss die Augen und legte beide Arme auf die Oberschenkel. Immer mit der Ruhe, immer mit der Ruhe. Anfangs flatterten die Augenlider noch ein wenig, nach ein paar Sekunden stellte sich die vollkommene Gelassenheit ein. Heute war ein guter Tag, dachte er und machte sich langsamen Schrittes auf den Nachhauseweg.

No 23

Das Wochenende verbrachte Gabler mit der Planung für seinen USA Trip. Er blieb bei dem, was er sich vorgenommen hatte, nämlich Anne zu überraschen. Er sah sie schon in die Lobby des Hostels in Dallas kommen. „Ein Herr wartet unten auf Sie", hörte er den Pförtner am Telefon sagen. Anne rechnete mit allem, aber nicht damit, dass Gabler sie spontan besuchen kommen würde. Und dieser Überraschungseffekt sollte ihm in die Karten spielen. Gabler dachte nicht im Traum daran, dass sein Plan auch würde scheitern können. Er war sich sicher, dass es funktionieren würde. Alle inneren Stimmen, die ihm sagten, er solle das besser nicht tun, überhörte er. Es konnte gar nicht schief gehen. Es durfte nicht schief gehen. Es musste klappen.

Er klickte sich durch das Internet und schaute, wie die Bedingungen für eine Einreise in die Vereinigten Staaten waren. Ein Visum würde er für die paar Tage nicht brauchen. Er setzte für den Trip eine Woche an. Die Preise waren stabil, er würde von Zürich aus nach New York fliegen und dann weiter nach Dallas, das war die günstigste Verbindung. Der Preis war immer noch derselbe wie vor zwei Wochen, Hin- und Rückflug lag bei zirka 600 Euro.

Was sind schon 600 Euro, dachte Gabler. Er schaute aus dem Fenster, die Krähe saß auf dem Fensterbrett und schüttelte ihren Kopf. Was wollte sie Gabler sagen? No risk no fun? Lass es oder tu es? Gabler hätte viel darum gegeben, hätte er das Tier verstehen können. Es sollte sein Orakel sein.

„Mache ich irgendetwas falsch?", fragte er den Vogel. Er konnte nur Kopfschütteln ernten. Rede mit mir, forderte Gabler. Die Krähe gab keinen Mucks von sich. Sie schien neutral. Wie brachte man so ein Tier zum Sprechen?

Gabler wollte ihm einen Namen geben. Er taufte es Anne, das lag auf der Hand.

„Hallo Anne, freust du dich wenn ich dich besuchen komme?" Der Vogel nickte mit dem Kopf. Er schien zu verstehen.

„Meinst du wir kommen noch mal zusammen?" Der Vogel nickte immer noch.

„Liebst du mich noch?" Die Krähe zuckte leicht, Gabler deutete das als eine neutrale Geste. Das Orakel gab ein lautes Krächzen von sich und erhob sich in den Nachmittagshimmel, lautlos und elegant. Anne war buchstäblich fortgeflogen. In Realo und in Form eines Vogels. Gabler zögerte nicht mehr lange und buchte den Flug für den kommenden Mittwoch.

Jetzt machen wir Nägel mit Köpfen, dachte er. Einmal über den großen Teich und wieder zurück. Morgen würde er seine Rentenversicherung auflösen. Er hatte das Bild seines Versicherungsmaklers Greulich vor Augen.

Nomen est Omen, dachte er wieder. Diese Banker und Versicherungsfritzen sind alle aus dem gleichen Holz geschnitzt. Sie schenken dir ein zuvorkommendes Lächeln wenn du irgendeinen Vertrag unterschreibst, und sobald du dich umdrehst, stechen sie dir das Messer in die Rippen. Gabler überlegte, was er alles für den USA Trip brauchen würde. Allzu viel sollte es nicht sein. Ein paar Klamotten, zwei Paar Schuhe, seine Tabletten sollte er mitnehmen, er wollte den Rat Koblers befolgen und eine gewisse Zeit die Pillen schlucken. Nebenwirkungen hatte er keine, es machte ihn ein wenig sicherer. Reisepass, Handy, ein paar Waschutensilien, das sollte genügen.

Die Redaktion meldete sich noch einmal und wollte das Interview mit Gernhardt bestätigt haben. Bis zu seinem Abflug konnte er das Gespräch vorbereiten. Er hatte noch mehrere Bücher von Gernhardt und kramte sie aus einer seiner Bücherkisten. Gernhardt war so etwas wie ein Vorbild für Gabler, er verfolgte dessen Schaffen seit seiner Berliner Zeit. Der in Frankfurt lebende Poet und Karikaturist war Redakteur bei der Zeitschrift Pardon und Mitgründer des Titanic-Magazins gewesen. Das Motto des Interviews sollte lauten: „Humor und Satire". Gernhardt war ein schier unerschöpflicher Quell an Kreativität und Genialität. Seine Gedichte brachten ihm den Ruf eines der bedeutendsten Lyrikers der deutschen Literaturszene ein. Gabler war gespannt auf die Bilder, die Gernhardt hier in der Stadt ausstellen würde. Als Laudator war Gernhardts Kollege F. W. Bernstein angesagt, auch der eine feste Größe im deutschen Literaturbetrieb.

Das Interview würde Gabler führen, wenn er wieder aus den USA zurück war. Er hatte mittlerweile die Email Adresse von Gernhardt und setzte ein Schreiben auf. Er outete sich darin als Fan und Verehrer und bat um einen Termin für ein Interview. Gabler war sich gar nicht sicher, ob er eine Zusage erhalten würde. Sein Gefühl sagte ihm, dass es klappen würde. Gernhardt war sicher ein Typ ohne Starallüren.

Es dauerte keine Stunde und Gernhardt schickte eine Antwort. Er erklärte sich gerne bereit für ein Interview, aber aus Krankheitsgründen würde er vermutlich nicht zur Vernissage kommen können. Er bot ein Telefoninterview an, wenn das Gabler recht wäre. Klar, Gabler hatte schon öfter Leute am Telefon interviewt, das sollte kein Problem sein. Sie verabredeten sich lose für einen Termin, wenn Gabler wieder aus den USA zurück sein würde. Das sollte in zirka zwei Wochen sein. Gabler bestätigte die Mail und machte innerlich einen Luftsprung. Ein Interview mit Robert Gernhardt wird mich nach vorne bringen, dachte er. Es geht aufwärts.

Das Handy klingelte, Gablers Mutter war in der Leitung.

„Hallo Alexander, wie geht es dir?"

„Danke Mama, es geht gut, ich bin grade dabei, eine Reise in die USA vorzubereiten, ich will Anne besuchen."

„Ja, ist Anne denn noch dort, hast du mit ihr telefoniert?"

„Ich will sie überraschen, ich denke schon, dass sie noch dort ist."

„Ist das nicht ein wenig riskant?" Gablers Mutter war schon immer eine Pragmatikerin gewesen. Vielleicht noch mehr als Gablers Vater.

„No risk no fun", gab Gabler sein Motto aus.

„Weißt du Alexander, ich habe gestern lange mit deinem Vater über dich und Anne gesprochen. Wir machen uns Sorgen, dass du dich in etwas hineinsteigerst, was du nicht mehr kontrollieren kannst. Wir denken beide, dass du Annes Entscheidung respektieren solltest. Sie mag ihre Gründe haben, das wollen wir gar nicht bestreiten, aber du solltest dich nicht in eine Situation manövrieren, die du nicht mehr unter Kontrolle hast."

Oha, dachte Gabler, seine Eltern machten sich also Gedanken über seine Beziehung, das war ganz was Neues. Einerseits war ihm das gar nicht recht, andererseits konnte er sich glücklich schätzen, dass die Eltern sich mit seiner Situation beschäftigten. Er wusste nicht recht, ob er das nun positiv finden sollte oder nicht.

„Weißt du, wir haben Anne sehr gemocht und sind mit dir traurig, dass eure Beziehung zu Ende ist. Wir denken einfach, du solltest ihre Entscheidung respektieren. Anne ist eine erwachsene Frau, die sicher nicht aus einer Laune heraus ihre Entscheidung getroffen hat. Wir denken, sie wird ihre Gründe haben."

Gabler wunderte sich, dass seine Mutter in der WIR-Form sprach. Das bedeutete, dass sie auch Im Namen seines

Vaters das Gespräch suchte. Die Mutter war schon immer diplomatischer als der Vater gewesen. Mit ihm hatte Gabler über Dinge wie in diesem Falle seine Beziehung noch nie geredet. Das war schon immer Sache seiner Mutter gewesen. Sie war sensibler und konnte sich im Gespräch besser artikulieren. Dennoch war es Gabler nicht wohl bei der Sache. Er fühlte sich bevormundet.

„Weißt du Mama, ich glaube nicht, dass du und Papa mir Ratschläge geben solltet. Ich habe den Entschluss gefasst um Anne zu kämpfen, und dafür will ich alles tun, was möglich ist. In die USA zu fliegen ist keine große Sache. Wenn Anne mich nicht sehen möchte, damit muss ich rechnen und das tue ich auch. Es ist ein Risiko, aber wenn ich es nicht täte, würde ich mir vermutlich für immer Vorwürfe machen. Ich muss es tun, verstehst du?"

Die Mutter schwieg ein paar Sekunden, bevor sie antwortete.

„Alexander, du bist ein erwachsener Mann und du musst wissen, was du tust. Ich kann und will dir keine Vorschriften machen. Es ist nur so, dass es auch mir weh tut, wenn du dir selbst Schmerzen zufügst."

Gablers Mutter sprach wieder in der ICH-Form. Besser.

„Das ist lieb von dir Mama. Schmerzen muss man ertragen können. Wenn es nicht so laufen sollte wie ich mir das vorstelle, dann ist es eben so. Aber meine innere Stimme sagt mir, dass ich diesen Schritt tun muss. Wie gesagt, ich würde mir Vorwürfe machen, wenn ich es nicht täte."

„Das verstehe ich, aber sei darauf gefasst, dass es auch schief gehen kann, dann kannst du dir eine eventuelle Enttäuschung ersparen. Ich will gar nicht deine Zuversicht schmälern, aber versprich dir nicht zu viel. Das war eigentlich alles, was ich dir sagen wollte. Du entscheidest, gar keine Frage. Und du musst dann auch die Konsequenzen tragen, wenn es nicht so läuft wie geplant. Ich wünsche mir sehr für dich, dass alles gut geht. Noch einmal: Du weißt, wie sehr ich Anne gemocht habe oder besser immer noch mag, aber lass dir von einer Frau sagen: Wenn wir etwas entschieden haben, dann stehen wir in der Regel auch dazu, so sind wir Frauen."

Gabler musste lachen. Seine Mutter war in ihrer Konsequenz einmalig, das war sie schon immer gewesen. Besser so, als wenn sie zu allem Ja und Amen sagte.

„Klar Mama, ich verstehe dich. Mein Entschluss steht fest, ich habe vor einer Stunde den Flug gebucht. Es kommt so wie es kommen muss. Egal wie es ausgeht, ich habe es dann jedenfalls versucht, das zählt. Aber ich freue mich, dass du Anteil nimmst. Und auch, dass Vater dazu eine Meinung hat. Es wäre mir auch recht gewesen, wenn er mich angerufen hätte. Es ist wie immer in solchen Dingen, mit dir kann ich das besser besprechen. Was sagte denn dein Gefühl? Hopp oder topp?"

„Wenn du meine ehrliche Meinung hören möchtest, dann sehe ich die Aktion eher kritisch. Aber höre auf deine innere Stimme. Du musst das letzten Endes vor dir verantworten. Niemand kann dir die Entscheidung abnehmen, auch deine Eltern nicht. Ich wünsche dir alles erdenkliche Glück. Und ich würde mich natürlich für dich freuen, wenn dir dein Vorhaben gelingen sollte. Meinen Segen hast du, viel Glück Alexander. Brauchst du Geld?"

„Nein."

Gabler wusste nicht, was er noch sagen sollte. Für ein paar Sekunden war Schweigen in der Leitung. Dann ergriff er noch mal das Wort.

„Ich bin dir dankbar Mutter, dass du solch regen Anteil an meiner Situation nimmst. Ich hoffe auch das Beste, jedenfalls werde ich berichten, wie die Geschichte ausgegangen ist. Ich melde mich. Tschüss dann, sag auch Grüße an Papa."

„Tschüss Alexander, mach's gut."

Gabler drückte die Stop-Taste an seinem Handy und beendete das Gespräch. Er war einerseits froh darüber, dass seine Eltern Anteil an seiner Situation nahmen, andererseits fühlte er sich ein wenig bevormundet. Aber so sind Eltern nun mal, sie sorgen sich halt, dagegen war ja im Grunde nichts einzuwenden. Er nahm einen Gedichtband von Gernhardt in die Hände und fand damit etwas Zerstreuung. Er freute sich auf das Interview, beinahe noch mehr als auf seinen USA-Trip. Gedichte lesen hatte etwas ganz und gar entspannendes, beinahe meditatives. Man las ein paar Zeilen, suchte den Sinn, wenn man ihn nicht auf Anhieb gefunden hatte. Oder man verstand sofort, Gernhardts Lyrik war gezeichnet von einer üppigen Portion Humor. Das konnte Gabler in seiner jetzigen Situation gut gebrauchen. Er hatte in diesen Zeiten wenig Grund zum Lachen. Vieles ging schief, seine Situation war wahrlich nicht die beste. Doch er bemühte sich um Zuversicht. Gernhardt war Medizin pur. Sie schmeckte nicht die Spur bitter und sie wirkte. Still und heimlich lachte Gabler in sich hinein und freute sich auf das Interview. Es würde gut werden, dessen war er sich sicher.

No 24

Am nächsten Morgen verabredete Gabler am Telefon einen Termin mit Greulich, seinem Versicherungsagenten. Die Sache mit der Rentenversicherung war schnell erledigt. Gabler suchte Greulich in dessen Büro auf, der hatte schon ein Schreiben aufgesetzt, das die Kündigung der Rentenversicherung besiegeln sollte. Gabler musste lediglich seine Unterschrift unter das Dokument setzen.

„Möchten Sie das Geld in bar oder sollen wir es auf Ihr Girokonto überweisen?"

Gabler überlegte nicht lange. Alles, nur nicht auf sein Girokonto, die Bank würde den Betrag fressen, schneller als die Katze eine Maus.

„Wenn das möglich ist, bitte in bar."

„O. K., warten Sie einen Moment."

Greulich ging in ein anderes Zimmer, in dem sich vermutlich ein Tresor befand. Er kam mit einem Bündel Geldscheine zurück. Ohne eine Miene zu verziehen blätterte er vor Gabler den Betrag auf den Tisch.

„Take it or leave it", dachte Gabler noch, doch nun war es zu spät. Er steckte das Bündel in seine Brieftasche und verabschiedete sich.

„Stets zu Diensten", sagte Greulich noch zum Abschied.

Die Situation hatte etwas Zynisches. Spätestens jetzt war Gabler klar, womit Versicherungen ihr Geld verdienten. Klar, solch einen Deal würden nur wenige abschließen. In der Not frisst der Teufel Fliegen. Das einzige, was jetzt noch helfen würde war die Devise „Augen zu und durch."

Wenn Gabler jetzt an seiner Entscheidung zweifelte, war das das denkbar Schlechteste, was er tun konnte. Er hatte diesen Entschluss bei vollem Bewusstsein getroffen und musste nun auch vor seinem ureigensten Inneren dazu stehen. Es war eine Frage der Priorität. Die eventuelle Rettung einer Beziehung war wichtiger als der Verlust von 2.000 Euro. Keine Frage, Gabler hatte ansonsten eine durchaus gesunde Beziehung zu Geld. Die Tatsache, dass er bei seiner Bank in der Kreide stand, sprach nicht unbedingt gegen ihn. Es gab Leute, die wesentlich höher verschuldet waren als er. Also entstand der Beschluss, sich über den Verlust den er gerade eingefangen hatte, nicht länger aufzuregen. Im Gegenteil, er sollte sich auf die bevorstehende Reise freuen.

Der nächste Gang führte ihn zur Bank. Er zahlte dort die Hälfte des Geldes ein und konnte so sicher sein, dass die Fluggesellschaft den Betrag für den gebuchten Flug auch würde einziehen können. Sein Dispo war wieder im Rahmen, das Gesicht seines Sachbearbeiters blieb ihm heute erspart, selbiger hatte vermutlich frei, Gabler sprach mit einer Kollegin. Sie war eine adrette Person, trug zu ihren langen blonden Haaren ein dunkelblaues Kostüm und als einzigen Schmuck eine Halskette aus türkisfarbenen Steinen. Sie war nur dezent geschminkt und hätte auch als Sprecherin die Abendnachrichten moderieren können. Die Sachbearbeiterin –welch hässliches Wort– schenkte Gabler ein Lächeln, das er als ehrlich und aus Sympathie entstanden deutete. In diesen miserablen Zeiten ist ein Lächeln Gold wert.

„Das kann einen ganzen Tag retten", dachte Gabler.

„Sie haben Ihr Girokonto wieder im Griff", sagte die Dame, deren Namen Gabler nicht wusste. Sie trug kein Namensschild und Gabler beschloss, sie nicht nach ihrem Namen zu fragen, sondern sie einfach Frau Glück zu nennen. Das passte zu dem Moment, Gabler gab das Lächeln zurück.

„Ja, mein Dispo." Sollte er etwas von der Rentenversicherung erzählen? Gott bewahre, das würde ein schlechtes Licht auf die doch grade sehr entspannte Situation werfen.

„Ich bin auch froh, dass das so wieder in Ordnung gekommen ist."

Wenn Frau Glück wusste, mit welch zweifelhaften Maßnahmen Gabler seine Schulden gedrückt hatte, würde ihr Lächeln vermutlich erstarren. Das wollte sich Gabler nicht antun. Die Situation war gut so wie sie war, basta. Beinahe hätte er es gewagt und Frau Glück nach einer gemeinsamen Tasse Kaffee gefragt. Doch das schien zu verwegen, Gabler wollte heute nicht mehr als Bankerin-Frau-Glück-Stalker auflaufen.

„Freue dich einfach über den Tag und schau, dass es auch so weiter geht", sagte die innere Stimme. Kontinuität war gefragt. Wieder solch ein hässliches Wort. Kontinuität klingt nach Kaugummi oder Kondom. Oder beidem.

Kontinuistischer Gummi. Zum Kauen…

Gabler lachte in sich hinein und freute sich darüber, dass sein Gedankenerfindungsapparat immer noch funktionierte. Er liebte es, Gedanken zu erfinden. In ihm schlummerte ein kleiner Dichter, das konnte er ohne Übertreibung sagen. Zu Gernhardt war es noch ein weiter Weg. Aber er würde hart an sich arbeiten, die beste Methode war es, jeden Tag etwas zu Papier zu bringen, das war der Anfang. Alle großen Schriftsteller oder Dichter schreiben oder schrieben jeden Tag. Eine Stunde war schon gut, zwei oder drei Stunden sollten schon bald einen Erfolg bringen. Gabler dachte an das Wort Disziplin. Klang ähnlich ruppig wie Kontinuität. Aber man sollte sie aufbringen, wenn man bestimmte Dinge erreichen möchte. Ein Typ wie Gernhardt arbeitete sicher mit einer guten

Dosis Disziplin. Nur so konnte man ein solches Werk vollbringen. Gabler beschloss, diese Frage im bevorstehenden Interview zu stellen. Das war schon ein Einstieg ins Gespräch.

Jedenfalls verabschiedete er sich von Frau Glück mit einem Lächeln und beschloss, den Verlust, den er mit seiner gottverdammten Rentenversicherung gemacht hatte, einfach zu ignorieren. Schluss damit, ein für alle mal und basta.

Gablers nächster Gang führte ihn zum Bahnhof, wo er ein Ticket für die Zugfahrt nach Zürich Flughafen kaufte. Als er am Bahnhof angelangt war, schaute er zufällig auf die Bahnhofsuhr, die exakt fünf Minuten vor Zwölf anzeigte. Zufall? Gabler kratzte sich kurz am Kopf und überlegte, ob das nun ein gutes oder ein schlechtes Omen sein sollte. Er entschied sich für das gute Omen. Sollte er Lotto spielen? Er hasste Lotto. Er hatte Lotto schon immer gehasst. Das war der wöchentliche Selbstbetrug, die immer wiederkehrende Enttäuschung. Jeden Samstag die Arschkarte und das auch noch präsentiert von einer vollkommen überschminkten Person, die mit ihrem süffisantem Lächeln Millionen von Lottospielern verkündete, dass sie leider wieder nichts gewonnen haben. Eine absurde Veranstaltung. Das grenzte im Grunde schon an Betrug. Achtung, Glücksspiel kann süchtig machen. Das war billiger als jeder Beipackzettel einer Kopfschmerztablette.

Nein, auch in meiner beschissenen Situation soll der Teufel Lotto spielen, wenn er möchte, ich werde es nicht tun, sagte Gabler zu sich selbst. Er ließ die Bahnhofsuhr sein und steuerte sein Stammcafé an. Es lag zentral in der Altstadt, Gabler war dort lange Zeit jeden Morgen auf einen Kaffee und die Zeitung hingegangen, mittlerweile war er nur noch selten dort. Er gönnte sich eine Latte Macchiato und nahm sich die SÜDDEUTSCHE. Seltsam, es gab Tage, da hatte er den Verdacht, dass auf über 50 Seiten in der Zeitung wirklich nichts Lesenswertes drin stand. Zumindest nichts, was ihn interessiert hätte. Heute war wieder so ein Tag. Weder in der Politik noch im Feuilleton, das waren die beiden Ressorts, die Gabler wirklich interessierten, konnte er fündig werden. Er las sich im Stenostil durch den Sportteil, auch hier gab es nichts Spannendes.

Am Nebentisch saß eine Frau, die ebenfalls alleine war. Sie hatte in etwa Gablers Alter, trug eine lässige Jeans, eine hellgelbe Bluse und Turnschuhe. An und für sich nichts auffälliges, ihre roten Haare hatte sie zu einem Knoten nach oben gesteckt. Ihre Hornbrille war schwarz, die Farbe ihrer Augen konnte Gabler nicht erkennen. Er überlegte, ob er sie ansprechen sollte, er fand sie sympathisch. Doch der Gedanke an seinen bevorstehenden USA-Trip war stärker. Es war auch besser so, denn nach wenigen Minuten bekam die Tischnachbarin Herrenbesuch, den sie mit einem eindeutigen Kuss begrüßte.

„Puh", dachte Gabler, „da habe ich mir eine echte Blamage erspart."

Er versuchte sich an den Abend zu erinnern, an dem er Anne kennen gelernt hatte. Es war in der Adventszeit, sie waren zusammen mit einer gemeinsamen Freundin in einer Kirche in der Schweiz gewesen, dort gab man das Weihnachtsoratorium von Bach. Aus der Sicht von Gabler war es Liebe auf den ersten Blick gewesen. Anne war ganz in schwarz gekleidet. Sie trug schwarze Hosen, einen schwarzen Pulli und einen schwarzen Mantel, dazu schwarze Wildlederschuhe mit Absätzen. Anne war blond und hatte das Gesicht voller Sommersprossen. Nach dem Konzert waren sie noch etwas trinken gewesen, und unterhielten sich angeregt. Gabler fragte beim Abschied nach Annes Telefonnummer und ob er sie anrufen dürfe. Sie nickte mit dem Kopf und sagte „Ja, gerne." Das war von Anfang an gut gelaufen. Die Frage damals war gewesen, ob er sofort anrufen sollte oder erst nach ein paar Tagen. Er entschloss sich für die Sofortvariante, das war auch gut so, denn wie Anne später bestätigte, wartete sie voller Ungeduld, dass Gabler sich meldete. Anne lud ihn zu ihrem Geburtstag ein, dann ging alles sehr schnell. Sie verabredeten sich zu einem Konzert mit Andre Heller in Freiburg, Gabler hatte Freikarten. An dem Abend kam es dann zu einem ersten Kuss, ein paar Tage später schliefen sie das erste Mal miteinander. Das war der Anfang einer fünfjährigen Liaison, es hätte noch viel zu erinnern gegeben. Gabler dachte an seine bevorstehende Reise, er war noch nie in den USA gewesen. Er war etwas nervös. Den Gedanken, es könnte nicht so laufen wie geplant verwarf er sofort. Es musste klappen, ohne wenn und aber. Er bezahlte seinen Kaffee und schlug den Weg zum Seeufer ein. Möwen kreischten um die Wette, es könnte Regen geben. Es waren Klänge wie bei einem bizarren Freejazz Konzert. Gabler war ein schlechter Ornithologe, aber er mochte Vögel gerne, gleich ob es die Möwen am See waren oder die Krähen vor seinem Wohnzimmerfenster. Er nahm sich vor, für seine ganz private Krähe etwas Vogelfutter zu kaufen. Schräg gegenüber seiner Wohnung gab es ein Geschäft für Tierbedarf. Dort holte er eine Packung Meisenknödel und legte, als er wieder zuhause war ein wenig von der klebrigen Masse auf das Fensterbrett. Es dauerte keine fünf Minuten und die Krähe, die er ja auf den Namen Anne getauft hatte, kam und setzte sich pickend auf den Sims. Gabler lachte lauthals los.

Siehst du Anne, es geht doch, sagte er zu sich selbst. Man muss es nur wollen.

Im Zimmer nebenan übte Kerstin auf ihrem Kontrabass. Bei allem was Gabler von Musik verstand, war sie eine echte Könnerin. Es war irgendetwas Klassisches, sie hatte eine CD aufgelegt von einem Streichquartett und sie spielte die Begleitung. Gabler hörte es durch die geschlossene Türe, aber es störte ihn nicht, im Gegenteil. Er mochte die Musik gerne. Es war Leben in der Bude, das sollte Gabler besser bekommen, als wenn er in Totenstille alleine war. Von Daniel hörte er wenig, der war oft über Nacht bei seiner Freundin, wie sich heraus gestellt hatte und tagsüber an der Uni.

Gabler hatte die Adresse von Anne auf seinem Schreibtisch liegen. Er fuhr seinen Rechner hoch und gab die Adresse in Google Earth ein. Das Hostel, in dem Anne wohnte, war nicht weit entfernt vom Flughafen Dallas. Zirka acht Kilometer, er würde für den Weg ein Taxi nehmen. Er sah das überraschte Gesicht von Anne vor sich. Sie würde lachen, lauthals lachen. Gabler bekam einen Glückshormonschub. Es war besser als jeder Joint oder jedes Glas Whiskey. Liebe als Droge. Ja, das war es, die Droge Liebe.

Er musste sich noch bei Daniel und Kerstin abmelden. Er klopfte an Kerstins Türe. Sie unterbrach ihre Übungen.

„Hallo Alexander, was gibt es?"

„Ich wollte nur mitteilen, dass ich übermorgen für ein paar Tage in die USA fliege. Nach Dallas, ich will dort meine Ex-Freundin treffen. Ich hoffe, das ist O. K. und ich kann euch beide alleine lassen."

„Ja, klar, kein Problem. Fliegst du ab Zürich?"

„Ja, Zürich - New York und dann weiter nach Dallas. Ich hoffe dort Anne zu treffen. Kannst du Daniel Bescheid geben wenn ich ihn nicht mehr treffen kann vorher?"

„Kein Thema, warst du schon einmal in den Staaten?"

„Nein, bisher noch nicht. Ich bin gespannt. Du?"

„Ja ich hatte voriges Jahr ein paar Konzerte in New York, das war schon ein außergewöhnliches Erlebnis. Ich könnte mir gut vorstellen, dort eine Weile zu leben. Es ist anders als hier. Auch anders als Berlin, Hamburg oder München. Die Menschen im Big Apple sind offener, spontaner. Jeder dort tut irgendetwas Besonderes. Oder zumindest viele. Es gibt unzählige Möglichkeiten kreativ zu sein. Ob als Musiker oder als Schauspieler, als Künstler oder als Dichter. Jeden Tag findest du Massen an Angeboten. Immer ist irgendwo was los, oft kannst du ohne viel Geld einen schönen Abend verbringen. Klar, die Mieten sind teuer, sehr teuer. Es muss aber auch nicht unbedingt Manhattan sein. Ich werde jedenfalls wieder dorthin fliegen. Wann soll es denn losgehen?"

„Übermorgen, der Flug geht früh um acht Uhr, ich muss mit dem Zug nach Zürich."

„Dann sehen wir uns wahrscheinlich nicht mehr, ich bin die nächsten beiden Tage bei einer Freundin. Ich wünsche dir eine gute Reise, vielleicht schreibst du Daniel eine SMS."

„Mache ich. Dann sehen wir uns in spätestens zwei Wochen wieder."

Gabler überließ Kerstin ihrem Kontrabass und kochte sich in der Küche einen Kaffee. Nun sollte es also über den großen Teich gehen. Gablers längste Reise bisher war nach Marokko gewesen, das war noch zu seiner Studienzeit. Meist, wenn er sich ins Ausland begab, führte ihn der Weg nach Frankreich. Gabler kannte Paris, so gut wie man das als Tourist kennen konnte. Er war einige Male in der Bretagne gewesen und an der Cote d'Azur. Die USA waren etwas vollkommen anderes. Wie Kerstin gesagt hatte, die Menschen, zumindest die in New York, waren eine Spezies für sich. Gabler war seit Jahren mit Peter befreundet, der in New York geboren und aufgewachsen war. Peter war ein begnadeter Pianist und Komponist. Sie schauten sich seit langem schon gemeinsam Baseball und Football im Fernsehen an, Gabler brachte immer ein paar Biere mit und ließ sich von Peter die Regeln der beiden Sportarten erklären. Es machte Spaß, Peter war ein ulkiger Typ, immer zu einem Scherz aufgelegt. Gabler beschloss, Peter kurz anzurufen. Es war später Nachmittag, da sollte er am Komponieren sein, Gabler würde nicht stören, Peter konnte er immer anrufen, er nahm auch gleich ab.

„Hallo."

„High Peter, Alexander hier, hast du zwei Minuten?"

„Klar, was gibt es?"

„Ich fliege übermorgen nach Dallas."

„Dallas", unterbrach ihn Peter sofort. „What the hell willst du in Dallas, das ist Yankeeland, schlimmer als der mittlere Western."

„Ich will Anne besuchen."

„Ah O.K., das ist etwas anderes. Was macht Anne in Dallas? Ich dachte ihr seid getrennt. Oder bin ich falsch informiert?"

„Nein gar nicht, aber ich habe die Hoffnung nicht aufgegeben."

„Bist du sicher, dass du das wirklich tun möchtest?"

Peter hatte denselben Tonfall wie Gablers Mutter. Auch er war skeptisch. Oder besser vielleicht besorgt.

„Bist du denn angemeldet?"

„Nein, ich will Anne überraschen."

„Alexander, ich bin dein Freund und will dir keine schlauen Ratschläge geben. Du musst wissen, was du tust. Hast du das Ticket schon gebucht?"

„Ja, gestern Abend."

„O.K., dann ist es eh zu spät für einen Rücktritt. Ich wünsche dir von ganzem Herzen, dass das gut ausgeht, meinen Segen hast du. Brauchst du noch irgendwelche Tipps? Was ich dir sagen kann, Dallas war früher sehr konservativ, das hat sich mittlerweile geändert. So viel ich weiß, ist die Stadt mittlerweile in der Hand der Demokraten. Aber das braucht dich ja nicht zu kümmern. Du könntest dir noch einen Cowboy Hut besorgen..."

Peter lachte laut.

„Take care my dear. Das ist alles was ich dir sagen kann. Heute Abend spielen die Patriots gegen die Giants, magst du auf ein Bier kommen?"

„Ja gerne, wie immer um neun?"

„Um neun."

Gabler war froh und glücklich, mit Peter hatte er einen echten Freund. Er legte sich noch eine Weile auf das Bücherbett und schmökerte in einem Gernhardt Gedichtband. Für einen kurzen Moment dachte er daran, dass er Anne vielleicht gar nicht würde antreffen können. Sofort verwarf er den Gedanken wieder. Er stand auf, ging in die Küche und putzte seine Lieblingsschuhe, Stiefeletten, wie sie Charlie Chaplin getragen hatte. Sie waren sehr teuer gewesen, wenn er ausnahmsweise viel Geld für Kleidung ausgab, dann für Schuhe. Schuhputzen hatte etwas Meditatives. Gabler mochte den Geruch von Schuhwichse, er kaufte immer noch die gute alte Erdal-Schuhcreme. Nach dem Einreiben wartete er ein paar Minuten und bürstete dann die Stiefeletten mit einer Bürste, die er schon seit Jahren benutzte. Die Schuhe glänzten danach in voller Pracht, Gabler trug sie nur zu besonderen Anlässen, er würde sie mit nach Dallas nehmen, sie sollten ihm Glück bringen. Anne hatte die Schuhe gemocht, wenn das kein gutes Omen war. Gabler hatte Hunger, er stellte einen Topf mit Wasser auf, um Nudeln zu kochen, im Kühlschrank hatte er noch eine fertige Pastasoße, das sollte für heute genügen. Nach dem Essen machte er sich zu Fuß auf den Weg zu Peter, er freute sich auf einen unterhaltsamen Abend. Unterwegs besorgte er an der Tanke noch einen Sixpack, ein oder zwei Bierchen konnten nicht schaden. Peter begrüßte ihn mit einer herzlichen Umarmung, er hatte die Übertragung des Football Matches schon eingeschaltet. Als New Yorker war er natürlich ein Giants Fan, er kommentierte das Spiel wie immer lautstark, letztlich gewannen die Giants knapp, die Stimmung hätte besser nicht sein können. Im Anschluss plauderten die beiden noch ein wenig und Peter spielte Gabler seine neueste Komposition vor. Es war eine Klaviersonate, Peter war ein Ass. Gabler erzählte, dass er sein E-Klavier verkauft hatte.

„Don't worry", sagte Peter. „Ich habe Dutzende Klaviere gekauft und wieder verkauft. Du wirst wieder ein Instrument haben, wichtig ist, dass du ein wenig in der Übung bleibst."

„Ja klar, vielleicht kann ich wieder einmal ein paar Stunden bei dir nehmen."

„Jederzeit."

Peter drehte einen Joint, Gabler rauchte nicht mit, er kiffte nur noch sehr selten, in dem Moment war ihm nicht danach. Sie hörten noch ein wenig Musik, es war schon spät.

„Ich wünsche dir alles Gute", sagte Peter zum Abschied. „Grüß mir die Heimat", er lachte.

„Mach ich", die beiden drückten sich zum Abschied.

„Have a good flight", sagte Peter noch.

Gabler ging die 20 Minuten zu Fuß nach Hause. „Wenn ich wieder zurück bin, werde ich mir ein Fahrrad kaufen", dachte er. Die Nacht war klar und milde, es ging ein wenig Wind, Gabler spürte die Biere und lächelte still in sich hinein. Die letzten Tage waren turbulent gewesen. Er hatte eine Diva interviewt, er hatte seinen halben Hausstand zu Geld gemacht, er war zum ersten Mal seit Jahren wieder Single. Er lebte wieder in einer WG, er hatte dem Schnaps den Krieg erklärt und überlegte, ob er dem Alkohol nicht komplett entsagen sollte. Es war im Grunde nicht schwierig, problematisch waren Gesellschaften, aber auch das sollte machbar sein. Gerne hätte er mit Anne ein Glas Wein getrunken. Vielleicht ging dieser Wunsch in ein paar Tagen in Erfüllung. Für heute jedenfalls war es genug, Zuhause angekommen packte er noch eine Tasche mit den wichtigsten Dingen, die er für seine Reise benötigte. Es war lange nach Mitternacht, als er endlich in den Schlaf fand. Er stellte seinen Wecker auf halb fünf, die paar Stunden Schlaf hatte er nötig. Seltsam, dass ihm gerade jetzt wieder das Kinderlied durch den Kopf ging, das er als Kind auf dem Klavier gelernt hatte.

„Lauf Jäger lauf", die Melodie begleitete ihn in sein Bücherbett. „Lauf Gabler, lauf", konnte er noch denken und versank in einen tiefen Schlaf.

No 25

Die Zugfahrt ging nach Zürich, draußen dämmerte es schon, es war gegen sechs Uhr morgens. Die Dörfer und Kleinstädte der Nordschweiz flogen vorüber, ein zäher Nebel lag über der Landschaft. Vereinzelt sah man Kühe, die schon in der Früh auf den Weiden ihre ersten Gräser zupften und kauten. Was für ein Kontrast zu dem was Gabler die kommenden Tage sehen würde. Dallas gegen Bottighofen, New York gegen Landschlacht. Metropole gegen Landidylle.

„Why not", dachte Gabler. Er war noch gar nicht richtig wach, glaubte, den Kühen das Wort „Muuhh" von den Mäulern ablesen zu können. Um kurz vor sieben sollte er am Flughafen Zürich sein. Dann hatte der noch anderthalb Stunden Zeit um einzuchecken. Es würde noch Zeit bleiben, um bei Starbucks einen Kaffee zu nehmen. Der Zug war fast leer, nur ein paar vereinzelte Pendler fanden sich im Abteil. Gabler hatte seine große Reisetasche dabei mit Klamotten, Schuhen und Waschsachen, in seinen Rucksack hatte er die wichtigen Dinge wie Dokumente, das Flugticket und Bargeld gepackt. Er war am Vortag noch kurz bei der Bank gewesen und hatte 500 Euro in Dollar gewechselt. Das sollte für die paar Tage genügen. Frau Glück hatte in angelächelt und gefragt, ob er in die USA reisen wolle. Gabler bejahte und die adrette Dame hinter dem Tresen hatte einen schönen Urlaub gewünscht. Nun ging es also über den großen Teich, Gabler hatte bei Delta Airlines gebucht.

Im Flughafen Zürich war es noch verhältnismäßig ruhig. Gabler liebte Flughäfen. Als Kind war er oft in Zürich gewesen mit seinem Vater und hatte den Maschinen beim Starten und Landen zugesehen. Fliegen war eine Faszination. Auf Flughäfen war es meist peinlich sauber, in der Schweiz sowieso. Gabler mochte das Klacken, das die Absätze der Stewardessen auf den Marmorböden hinterließen. Alle waren schick, zumindest fast alle, die Speisen und Getränke in den Cafés sahen appetitlich aus, Glasdächer waren lichtdurchflutet. Gabler freute sich auf den Flughafen in New York, er würde auf dem JFK Airport zwischenlanden. Er hatte sich von Kerstin noch sagen lassen, dass der JFK wie eine kleine Stadt für sich sei. Über 20 Terminals gab es dort, das war in etwa zehn mal soviel wie in Zürich.

„Ja, endlich lockt die große weite Welt", dachte Gabler. In Zürich begab er sich zum Check In und hatte Herzklopfen. Die Dame hinter dem Tresen war freundlich und schenkte ihm ein Lächeln. Sie war schon am frühen Morgen für ihre Fluggäste nett zurecht gemacht. Gabler musste an die Parfümerie in der Galerie Lafayette in Paris denken. Dort hatte er bei einem Kurztrip mit Anne Fotos machen wollen, ein Angestellter oder Sicherheitsbeamter hatte ihm das untersagt. Jedenfalls waren Flughäfen und Parfümerieabteilungen von großen Kaufhäusern Horte weiblicher Gepflegtheit und Eleganz. Gabler kam das Wort Ästhetik in den Sinn. Er mochte schöne Dinge, wie hätte er sonst an Thonet-Stühle kommen können. Er hatte seinen SAAB geliebt, ganz abgesehen davon, dass er in Anne verliebt war, nein, sie immer noch liebte. Er hatte den Hang zur Ästhetik von seiner Mutter geerbt. Sie war eine eifrige Kunstsammlerin, mochte Antiquitäten und verfügte über eine Vielzahl von Vasen aus Glas und anderen schönen Dingen. Gabler wuchs mit unzähligen Bildern auf, die bei seinen Eltern an der Wand hingen. Seine Mutter war der Motor, sie besuchte Auktionen, ersteigerte sich immer wieder schöne Dinge. Vater nahm lediglich die Rolle dessen ein, der die Nägel für die Bilder in die Wand zu schlagen hatte. Zu seiner Ehrenrettung sei gesagt, dass Gablers Vater durchaus auch den Kontakt zu Künstlern pflegte, dann und wann die Laudatio auf einer Vernissage hielt. Er hatte schon Kunstverstand, aber Mutter war die treibende Kraft. Sie war es auch, die sich um ihren Sohn Sorgen machte, sie rief an, wenn sie etwas im Busch vermutete, sie sorgte sich, sie schenkte ihrem Sohn spannende Bücher und war stets parat, wenn er sie wirklich einmal gebraucht hatte.

Gabler saß im Check In Bereich und wartete darauf, dass der Flug aufgerufen wurde. Was er auch an Flughäfen liebte, war die Vielzahl der Menschen, die sich dort trafen, aus aller Herren Länder, aus allen Kontinenten. Neben Gabler saß eine jüdische Familie, die auch auf dem Weg nach New York war, die Kinder alle in schwarzen Anzügen mit weißen Hemden und ihren netten Löckchen, die Jungs mit einer Kippa auf dem Kopf. Der Vater ein stattlicher Hüne mit schwarzem Cordanzug, ähnlich wie ihn Zimmerleute tragen, dazu ein großer, breitkrempiger Hut, die Mutter trug ein schlichtes Kostüm, auch in schwarz mit langen Haaren, die schon etwas ergraut waren.

Gabler hatte sich eine Financial Times gekauft, er wollte sein Englisch ein wenig auffrischen. Er blätterte lose durch den Politikteil und las die Überschriften. Dann wurde der Flug aufgerufen, es ging in die Boardingzone, dann ab in den Flieger. Gabler hatte einen Fensterplatz im hinteren Teil der Maschine. Neben ihm saß eine Frau mit ihrem kleinen Kind auf dem Arm. Sie grüßte freundlich und sprach Gabler auf Englisch an. Ihr Sohn würde den Flug über ruhig sein, er sei Fliegen gewöhnt. Gabler hörte ihren Akzent und antwortete auf Deutsch. Die Nachbarin lächelte und gab sich als Schweizerin aus. „Grüezi", sagte sie. Sie stellte sich mit Namen vor, Irina Trunk, Gabler nannte seinem Namen und lächelte. Der Flug würde ungefähr neun Stunden dauern. In New York würde man gegen Mittag Ortszeit ankommen.

Fliegen war für Gabler keine Routine, vielleicht ein dutzendmal war er geflogen. Was ihn aber immer wieder faszinierte, war die Beschleunigung, mit der das Flugzeug startete. Man wurde in den Sitz gedrückt, es war ein Wunder, mit welcher Kraft sich das Flugzeug dann Richtung Himmel bewegte. Das Wetter war gut, man konnte kurz nach dem Start aus dem Fenster die Stadt Zürich und den Zürichsee sehen. Der kleine Junge war vielleicht gerade drei oder vier Jahre alt. Er war den Start über ruhig gewesen, das sollte auch während des Fluges so bleiben. Seine Mutter und Gabler tauschten ein paar wenige Sätze aus, beiden war offenbar nicht nach Konversation, Gabler schlief gleich nach dem Start ein und wachte erst wieder auf, als die Stewardess mit Getränken und Snacks vorbei kam. Es gab Kaffee und ein süßes Stückchen, später würde noch ein warmes Menü gereicht werden. In den Vordersitz eingelassen war ein Bildschirm, es gab die Gelegenheit, einen Film zu schauen. Gabler nahm den Kopfhörer der an einem Bügel hing und setze ihn auf. Zu seiner freudigen Überraschung wurde „Forrest Gump" gezeigt, das war einer von Gablers Lieblingsfilmen. Er hatte ihn sicher schon drei oder vier Mal gesehen, und er würde ihn sich noch einmal anschauen. Es war die Paraderolle für Tom Hanks, der gab den leicht autistischen Gump so klar und überzeugend, das man nicht das Gefühl hatte, sich in einem Spielfilm wieder zu finden sondern in einer Art Reality Doku. Hanks war einer der Größten in Hollywood, Gabler liebte auch seine Filme mit Meg Ryan. „Email für dich" und „Schlaflos in Seattle" gehörten zu seinen cineastischen Favoriten.

Kitsch as Kitsch can, aber einfach klasse. So vergingen die ersten zwei Stunden des Fluges kurzweilig, der Sohnemann von Irina Trunk war zum Glück ein Musterbeispiel von Kind, er schlief fast über die gesamte Dauer des Fluges und blätterte, wenn er wach war in einem Comic. Seine Mutter hatte Lesestoff dabei, das hielt den Jungen beschäftigt.

Gabler kam dann später doch noch mit seiner Nachbarin ins Gespräch. Sie hatte Verwandtschaft in New York und wollte mit ihrem Sohn ihre Schwester besuchen. Trunk hatte in etwa Gablers Alter, sie outete sich als alleinerziehende Mutter, die mit ihrem Sohn in Zürich lebte. Von Beruf war sie Architektin, sie arbeitete in einer Bürogemeinschaft und war von dem Vater ihres Sohnes geschieden. Gabler erzählte ein wenig von sich, er verschwieg, dass er Anne besuchen wollte und gab vor, in Dallas einen Freund besuchen zu wollen. Diese kleine Lüge empfand er nicht als verwerflich, er wollte einen Disput über gescheiterte Beziehungen vermeiden. Irina Trunk war eine elegante Person, man konnte ihr die Architektin auf Anhieb ansehen. Ihre Kleidung war lässig, eine abgewaschene Jeans, dazu eine schwarze Bluse und ein sportliches Sakko. Sie trug teure Turnschuhe und als Schmuck nur einen goldenen Ring, allerdings nicht am Ringfinger, sondern am Mittelfinger der rechten Hand. Sie war blond und ungeschminkt, hatte lediglich ein wenig Lidschatten aufgetragen. Gabler wollte sie nach ihrem Alter fragen, aber er empfand das schon als zu persönlich. Ob er Forrest Gump auch schon gesehen hatte, wollte sie wissen. Auch sie outete sich als Tom Hanks Fan und setzte ihrem Sohn den Kopfhörer auf.

„Für Forrest Gump ist man nie zu jung", lachte sie. Der kleine Junge schaute tatsächlich den Film an, scheinbar ohne gelangweilt zu sein. Gabler vertiefte sich in seine Financial Times und las ein paar belanglose Artikel, nicht weil es ihn wirklich interessierte hätte, mehr aus Zerstreuung und Langeweile. Seine Nachbarin schlief. Als Gabler auf die Toilette ging stellte er fest, dass sich beinahe das halbe Flugzeug im Schlaf befand, das war beruhigend. Auf einem Display konnte man verfolgen, wo sich das Flugzeug gerade befand. Der Trip ging an den Britischen Inseln vorbei Richtung Nordwesten und zog eine lange Kurve Richtung New York. Gabler überdachte noch einmal seine Mission. Für Zweifel war es jetzt zu spät, er war am Point of No Return.

Er versuchte sich Annes Gesicht vorzustellen. Sie würde aus allen Wolken fallen, das war soweit klar. Doch würde sie sich auch freuen? Würde sie zu schätzen wissen, welche Mühe er auf sich genommen hatte, diesen weiten Weg zu gehen? War sie vielleicht sogar sauer, weil sie sich überrannt fühlte? All das konnte Gabler nicht beantworten, sondern lediglich mutmaßen. Während die Gedanken um die bevorstehenden zwei Tage kreisten, lehnte sich Irina Trunk im Schlaf an Gablers Schulter. Sie atmete ruhig und tief, es war nicht unangenehm. Gabler würde sie, bevor sie in New York ankamen, nach ihrer Adresse oder Telefonnummer fragen. Das konnte er riskieren, ohne sich zu blamieren. Der Sohnemann war in seinen Gameboy vertieft und gab keinen Mucks von sich. Es wurde noch ein zweiter Film angeboten, den Gabler nicht kannte. Er beschloss, lieber noch ein wenig zu schlafen und stellte den Sitz in eine bequemere Stellung. Er spürte den Atem seiner Nachbarin und wachte erst wieder auf, als sich der Jumbo der amerikanischen Küste näherte. Irina Trunk war wach und blätterte teilnahmslos in einer Illustrierten. Gabler nahm allen Mut zusammen und fragte sie nach ihrer Adresse oder Telefonnummer. Sie zögerte keinen Moment, nahm aus ihrer Handtasche eine Visitenkarte und gab sie Gabler in die Hand.

Na also, so schlecht stehen meine Chancen beim weiblichen Geschlecht nun wieder nicht. Gabler freute sich aufrichtig. Bis sie in JFK gelandet waren, tauschten sie noch ein wenig Konversation aus. Gabler erzählte von seinem Beruf als Journalist und seinen aktuellen Interviews, das Gespräch kam auf den Zirkusmann Rolf Knie, den Irina Trunk als Schweizerin natürlich bestens kannte. Sie wiederum sprach über ihr aktuelles Projekt, die Sanierung eines großen Museums in Zürich, es war spannend. Wäre Gabler nicht in Mission Dallas unterwegs gewesen, er hätte glatt mit Irina die kommenden Tage verbringen können. Auch er gab seine Karte weiter, so konnte er die Chance eröffnen, dass sie ihn würde anrufen können. Dann war die Maschine gelandet, Gabler verabschiedete sich mit einem nicht zu starken Händedruck und einem „Schönen Aufenthalt in New York".

Der Anschlussflug nach Dallas würde erst in anderthalb Stunden gehen. Er konnte sich noch ein wenig JFK anschauen. Es war tatsächlich, wie Kerstin gesagt hatte. Der gesamte Airport war wie eine kleine Stadt für sich. Teils futuristische, teils konventionell gestaltete Gebäude, jedes für sich in einem anderen Stil, waren aneinander gereiht, viel Glas war verbaut, in allen Gebäuden schien die Sonne durch die Dächer, Gabler machte ein paar Fotos mit seinem Handy und steuerte ein Café an, um dort eine Latte Macchiato zu nehmen. Er wusste gar nicht, ob es das in den USA überhaupt gab. So wurde es dann der Einfachheit halber ein „Coffee with Milk", auch der schmeckte. Es war Mittagszeit, am JFK herrschte Hochbetrieb. Das Bild war noch viele Paletten bunter als auf den europäischen Flughäfen, die Gabler kannte. Die Flieger starteten und landeten im Minutentakt, Gabler war begeistert von der Betriebsamkeit, die er hier vorfand. Er mochte den Trubel, er mochte die Mischung der Kulturen, einer bunten Farbpalette gleich. Die Kontrollen beim Gang durch den Zoll waren wider Erwarten nicht besonders scharf, es wurde lediglich nach dem Grund des Aufenthalts gefragt.

„Holidays" sagte Gabler knapp, das genügte dann auch schon. Er hatte schlimmeres erwartet.

Nach seinem Rundgang durch den JFK begab er sich in das Check In für den Inlandsflug nach Dallas, er musste noch eine Stunde warten, dann folgte der zweite Teil seiner Reise. Dieser zweite Trip sollte etwas über drei Stunden dauern. Dann war er am späten Nachmittag Ortszeit an seinem Ziel angelangt. Er war nervös, es war die Unsicherheit, die ihn erwartete. Dieses Gefühl mochte er nicht, er bevorzugte klare Situationen, die er im Griff haben konnte.

Das hier war wie Lotto spielen. Man wusste nicht die Spur, was auf einen zukam. Gabler saß im Flieger nach Dallas und versuchte ein wenig abzuschalten. Es würde kommen, wie es kommen sollte, das konnte er jetzt nicht mehr beeinflussen. Er schlief fast die gesamten drei Stunden des Fluges und war froh, als die Stewardess die baldige Landung ankündigte. Noch ein letztes Mal hieß es „Fasten your Seatbelts", dann kam das Flugzeug auf texanischem Boden zum Stehen. Der Dallas Airport war nicht so groß wie JFK, aber dennoch größer als der in Zürich. Auch hier wurde Gabler schnell abgefertigt, er wartete auf sein Gepäck und trat dann nach wenigen Minuten mit Tasche und Rucksack ins Freie. Er atmete tief und ruhig, obwohl er doch von einer mittelschweren Unsicherheit befangen war. Nervös kaute er auf einem Zahnstocher, den er im Flugzeug mitgenommen hatte. Er suchte den Taxistand und nahm gleich das nächstbeste, was er bekommen konnte. Es war ein Mercedes Van mit neun Sitzen, vermutlich war der Preis auch nicht höher als bei kleineren Taxis. Gabler zeigte dem Fahrer die Adresse und setzte sich nach vorne auf den Beifahrersitz. Der Fahrer wollte kurz wissen, woher Gabler käme, sonst fand bis zum Ziel keine Konversation statt. Die Fahrt war kurz, nach zirka zehn Minuten hatten sie das Ziel erreicht. Der Fahrer fragte, ob er warten sollte, Gabler verneinte und bezahlte die 15 Dollar, die auf dem Display angezeigt waren. Jetzt rückte die Stunde der Wahrheit nahe. Von außen sah das Hostel nicht besonders luxuriös aus, es war ein schlichter Bau in Form eines überdimensionalen Schuhkartons, beinahe alle Fenster waren gleich groß, über der Eingangstüre war eine kleine Leuchtschrift angebracht, die zu dem Wort „Welcome" geschwungen war.

Gabler trat ein und fand sich in einer kleinen Halle wieder, die mit ein paar Pflanzen eher lieblos ausgestattet war, es gab einen Automaten aus dem man frisches Wasser in Pappbechern ziehen konnte. Es war warm, schätzungsweise an die 25 Grad. Auf dem Tresen ein Ventilator, der ein wenig frische Luft wirbeln ließ. Hinter dem Tresen stand eine farbige Rezeptionistin, die ihren dunklen Rock mit einer weißen Bluse trug. Sie sollte nun über Sein oder Nichtsein entscheiden. Alles oder nichts, hopp oder topp. Gabler war auf alles gefasst, nur nicht auf das was jetzt kommen würde.

„Miss Neudorf please", das klang sehr selbstbewusst und hatte beinahe einen Befehlston, der unmissverständlich dazu aufforderte, sofort und umgehend Anne Neudorf, die Frau seiner unendlichen Albträume in die Lobby zu zitieren.

Die Rezeptionistin schaute kurz in ihren Computer und schüttelte dann den Kopf.

„Miss Neudorf has left us on monday, she is no longer here."

Es war Donnerstag und Gabler wusste nicht ob er jetzt auf der Stelle bewusstlos umfallen oder gleich mit einem Infarkt den Weg ins nächste Hospital gehen sollte.

„Are you sure, she is no longer here in this place?"

„Sure Mister, no mistake."

Er hätte es wissen müssen. Er war ein Träumer, ein Versager, er hatte für diese Situation nicht die Spur Realitätssinn.

„Do you know if she is in some other place here in Dallas?"

„Sorry no."

Gablers Kreislauf versagte, er schaffte gerade noch den Gang an den Wasserbehälter und ließ sich einen Becher Wasser ein. Er hatte keine Sprache mehr und musste nach Luft ringen.

Eine Möglichkeit war, Annes Mutter anzurufen, vielleicht wusste die, wo Anne sich aufhielt. Doch für heute war es zu spät, in Deutschland war schon Nacht. Sollte er hier ein Zimmer nehmen, dann könnte er in Ruhe überlegen, was als nächste zu tun war. Es war die totale Katastrophe, schlimmer als Krebs, schlimmer als alle viralen Grippen der Welt. Du bist ein Looser, dachte er. Du bist der totale Versager, zu dumm für diese Welt. Er verspürte tatsächlich einen körperlichen Schmerz. Es ging in die Bauchgegend, eine Art heftiger Krampf war spürbar. War das alles noch real oder war das eine fiese Traumattacke? Er wusste es nicht. Hätte er eine Giftkapsel dabei gehabt, Zyankali oder so was, er hätte sie sofort geschluckt. Alles war plötzlich vollkommen sinnlos, öde und leer. Er ging wieder die paar Schritte zum Tresen und fragte nach einem Zimmer.

„Yes, we have something left for you, 55 Dollars one night. Do you want it?"

Was blieb anderes übrig. Er musste eine Entscheidung treffen.

„Yes thats fine."

Gabler bezahlte im Voraus und ließ sich die Schlüssel geben.

Das Zimmer war das, was man klassischerweise als Absteige bezeichnete. Keinerlei Komfort, alles sehr spartanisch. Außer dem Bett gab es lediglich eine Kommode, einen kleinen Tisch mit Fernseher und einen Stuhl, Die Wände waren kahl, man hörte das leise Surren einer Klimaanlage. Das Bad wenigstens war sauber, am Spiegel war ein Duftspender angebracht, es roch ein wenig nach Pfirsich. Gablers Bauchkrämpfe hatten sich etwas gelegt, er konnte wieder freier atmen. Aber immer noch glaubte er sich in einer Art Gruselkabinett. Er öffnete das Fenster, der Blick ging hinaus auf die Hauptstraße, es herrschte reger Verkehr. Das Zimmer befand sich im dritten Stockwerk. Sollte er springen?

Für einen Moment kam ihm das in den Sinn, es war alles andere als lustig. Es dauerte eine gute Stunde, bis er wieder einen klaren Gedanken fassen konnte. Was war jetzt zu tun? Wenn jemand über den Aufenthaltsort von Anne Bescheid wusste, war es ihre Mutter. Morgen würde er sie anrufen können, am besten gleich in der Früh.

Er war nun um die halbe Welt geflogen, und alle Freuden und guten Vorsätze, die er für diesen Trip empfunden und gefasst hatte, waren mit einem Schlag zunichte gemacht. Die Stimmung war nicht kalt, sie war unter null. „Knockout in Dallas", würde der Titel lauten, wenn diese

Episode verfilmt würde. Ein Boxer wie Mike Tyson hätte Gabler nicht schlimmer zurichten können. Er lag buchstäblich auf dem Boden und rang nach Luft. Der Ringrichter zählte ihn an. Acht, neun, zehn, aus. Er hatte alles auf Sieg gesetzt und alles verloren. „All in for nothing." Wie hatte er nur so naiv sein können? Er hätte doch wissen oder zumindest ahnen müssen, dass seine Mission würde fehlschlagen können. Es war nicht nur dumm, es war infantil, ja er agierte in dieser Situation wie ein Kleinkind. Er legte sich aufs Bett und lauschte der Klimaanlage. Es war ein surrendes Geräusch, hörte sich ein wenig an, wie wenn man mit Schleifpapier ein Stück Holz bearbeitete. Langsam glitt er in eine Art Dämmerschlaf, er schloss die Augen und versuchte, seine Atmung in eine ruhige Gleichmäßigkeit zu steuern.

„Du musst wieder aufstehen", dachte er. „Es muss irgendwie weitergehen."

Richtig einschlafen konnte er nicht, dazu war er noch viel zu aufgeregt. Er ging ins Bad und wusch sich das Gesicht mit kaltem Wasser ab. Er erkannte denjenigen, der ihn im Spiegel anschaute nicht. Es war nicht Alexander Gabler, es war ein Looser, ein Taugenichts, ein naiver Versager, ein Dummkopf.

„You are stupid", sagte Gabler zu seinem Gesicht im Spiegel. „You are an idiot."

Die Frage war nun, was zu tun sei. Er konnte nicht zwei Wochen in Dallas bleiben, er kannte hier keine Menschenseele. Das Beste würde sein, wieder zurück nach New York zu fliegen und dort zu versuchen, ein früheres Rückreiseticket zu buchen. Er hatte ja damit gerechnet, bei Anne kostenlos übernachten zu können. Mit den 500 Dollar, die er bei sich hatte würde er nicht weit kommen. Eine andere Möglichkeit wäre, mit dem Greyhound nach New York zu fahren, das war sicherlich billiger als ein Flug, würde zwar länger dauern, aber Zeit hatte er ja genug. Das Handy zeigte die billigste Verbindung für 129 Dollar an, die Fahrt würde knappe elf Stunden dauern. Was tun?

Nach langer Überlegung entschied sich Gabler für Nägel mit Köpfen. Er buchte für den nächsten Nachmittag einen Bustransfer nach New York, er würde dann über Nacht unterwegs sein, das Ticket konnte er am Busbahnhof bezahlen. Noch hatte er die Kurve hin zu einer besseren Stimmung nicht genommen, die Bauchschmerzen waren im Laufe der letzten Stunde etwas besser geworden. Er überlegte, was ihn in New York erwarten würde. Schon seit Jahren wollte der dorthin reisen, nun hatte er die Gelegenheit, sich die Stadt ein wenig genauer anzuschauen. Diese Erwartung konnte seine Laune etwas aufbessern. In seinem Rucksack war noch ein Gedichtband von Robert Gernhardt, das war grade die einzige Möglichkeit, etwas Trost und Ablenkung zu erfahren. Gabler schaffte nur wenige Seiten, dann begleitete das Summen der Klimaanlage ihn in einen tiefen Schlaf.

No 26

Die Frühstückskultur in den USA war ebenso schlecht wie ihr Ruf. Gabler hatte weder Lust auf fettigen Bacon, noch auf ein Rührei aus Eiern einer Legebatterie, das Toastbrot war eine quadratische, gummiähnliche Masse, der Kaffee schmeckte fade. Im Frühstücksraum des Hostel fiel die Entscheidung schließlich auf einen Donut und ein Glas Orangensaft. Das sollte erst einmal genügen. Der Bus würde am fünf Uhr Nachmittag gehen, bis dahin war noch Zeit. Gabler hatte keine Lust, sich die Stadt anzuschauen. Ihm war nicht nach Sightseeing zumute. Doch etwas frische Luft würde gut tun, er ging den Weg in einen nahe gelegenen Park und setzte sich dort auf eine Wiese. Ein paar Hunde spielten miteinander, es waren nur wenige Menschen unterwegs. Die Sonne schaffte es nicht richtig gegen die Wolken, das Wetter war wie die Stimmung, durchwachsen mit der Tendenz zum Trüben. In den letzten 12 Stunden hatte Gabler ungefähr 100 Mal das Wort „Idiot" gedacht und sich selbst mehr beschimpft als sonst irgendwen in seinem bisherigen Leben. Am Rande des Parks gab es einen kleinen Kiosk, dort orderte er einen Kaffee. Jetzt wäre es genau der Moment für einen Schnaps, aber das würde die Situation nur noch schlimmer machen. Alles jetzt, nur keinen Alkohol. Soweit konnte Gabler noch klar denken. Er hatte auch in solch einer extremen Lage immer noch einen letzten Rest Grips im Kopf, der ihm sagte, was gut für ihn war und was nicht. Vor ein paar Monaten hätte er noch die nächste Kneipe angesteuert und sich voll laufen lassen, heute war zumindest das kein Thema. Der kleinste gemeinsame Nenner sozusagen. Im Grunde hätte er heulen können, doch auch das würde nichts bringen. Auf dem Rasen ließ ein kleiner Junge einen Drachen steigen. Es gab ein wenig Wind, das Flugobjekt sauste durch die Luft, das konnte Gabler etwas aufheitern. Der Junge begleitete den Flug mit lautem Geschrei, er war vollkommen glücklich. Es war nicht auszudenken, dass auch er irgendwann im Leben Enttäuschungen und Niederlagen würde einstecken müssen. Er würde Liebeskummer bekommen, vielleicht schlecht in der Schule sein. Er würde krank werden, vielleicht würde er einen lieben Menschen verlieren. All das war ebenso traurig wie wahrscheinlich, Gabler hätte sich gerne mit ihm unterhalten und ihn aufgeklärt, dass das Leben nicht nur ein Drachenflug ist, sondern auch böse, schlimme Momente für einen bereit hielt. Doch er verwarf den Plan sofort, es war nicht sein Ding, der Junge hatte ein Recht darauf, glücklich zu sein.

„Jeder hat das Recht auf Glück", dachte Gabler. Jeder ist letzten Endes als Erwachsener verantwortlich für sich selbst und muss wissen, was einem gut tut und was nicht. Und wenn das Glück im Steigenlassen eines Drachens besteht, dann kann das schon sehr viel sein.

Es war eigenartig, aber das laute Jauchzen des Jungen konnte Gablers Laune ein wenig bessern. Ja, er empfand so etwas wie eine kleine Glückseligkeit. Es waren keine großen Emotionen, aber es reichte für ein wenig Trost. Das war schön, beinahe hätte man sagen können, Gabler sei glücklich. Ein bisschen wenigstens. Er schaute auf die Uhr, es war schon nach Mittag, beinahe hätte er im Park die Zeit verloren. Er machte sich auf den Weg ins Hostel und holte dort sein Gepäck. Am Empfang stand dieselbe Dame wie am Vortag.

„I wish you a good trip back to Germany."

Gabler wollte ein Lächeln geben, aber es gelang ihm nicht.

„Thank you", war alles was er sagen konnte. „Good bye."

Er nahm den Bus zur Greyhound Station und fuhr durch das wolkenverhangene Dallas. Die Stadt war alles andere als schön, viele lust- und leblose Gebäude, alles eher ein architektonischer Einheitsbrei. Er fragte sich, wie Anne es hier nur hatte aushalten können. Der Greyhound Busbahnhof war voller Menschen, die in alle möglichen Richtungen unterwegs waren. Mütter mit Kindern auf dem Arm, viele Schwarze, Menschen, für welche die Reise mit dem Bus billiger war als mit dem Flugzeug. Gabler suche ein ruhiges Eckchen und tippte die Nummer von Annes Mutter ein.

„Ja, hier Dorothee Neudorf."

„Hallo Dorothee, ich bin es, Alexander, rate mal wo ich bin."

„Keine Ahnung, in München?"

„Du wirst es nicht glauben, ich bin in der Greyhound Station in Dallas."

„Was um Himmels Willen machst du in Dallas?"

„Ich wollte Anne besuchen, hast du eine Ahnung, wo sie gerade steckt?"

„Anne ist in Australien, ich dachte du wüsstest das. Sie ist erst seit ein paar Tagen dort, genauer seit Montag."

„Ich hatte keine Ahnung, woher auch. Was macht sie denn in Australien, das ist ja am anderen Ende der Welt."

„Ich muss es dir sagen, bevor du noch mehr Dummheiten machst. Sie hat sich in einen Australier verliebt, der auch zu einem Arbeitsaufenthalt in Dallas war. Er hat Anne einen Job in Australien anbieten können, sie hat das Angebot angenommen. Jetzt weißt du es."

Gabler rang nach Luft. Er hatte sich vieles vorstellen können, aber den naheliegendsten Gedanken, dass Anne einen anderen Mann lieben würde, den hatte er nie einkalkuliert. Dabei war es doch logisch, Anne war nicht die

Spur die geborene Single-Frau. Sie war attraktiv, klug und hatte alles, was man auf dem Markt der Beziehungen brauchte um erfolgreich zu sein.

„Ja, das habe ich ehrlich gesagt nicht erwartet." Gabler hätte am liebsten aufgelegt, aber er wollte nicht unhöflich sein.

„Was ist denn mit ihrer Diplomarbeit?" Die Frage war eigentlich vollkommen fehl am Platz.

„Die wird sie in Australien fertig stellen können. Sie muss dann lediglich zur mündlichen Prüfung nach Deutschland kommen. Was machst du denn jetzt, es tut mir ja so leid Alexander, brauchst du Hilfe?"

„Nein, ich komme schon klar, ich werde wieder zurück reisen und fahre in einer Stunde erst einmal mit dem Bus nach New York. Dort werde ich weiter schauen."

„Brauchst du Annes Telefonnummer, möchtest du sie anrufen?"

Gabler zögerte kurz. Die Situation war eindeutig. Er war nicht mehr im Spiel, ausgemustert. Was sollte er jetzt noch mit Anne reden, das war vollkommen sinnlos.

„Nein. Danke, dass du daran denkst, aber ich glaube es kann nur noch schlimmer kommen. Ich muss das jetzt irgendwie verarbeiten, ich weiß noch nicht wie, ich schaffe das, danke."

Was gab es jetzt noch zu sprechen? Ende, aus, basta.

„Dann wünsche ich dir eine gute Zeit Alexander, pass auf dich auf."

„Ja, danke, hab du es auch gut. Du kannst Anne grüßen, wenn du mit ihr telefonierst. So long..."

Gabler drückte die rote Taste und beendete das Gespräch. Australien! das war echt der Hammer. Er hatte mit vielem gerechnet, aber nicht damit, dass Anne mit irgendeinem Typen aus Down Under durchbrennen würde. Er empfand das als Affront, mehr noch als eine persönliche Beleidigung. Er war ratlos, schockiert, gekränkt. Es ging ihm erstaunlicherweise gar nicht ums Geld. Dass er für den Trip hierher fast tausend Euro locker machen musste, das war nicht das Thema. Er fühlte sich vielmehr in seiner Ehre gekränkt. „Ehre", was für ein großes Wort. Doch, es stimmte, er war entehrt. Es war wie die Niederlage bei einem Pistolenduell im Morgengrauen.

Wäre er jetzt in Australien, hätte er um Satisfaktion ersucht. Aber er konnte nicht einmal das, er konnte nichts sein außer traurig, wütend, gekränkt und machtlos. Das war alles, was ihm übrig blieb.

„Vermutlich trägt der gute einen Cowboyhut", dachte Gabler. „Womöglich auch noch in weiß und bestimmt hat er eine Rinderfarm und fährt einen großen Pickup."

Gabler musste lachen, die Situation hatte alles für ein gutes Roadmovie. „Lost in Dallas" hätte der Titel sein können, oder: „On her way to Australia".

So war das also, wenn man in den USA auf Tour war. Irgendwo in irgendeiner Metropole, enttäuscht von verweigerter Liebe, allein inmitten von hunderten, ja tausenden von Menschen. Der Greyhound würde über Nashville/ Tennessee gehen, vielleicht konnte er dort einen Stop einlegen und sich ein wenig die Stadt anschauen. Doch auch das reizte Gabler gerade nicht wirklich. Ihm war schon wieder nach Schlaf zumute, am besten wäre jetzt eine starke Betäubung, auch das war nicht möglich.

Diese allumfassende Unmöglichkeit begann mit dem misslungenen Versuch Anne zu treffen und setzte sich nun unweigerlich fort. Alles schien unmöglich, selbst der Gedanke, sich vor einen Zug oder die U-Bahn zu werfen war unmöglich. Keine Freude, keine Gefühle, keine Euphorie, nichts. Die Stimmung ging gegen null. Gabler konnte froh sein, dass er den Aufruf zur Abfahrt des Busses nicht verpasste. Er setzte sich in die letzte Reihe und verstaute seine Tasche im Gepäcknetz. Unmittelbar vor ihm saß eine Mutter mit zwei kleinen Kindern, die beiden schrien von Beginn der Fahrt an.

„Das kann ja heiter werden", dachte Gabler.

Zum Glück hatte er in seinem Kulturbeutel Ohropax dabei, das war in dem Moment die beste Lösung. Er kramte die Stöpsel aus seiner Tasche und ging auf Tauchstation. Er konnte etwas Schlaf finden, das war der einzige Zustand, in dem er sich wohlfühlte. Wenn von Wohlfühlen überhaupt die Rede sein konnte. Der Bus fuhr mit nur wenigen Stops über Arkansas, Kentucky, Virginia, die Fahrt ging die Nacht durch bis zur Mittagszeit des kommenden Tages. Gabler wachte erst am nächsten Morgen wieder auf. Die beiden Kinder, die vor ihm saßen, hatten zum Glück etwas Ruhe gefunden, Gabler konnte die Gummistöpsel wieder aus den Ohren nehmen. Der Weg ging teils durch schöne Landschaften, Wälder flogen vorbei, endlose Felder, kleine Städte und schier verlassene Dörfer.

„Wide wide Country", dachte Gabler. Es hätte alles so schön sein können. Er hätte mit Anne in dem Park in Dallas auf der Wiese sitzen können, auf dem weichen Gras liegend, Zärtlichkeiten austauschend. Sie hätten ein Eis am Stiel essen können, lachen, lustig sein, verliebt sein eben. Doch es würde keine zweite Chance geben, Gabler würde nicht noch einmal auf seine eigene krasse Fehleinschätzung hereinfallen. Wenn er ehrlich gegenüber sich selbst war, musste er sich für ziemlich naiv halten. Wie ein stures Kleinkind hielt er an einem Faden fest, der schon längst gerissen war. Er überlegte, wie es nun, wenn er in New York angekommen war, weitergehen sollte. Wenn er schon einmal da war, konnte er sich ein wenig die Stadt ansehen. Die ganzen zwei Wochen bis zu seinem Rückflug wollte er auf keinen Fall bleiben. Der Rückflug sollte mit SWISS gehen, er würde dort fragen, ob es keine Möglichkeit für einen früheren Flug gäbe. Der Bus ging bis an die Station Broadway, von dort konnte er die Subway nach JFK nehmen. In New York angekommen, ging die Fahrt durch eine Stadt, wie Gabler sie aus unzähligen Filmen kannte. Manhattan war ein Meer von Wolkenkratzern, die Stadt, die niemals schläft, pulsierend wie das Herz eines Zuchthengstes. Abertausende Menschen wuselten durcheinander, endlose Schlangen von Autos durchpflügten den Asphalt. Es war laut, aber es war ein seltsam angenehmer Lärm. Gabler wollte auf alle Fälle noch in den Central Park gehen und sich den Times Square anschauen. Vielleicht das MOMA, er wollte erst den Rückflug checken, bis er eine Entscheidung treffen würde. Vielleicht konnte er ein oder zwei Nächte bleiben, soviel Geld hatte er noch übrig. Ein Besuch im Blue Note Club wäre eine Option. Wenn Peter jetzt dabei wäre, der kannte New York wie seine Westentasche. Auf dem Broadway angekommen stieg Gabler in die Subway und nahm den Lift zum Airport. Der Zug war schmutzig, viele der Insassen schauten apathisch vor sich hin, ein paar wenige lasen Zeitung oder ein Buch. Man spürte den Menschen eine ganz eigene Erschöpfung an und das am helllichten Tag.

Und dennoch war die Atmosphäre eine lebendige, aus den Bahnhöfen drangen immer wieder, wenn der Zug hielt die Klänge von Straßenmusikern durch. Saxofonisten, Trommler, Geiger. Wer in der New Yorker Subway auftreten konnte, der hatte schon ein gewisses Niveau. Gablers Laune war von der Szenerie etwas aufgebessert. Am Airport angekommen, brauchte er eine gute Stunde, bis er den Schalter der SWISS gefunden hatte. Die einzelnen

Terminals waren wie ein Labyrinth. Schlussendlich war er an seinem Counter angelangt. Es waren noch zwei Kunden vor ihm. Gabler stellte seine Tasche vor dem Tresen auf den Boden und ging ein paar Schritte vor die Türe, um eine Zigarette zu rauchen. Nach zwei Minuten kehrte er an den Counter zurück und war zunächst etwas verdutzt. Seine Tasche stand nicht mehr da wo er sie abgestellt hatte. Es waren keine Kunden mehr da, er konnte sofort die Dame hinter dem Tresen ansprechen. Sie sprach deutsch.

„Haben Sie meine Tasche gesehen?"

„Nein, welche Tasche meinen Sie?"

„Ich hatte vor zwei Minuten meine schwarze Reisetasche hier abgestellt."

Gabler hatte seinen Rucksack noch umhängen.

„Tut mir leid, aber ich habe keine Tasche gesehen."

Gabler nahm beide Beine in die Hand und rannte einfach los ohne zu wissen, wohin. Es war klar, die Tasche war gestohlen. Wenn er sie nicht wieder würde finden können, waren seine Klamotten, Schuhe, der Kulturbeutel, in dem sich auch seine Tabletten befanden, alles futsch. Die wirklich wichtigen Dinge wie Ausweis und Bargeld hatte er in seinem Rucksack. Dennoch war er geschockt, er staunte über die Naivität, mit der er unterwegs war. Das hier war New York, nicht der Bahnhof in Gütersloh oder Bielefeld. Eine Sekunde nicht aufgepasst, schon war der Schlamassel da. Gabler ärgerte sich weniger über die verlorenen Klamotten, vielmehr über seine eigene Dummheit.

Er rannte durch die ganze Halle, es war vergeblich und zu spät. Er würde die Tasche nicht mehr wiederfinden. Deprimiert ging er zurück an den SWISS Schalter und suchte noch einmal das Gespräch mit der Hostess. Sie nahm Anteil.

„Vielleicht hat jemand die Tasche an sich genommen und im Fundbüro abgegeben."

Das war ebenso unwahrscheinlich wie hoffnungslos.

Dennoch machte Gabler den Weg ins Lost-and-found-Office. Der übergewichtige und stark schwitzende Mensch hinter dem Tresen schüttelte den Kopf. „No bag left" sollte das wohl heißen.

Die Tasche war schwarz, länglich in der Form und auffällig. Gabler hatte in ihr schon auch sein E-Klavier transportiert. Er drehte noch einmal eine Runde durch das gesamte Terminal, ohne Erfolg. Den Kopf in den Händen vergraben saß er auf einer unbequemen Bank. Wenn es dagegen läuft, dann meist komplett dagegen. Gabler hatte die vergangenen Tage so viel Pech gehabt, das es für ein ganzes Jahre gereicht hätte. Es hätte ihn nicht gewundert, wenn er sich gleich noch den Fuß gebrochen hätte oder von Straßenräubern mit einer Pistole bedroht worden wäre.

Hände hoch oder ich schieße, ging es ihm durch den Kopf. Was konnte noch passieren? Sein Flugzeug konnte abstürzen, seine Heimatstadt konnte überschwemmt werden und seine Wohnung unter Wasser stehen. Zum Glück wohnte er im dritten Stock. Anne könnte ihn anzeigen wegen Stalkings, er könnte Krebs bekommen, einen fiesen Tumor, ein Aneurysma, Parkinson.

Mit Krankheiten scherzt man nicht, dachte Gabler. Es war ja alles noch einigermaßen überschaubar. Hosen weg, Schuhe weg, das teure Rasierwasser weg, dazu passend: Freundin weg. Im Grunde war alles ersetzbar, doch der Ärger blieb. Nach diesem ärgerlichen, aber in der Hauptsache vollkommen kuriosen Vorfall hatte Gabler nur noch einen Wunsch: Er wollte nach Hause auf sein Bücherbett, dorthin wo er alles im Griff halten konnte. Er sehnte sich nach Ruhe und Sicherheit. Er raffte sich auf und steuerte abermals den Schalter der SWISS an.

„Können Sie mir für heute oder morgen einen Rückflug buchen?"

Die Dame schaute auf ihr Display. „Heute habe ich gar nichts mehr, frühestens morgen Abend. Haben Sie denn ihre Tasche wieder gefunden?"

Gabler schüttelte den Kopf. „Leider nein."

Er überlegte kurz, morgen Abend wäre O. K., dann könnte er in der Stadt in einem Hotel übernachten.

„Gut, dann buchen Sie mich für morgen Abend ein. Kostet das extra?"

Abermals schaute die Dame auf ihr Display und glitt mit ihren schlanken Fingern wie im Flug über die Tastatur. „Das würde 140 Dollar Buchungsgebühr kosten. Wäre das O.K. für Sie?"

Gabler konnte in dem Moment nichts mehr erschüttern. Er war auf alles gefasst, würde er noch in einem Hotel übernachten und ein wenig Kultur genießen, wäre sein Vorrat an Bargeld bald aufgebraucht. Aber was sollte er machen. Er musste den Flug nehmen, es gab gar keine andere Möglichkeit. Nach Europa trampen war eher schlecht, mit dem Schiff würde es erstens zu lange dauern und wahrscheinlich auch zu teuer werden.

„Ja, dann buchen Sie für morgen Abend."

„Das würde dann 140 Dollar und 48 Cent machen. Zahlen Sie bar oder mit Karte?"

„Bar bitte."

Gabler kramte den Betrag aus seiner Brieftasche und blätterte die Scheine auf den Tresen. Seine Beziehung zu Geld war wie die Beziehung zu Anne. Besser, sie existierte nicht mehr. Der Verlust des Geldes jedoch schmerzte nicht wirklich. Er würde drüber hinweg kommen, er würde wieder einen Job haben, er würde wieder Geld verdienen. Ebenso würde er wieder eine Frau finden, schlussendlich gab es ja rechnerisch im Schnitt über drei, beinahe an die vier Milliarden Frauen auf der Welt.

Rein mathematisch gedacht war die Chance, eine dieser vier Milliarden zu erwischen ziemlich groß.

„Ihr Flug geht dann morgen Abend um 20.30 Uhr, es reicht wenn Sie anderthalb Stunden vor dem Abflug zum Check In kommen. Gute Reise."

Gabler bedankte sich, er hatte wieder einen freundlichen Menschen getroffen, das war keine Selbstverständlichkeit. Jetzt war ihm doch nach einem Bier, er steuerte die nächste Bar an und bestellte ein Budweiser. Er schaute sich auf dem Handy den Stadtplan von New York an, den Central Park und den Times Square fand er sofort, das Blue Note befand sich in Greenwich Village. Auf der Website des Clubs war für den Abend eine kubanische Salsa Band angekündigt. Gabler mochte den SON gerne, es war zudem eine gute Gelegenheit, den berühmtesten und besten Jazzclub der Welt einmal kennen zu lernen. Eintritt 40 Dollar, das passte grade noch ins Budget. Er buchte ein Ticket online.

Doch zuerst führte der Weg mit der Subway zum Central Park, der grünen Lunge von Manhattan. Dort tummelten sich bei dem Wetter hunderte Menschen, es war strahlender Sonnenschein. Viele waren mit Hunden unterwegs, einige spielten Frisbee, andere joggten oder lagen einfach nur auf dem Rasen und genossen den Tag. Gabler zog Jacke und Pullover aus und legte sich hin. Er schloss die Augen und ließ das Sonnenlicht in den schillerndsten, kaleidoskopischen Formen und Farben auf sich einwirken. Es war warm und angenehm. So saß oder besser lag er nun in New Yorks größtem Park, umringt von etlichen Menschen und doch alleine. Er versuchte Ordnung in seine Gedanken zu bringen.

Hätte er mehr Geld gehabt, wäre er eine oder zwei Wochen geblieben. Es gab hier viel zu sehen und zu entdecken. Alleine in Manhattan oder Brooklyn konnte man zu Fuß tagelang unterwegs sein, ohne dass es langweilig würde. Für heute wollte er noch den Times Square sehen und dort in der Nähe eine Kleinigkeit essen. Ein Sandwich würde schon genügen, er hatte keinen großen Hunger. Den Weg konnte er zu Fuß gehen, das würde in einer guten halben Stunde zu schaffen sein. Manhattan war so etwas wie eine riesige Spielzeugstadt, zig bunte Klötzchen, die auf- und nebeneinander geschichtet waren.

Es gefiel Gabler, er fühlte sich jetzt deutlich besser, trotz des gestohlenen Gepäcks, trotz des missglückten und verpassten Wiedersehens mit Anne. Er war abgelenkt, das war gut so. Es war beinahe windstill, die Hitze staute sich zwischen den Wolkenkratzern, schon begann der Asphalt zu flimmern, man konnte ahnen, wie heiß es hier im Hochsommer war. Die Menschen schoben sich in endlosen Kolonnen aneinander vorbei. Der Times Square war ein wenig wie der Piccadilly Circus in London, nur sehr viel größer. Gabler hatte schon von dem Trommler gehört, der dort auf Plastikeimern trommelte, er war so etwas wie eine feste Größe an diesem Ort.

Obwohl es noch Tag war, leuchteten die hier an den Häusern angebrachten Reklamen um die Wette. Gabler bekam ein wenig Gänsehaut, er war froh, dass er den Weg hierher noch gemacht hatte. Es gab reichlich gastronomisches Angebot, die Entscheidung fiel auf eine einfache Pizzabude, so man das hier einfach nennen konnte. Jedenfalls sah der Imbiss sauber aus, Gabler bestellte eine Pizza und beschloss, im Stehen zu essen. Dazu trank er ein Bud, es war die erste Mahlzeit seit zwei Tagen. „I want to be a part of it, New York, New York". Gabler sah Sinatra vor sich, Liza Minelli, Woody Allen. Er war Teil dieser Stadt, wenn auch nur für einen Tag und eine Nacht.

„I want to wake up in a city that never sleeps". Gabler war wach, hellwach. Er tauchte in die Menge von Fußgängern ein, er ging zu Fuß den Weg zum Empire State Building, fühlte sich wie eine Ameise in einer großen Stadt aus Legosteinen. Die Menschen sahen zielstrebig aus, jeder schien zu wissen, wo er hin wollte. Hier in Manhattan dominierten Männer mit Anzügen und Frauen in konservativen Kostümen, Business-Look eben. Den Weg nach Greenwich Village musste er mit der Subway nehmen. Dort angekommen fand er schnell ein bezahlbares Hotel in der Nähe des Blue Note. Er checkte dort ein für 60 Dollar die Nacht, das war preiswert, das Zimmer war sauber und in Ordnung, das Fenster ging in einen Hinterhof, es war für New Yorker Verhältnisse relativ ruhig. Gabler legte sich auf das Bett, schaute den surrenden Deckenventilator an und versuchte angestrengt, nichts zu denken. Das war eine schwierige Übung, man lernte im Yoga, den Kopf leer zu machen. Zuerst gingen die Gedanken wie der Ventilator im Kreis, dann wurde es vor dem geistigen Auge langsam immer dunkler und dunkler, schlussendlich folgte ein sanftes Hinübergleiten in den Schlaf. Gabler wachte gerade noch rechtzeitig auf, so dass er es in den Club schaffen konnte. Gut, dass er das Ticket online gebucht hatte, denn die Vorstellung war restlos ausverkauft. Der Türsteher schaute auf sein Laptop und ließ Gabler passieren, nachdem er dessen Namen auf seinem Display entdeckt hatte.

Hier war Gabler jetzt erst einmal im Blue Note im Big Apple, dem wohl angesagtesten Jazzclub der Welt. Und er war gesund und bei Sinnen, auch ohne Reisetasche und ohne Anne. Auf Unterhaltung hatte Gabler keine Lust. Er hätte auch kein wirklich spannendes Thema gehabt. Die Erlebnisse der letzten Tage wollte er mit niemandem teilen. Er genoss die Musik und gönnte sich einige Buds. Es gab auch eine Speisekarte, die Preise waren moderat. Gabler entschied sich für einen Salat mit Hühnchen. Drinnen war es voll, es gab kaum noch freie Plätze, Gabler hockte sich an die Bar. Die SON-Combo bestand aus sechs Musikern und einer Sängerin, gleich mit dem ersten Song kaperten sie die Begeisterung der Zuschauer. Einige standen auf und tanzten, Gabler wippte mit seinen Schuhen und genoss den Sound. Nun war er tatsächlich doch Teil dieser Stadt. Die Atmosphäre hatte einen starken Puls. Seit er den „Buena Vista Social Club" gesehen hatte, war er ein Fan der kubanischen Musik.

Ich lebe, dachte er. Still grinste er in sich hinein. Allen negativen Erlebnissen zum Trotz fühlte er sich lebendig und gut. Irgendwann musste er diesen ganzen Wahnwitz einmal aufschreiben. Es könnte der Stoff zu einem Film sein. Er dachte an den Streifen „Down by Law", einer seiner Lieblingsfilme, der die hohe Kunst des menschlichen Scheiterns zum Thema hatte. Ein Happy End würde es in „Lost in Dallas" vermutlich nicht geben. Das war auch gar nicht notwendig. Es genügte ein stiller und zärtlicher Silberstreifen am Horizont. Vielleicht eine neue Partnerin, vielleicht ein spannender Job, wer konnte schon sagen, was kommt.

Der Abend war gelungen, die Band gab nach zwei Stunden noch einige Zugaben und so war es denn fast Mitternacht, ehe die Session zu Ende war. Es war eigenartig, trotz der Wirrungen der letzten Tage war Gabler bei guter Laune. Das mochte an dem besonderen Ort liegen, an dem er sich aufhielt. Vielleicht war es auch die Luft der Stadt, die einen ganz eigenen Geruch innehatte. Es war anders, auch die Menschen waren anders. Die Besucher des Clubs hatten offene Gesichter, sie schauten freundlich und entspannt. Das mochte auch an der Musik liegen. Man pflegte hier freundliche Blicke, schenkte dem Nachbar an der Bar oder an den Tischen ein freundliches hallo. Genau das brauchte Gabler in diesem Moment, er war angenehm berührt. SON ist lebensbejahende Musik, die gute Stimmung verbreitet. Kuba, das Land der Sonne und der Fröhlichkeit, hier und jetzt sprang der Funke über. Vielleicht würde es bei anderer Musik weniger good vibrations geben, an diesem Abend hatte Gabler Glück und das hatte er auch bitter nötig.

Er blieb bis nach Mitternacht und ging ein wenig beschwipst die paar Häuserblocks zu seinem Hotel zu Fuß. Es wäre schön gewesen, hätte er die Stimmung mit jemandem teilen können. So ging er diesen Mitternachtsspaziergang alleine und freute sich an den pittoresken Häusern und dem besonderen Flair von Greenwich Village. Hier gab es große und blühende Bäume, welche die Straßen säumten, es war der krasse Gegensatz zu Manhattan. Ein wenig erinnerte Gabler das Viertel an Amsterdam, nur dass es hier keine Kanäle gab. Eine sanfte Brise umschmeichelte Häuser, Bäume und Autos, es war angenehm kühl, Gabler ging forschen Schrittes und fand dank seines gut funktionierenden inneren Kompasses auf Anhieb zum Hotel zurück.

The city that never sleeps, war das letzte was er denken konnte.

No 27

Im Hotel gab es zum Frühstück tatsächlich französische Croissants. Gabler nahm sich zwei davon und entschied sich für Tee, einen Darjeeling, der mit einem Tropfen Milch vorzüglich schmeckte. Es war noch ein wenig Zeit bis zu seinem Rückflug, ohne einen großen Plan schlenderte er durch die Straßen von Greenwich Village, schaute sich ein paar Galerien an, stöberte in Antiquitätengeschäften und hatte Freude an der regen Betriebsamkeit, die in den Straßen herrschte. Gerne hätte er diesen Tag mit jemandem geteilt, am liebsten natürlich mit Anne, das war leider ein Ding der Unmöglichkeit.

Die Kunst des Vergessens, dachte Gabler. Wenn er je einmal ein Buch schreiben würde, dann sollte das der Titel sein. Tatsächlich war das Vergessen ein durchaus kreativer Akt. Irgendeine innere Instanz musste dem Großhirn den Befehl geben, Vorgänge oder Erlebnisse zu verdrängen, ja am besten radikal auszumerzen. Das mochte brutal klingen, doch nur wenn man den Gedanken konsequent zu Ende dachte, kam man an das Ziel, sprich in den Zustand des Nicht-Mehr-Erinnerns.

Überhaupt scheint die Erinnerung eine trügerische Angelegenheit. Wer gibt dem Gehirn den Befehl, was wichtig ist und was nicht? Welche Instanz ist mit der Zensur beschäftigt? Was geschieht mit den tausenden von Eindrücken, die für uns gar nicht wichtig sind? Gabler konnte diese Fragen so für sich nicht beantworten. Er vermochte lediglich festzustellen, dass es Gedanken gab, die schmerzten, die unendlich wehtaten. Es war eben dies die Kunst, solche Gedanken nicht mehr zuzulassen. Das wäre eine echte Aufgabe für Gablers Therapeuten gewesen, doch der war dazu schlicht nicht in der Lage. Kobler hatte dafür

Talent, er vermochte in die Seele eines Menschen zu blicken, er vermochte zu analysieren. Das war das, was helfen konnte, die Analyse. Nicht im mathematischen Sinne, eher auf eine subtile Weise. Eine Art der Beobachtung, der stillen Begleitung.

Psychiater sind Künstler, dachte Gabler. Sie jonglieren mit den Ängsten und dem Befinden ihrer Patienten. Sie beherrschen die Balance auf dem Hochseil der seelischen Verstimmtheiten. Gabler vermochte in dem Schmelztiegel, in dem er sich in dieser Stadt befand, keine endgültigen Schlüsse zu ziehen, an was er sich am besten erinnern sollte und an was nicht. Das Treiben auf den Straßen lenkte ihn ab. Das war gut so.

Er sollte sich nicht länger mit seiner schmerzhaften Trennung befassen. Er sollte andere Gedanken zulassen. Viele der Menschen, die ihm hier begegneten, hatten ausdruckslose Gesichter. Anderen spielte sympathisches Lächeln um die Münder. New York war der Nabel der Welt. Gerne wäre Gabler noch ein paar Tage geblieben, aber er hatte nicht das nötige Geld dazu. So saugte er alles, was er sehen und hören konnte in sich auf. Das tat gut. Alles was er in den paar Stunden bis zu seinem Abflug erlebte, hätte in seiner heimischen Kleinstadt für mehrere Wochen, ja Monate gereicht. Die Stadt war unglaublich schnell, alles schien im Zeitraffer zu geschehen. Wie konnten die Menschen hier dieses Tempo mithalten? Gabler dachte an die zahlreichen Woody Allen Filme, die er gesehen hatte. Allen hatte das Talent, den Schmelztiegel immer in einem liebenswerten Zustand zu beschreiben.

New York war die Stadt der Intellektuellen, aber auch eine bittere Armut herrschte hier, nicht in Manhattan, nicht in Greenwich. Aber es gab die Menschen, die nicht wussten, was sie am nächsten Tag zu essen haben würden.

Und es gab die Reichen und Schönen, die Broker mit ihren ausgemergelten und üppig geschminkten Ehefrauen.

Gabler selbst wurde sich wieder einmal seiner Durchschnittlichkeit bewusst. Er war weder arm noch reich. Er war kein Master of the Universe. Aber er hatte nie hungern müssen in seinem Leben. Es hatte immer gereicht, es ging immer irgendwie weiter. Immer mit einem Dach über dem Kopf. Und immer oder zumindest fast immer mit einer Frau an seiner Seite.

Sie wird kommen, dachte Gabler. Irgendwo sitzt sie schon. Irgendwo wartet sie und es sollte nur eine Frage der Zeit sein, ehe Gabler sie entdecken würde. Nicht hier in New York vermutlich, dafür war die Zeit zu knapp. Aber vielleicht in seiner Heimatstadt, vielleicht in irgendeiner anderen deutschen Stadt. Wer konnte es wissen?

Gabler verbrachte schließlich über eine Stunde in einem Secondhand-Plattenladen. Der war eine echte Fundgrube, sie hatten seltene Platten von James Brown und anderen Motown-Künstlern. Es gab Originalaufnahmen von Miles Davis und Charlie Parker, etliche andere Jazzer aus den 50er und 60er Jahren. Man konnte in die Platten rein hören, es war ein Erlebnis. Hier konnte man die Zeit vergessen, hier war Langeweile ein Fremdwort. Der Abschied fiel Gabler schwer, er hätte gerne noch das MOMA besucht, aber es war Zeit, sich auf den Weg zum Airport zu machen. Good bye Big Apple.

„Ich werde wieder kommen", dachte Gabler. „Irgendwann, gleich mit wem."

Der Flug ging pünktlich um 19.30 Uhr Ortszeit. Selten hatte Gabler in solch kurzer Zeit so viele Eindrücke gesammelt. Das verpasste Meeting mit Anne, den Jungen mit dem Drachen, die Fahrt durch den Südwesten der USA, der Diebstahl seiner Tasche, Central Park, Manhattan, das

Blue Note und das verträumte Greenwich Village. Gabler kniff sich in solchen Situationen immer in die Backe und überprüfte, ob er sich nicht in dem Zustand eines Traumes befand. Doch alles war real, alles geschah so wie er es empfinden konnte. Im Flugzeug konnte man zwischen drei Filmen auswählen und tatsächlich war „Manhattan" von Woody Allen einer davon. Gabler hatte ihn schon zwei oder dreimal gesehen, er war ein Fan von Diane Keaton und Meryl Streep. Der Streifen hatte etwas Nostalgisches. Das mochte auch daran liegen, dass er in schwarz-weiß gedreht war. Allen war ein Meister der Dialoge, immer etwas skurril, immer mit ein wenig Ironie aber auch etwas Zynismus dabei. Gabler saß alleine in einer Dreierreihe, der Flug war nicht ausgebucht. Über den Atlantik zu fliegen war etwas Besonderes. Aus dem Fenster bot sich nur der Blick auf einen dunkelblauen Teppich aus Wasser. Einige Wolken schienen darin zu ertrinken. Man konnte die Maschine leise brummen hören, Gabler fand nach dem Film etwas Schlaf.

In Zürich angekommen nahm er den Zug und resümierte noch einmal seinen dreitägigen USA-Trip. Die Bilanz war ernüchternd. Anne nicht vorgefunden, respektive sie wohl für immer verloren, das Gepäck gestohlen, sinnlos Geld ausgegeben für einen vorzeitigen Rückflug. Die Reise hätte auch völlig anders verlaufen können. Gabler sah vor seinen Augen eine ganz in weißem Kostüm gekleidete Braut, er träumte von einer Fahrt durch New York in einer Pferdekutsche. Und so weiter.

Im Grunde war er gar nicht weit von Woody Allen entfernt. Beziehungen waren dazu da zu scheitern. Das klang resignierend, doch wenn man sich darauf vorbereitete, konnte man sich Schmerzen ersparen. Nichts auf der Welt schmerzt mehr als Liebeskummer. Ein Blinddarm oder eine Gallenkolik ist nichts dagegen. Alles eine Frage der Heilung und der richtigen Dosierung der Medizin. Eine solche gegen Liebeskummer zu finden war für jeden eine echte Herausforderung. Was half? Abwechslung oder Ablenkung? Die sofortige Flucht in eine neue Beziehung? Der Gang zum Psychiater? Der Suff? Letzteres war die tückischste Reaktion. So what? Letztlich hatte Gabler eine Verabredung mit Robert Gernhardt zum Interview, das versprach spannend und interessant zu werden. Dafür musste er den Kopf frei bekommen. Sie würden telefonieren.

Gabler fand in der Wohnung alles so vor, wie er es hinterlassen hatte. Sein Bücherbett stand noch, die Küche war aufgeräumt, das Badezimmer sauber. Kerstin und Daniel hatten die Bude in Schuss gehalten. Die beiden waren ein echter Glücksgriff.

Gabler setzte sich als erstes an seinen Schreibtisch und schrieb eine Mail an Gernhardt mit der Bitte um einen Termin. Es vergingen keine zehn Minuten, bis die Antwort eintrudelte. Gernhardt schlug gleich den nächsten Tag am Nachmittag vor. Das war Gabler recht, er bestätigte und machte sich daran die Fragen zu formulieren. Ein Bekannter seiner Eltern, der immer seine Rezensionen in der Zeitung las, machte erst vor kurzem ein großes Kompliment. Er hatte auch einige Interviews von Gabler gelesen und tat den Ausspruch: „Ein Interview ist immer so gut wie die Fragen, die der Interviewer stellt." Da war was dran. Gabler hatte, ohne sich selbst zu loben, dafür ein Talent. Er hielt sich nicht stur an den Fragenkatalog, sondern blieb spontan. Von Gernhardt wollte er vor allem wissen, wie dieser seine Literatur und seine Zeichnungen zusammen brachte. Malender Dichter oder dichtender Maler. Wenige Künstler beherrschten beide Genres.

Das Gespräch verlief dann auch am nächsten Tag so, wie Gabler es erwartet hatte. Gernhardt war nicht nur Poet und Maler, sondern auch ein Meister des Dialogs.

Er zitierte Hölderlin und Lichtenberg, er griff die Fragen auf und antwortete spontan wie auch überlegt. Sein größtes Vorbild war Tucholsky, er sprach über Ringelnatz und Morgenstern und seinen bevorstehenden 70sten Geburtstag.

Was für ein Glück und was für eine Freude, diesen Mann an der Strippe zu haben, dachte Gabler. Das war das Schöne an seinem Beruf, solche Menschen kennenzulernen. Sie verabredeten sich, wenn es Gernhardt besser ging auf einen Kaffee, falls dieser den Weg an den See finden würde. Nachdem das Gespräch beendet war, setzte Gabler sich an sein Laptop und tippte das Interview in einem Rutsch ab. Sein Diktiergerät hatte er vor Jahren von seinem Vater geschenkt bekommen, er benutzte es immer noch. Die meisten Fragen und Antworten konnten so stehen bleiben, Gernhardt formulierte seine Sätze druckreif.

Der Poet war nicht der erste Promi, den Gabler interviewt hatte. Die Schauspieler Karl-Heinz Böhm und Barbara Auer waren darunter und einige andere mehr. Das Interview brachte etwas Ablenkung und ließ die Turbulenzen der letzten Tage vergessen. Im Grunde verlief Gablers Leben so schlecht nicht, von seinem aktuellen Dasein als frischgebackener Single einmal abgesehen. Und das war keine Schande, wenn selbst im englischen Königshaus Scheidungen passierten, dann sollte das so schlimm nicht sein. Prinzessin Diana war Anne und Prinz Charles war Gabler. Diese Vorstellung war beruhigend. „Alles gut", diese inflationäre Floskel schwirrte Gabler durch den Kopf. Immer war alles gut, selten oder besser gar nicht benutzte man den Komparativ „alles besser", manchmal war der Superlativ „alles bestens" an der Reihe. Sprache veränderte sich laufend, bestimmte Begriffe wurden neu erfunden, zum Beispiel das Wort „Projekt". Alles war heutzutage „Projekt", gründete man eine Familie, war das ein Familienprojekt, schrieb man ein Buch war das ein Buchprojekt, führte man ein Theaterstück auf, war das ein Theaterprojekt. Wörter wurden nur noch selten benutzt oder waren gar am Aussterben. Wer sprach heute noch von „Remmidemmi" zum Beispiel oder „Pipapo", oder von „Kinkerlitzchen" oder „Firlefanz"? Menschen wie Gernhardt stellten sich jeden Tag dieser Herausforderung und spielten mit Wörtern, wie wenn man sonst ein Haus oder ein Schiff aus Lego baut. Sie sezierten Sprache, drehten alles hin und her, von oben nach unten und von unten nach oben. Von rechts nach links und wieder retour. Dass Gabler für sein Interview gutes Geld bekam, war zweitrangig. An erster Stelle war das Interesse, die Freude, jemanden kennenzulernen, von dem man etwas lernen konnte. Schnell war das Ergebnis der Arbeit an die Redaktion gemailt. Gerne hätte Gabler jetzt ein gutes Glas Rotwein getrunken oder ein kühles Bier, doch der Entschluss fiel dann doch auf eine Tasse Tee. Der Gang ging ans Fenster, vielleicht war die Krähe ums Haus und Gabler konnte das Orakel befragen.

No 28

Die Tage vergingen, ohne dass etwas Nennenswertes passiert wäre. Die Zeit ging dahin mit Bücher lesen, den einen
oder anderen Artikel schreiben, Konzert- oder Theaterkritiken, jede Woche zwei Bücher rezensieren. Gabler war
produktiv, er legte sich auf seinem Laptop einen Ordner
für Texte an und sammelte Entwürfe, die er später vielleicht für ein Buch gebrauchen konnte. Hin und wieder
führte er Tagebuch und hielt die wenigen erwähnenswer-
ten Ereignisse fest. Seine Finanzen bewegten sich im mo-
deraten Bereich, er musste bei der Bank keine Schulden
mehr machen. Mittlerweile nahm er abends eine homöopathische Dosis eines Medikaments. Er spielte mit dem
Gedanken, Koblers Rat zu folgen und sich eine Depotspritze geben zu lassen. „Soll ich oder soll ich nicht", dachte er.
O. K., es war ein Versuch wert, er wählte Albrechts Nummer. Das Gespräch war kurz, sie verabredeten einen Termin für den kommenden Tag. Gabler war sich nicht sicher,
ob er die Variante mit der Depotspritze wirklich angehen
sollte. Er hatte im Internet recherchiert, es gab mehrere
Möglichkeiten. Es blieb abzuwarten, was Albrecht vorschlagen würde. Zunächst ging es darum, den Kopf frei zu
bekommen, und das funktionierte immer noch am besten
mit Hilfe eines Spaziergangs. Gabler nahm den Weg zum
See, das Wetter war angenehm, auf der Promenade waren
schon zahlreiche Spaziergänger unterwegs. Auf dem Wasser herrschte Hochbetrieb, Schwäne, Enten und Hauben-
taucher zogen ihre Bahnen und schienen sich über das
gute Wetter zu freuen. Wer hatte nicht schon einmal eine
Ente lachen sehen. Enten lachen auf eine ganz besondere
Art und Weise. Man kann es besser hören als am Schnabel
abzulesen.

Das Lachen der Enten ist ein Geheimnis, dachte Gabler. Das Lachen der Enten war sozusagen Top Secret, um es in der Agentensprache auszudrücken. Grigrigrigri machte es. Grigrigrigri. Warum Enten lachen müssen, war Gabler nicht ganz klar. Ob sie sich Witze erzählten oder aus einem anderen Grund lachten, das blieb ihr ureigenes Geheimnis.

Wenn Enten lachen muss es wohl schon ein guter Witz sein, dachte Gabler. Er überlegte, ob Enten die besseren Witze erzählten oder Schwäne. Schwäne lachten anders als Enten. Tiefer, etwa wie Horgrorgrorgror. Aber wenn man den Enten und Schwänen genau lauschte, konnte man deren Lachen eindeutig identifizieren. Schwäne scheinen sich den jeweiligen Witz aus der Tiefe des Wassers zu holen. Sie strecken den Kopf Richtung Grund und schütteln ihn, wenn sie wieder auftauchen. Ihr Lachen geben sie nur preis, wenn man sich ihnen vorsichtig nähert. Gabler ging forschen Schrittes und fasste sich an den Kopf.

Enten und Schwäne lachen definitiv nicht, dachte er. Oder doch? Er beschloss ein Gedicht über das Lachen von Enten und Schwänen zu schreiben. Der Witz findet sich für die Wasservögel unter Wasser. Im Gedicht ist alles erlaubt, das ist das Schöne an Gedichten. Ein Gedicht ist sozusagen eine anarchische Angelegenheit. Gabler holte sich am Kiosk der Badeanstalt ein Eis und setzte sich ins Gras. Die Sonne gab eine angenehme Wärme, die Menschen verließen wieder ihre Häuser und strömten nach draußen. Gerne hätte er seine Gedanken über das Lachen von Enten und Schwänen jemandem mitgeteilt, aber er war alleine und wollte schon gar nicht auffallen. Hätte er Albrecht davon erzählt, hätte dieser ihn vermutlich schnurstracks in die Klinik eingewiesen.

Ich werde die Theorie über die Witze der Enten und Schwäne mit ins Grab nehmen, dachte er. Eigentlich hätte er dafür den Nobelpreis für Biologie verdient. Aber auch daraus würde nichts werden. Seinen ersten und letzten Preis hatte er in der Grundschule im Alter von acht Jahren bekommen. Seine damalige Lehrerin hatte einen Aufsatz, den er über Spatzen geschrieben hatte, für so gut befunden, dass er mit einer Tüte Schokoladenplätzchen belohnt wurde. Spatzen, Enten und Schwäne, das waren die Tiere, die Gabler inspirierten. Klar, auch alle anderen, Hunde, Katzen oder sonst was. Aber Vögel schienen die Wesen, die Gabler am besten verstanden. So wie die Krähe vor seinem Fenster. Was für eine helle Freude war der Anblick eines Storchennestes, welch erhabene Szene, wenn ein Kormoran im See auf einem Pfosten im Wasser posiert. Oder die Eule, die Philosophin unter den Gefiederten. Und alle Vögel hatten eine schier unerreichte Fähigkeit, sie konnten fliegen. Manche schneller und weiter als die anderen, manche machten weite Wege, andere wieder nur kurze, aber das Fliegen war die erhabenste Eigenschaft aller Lebewesen. Gabler suchte den Weg nach Hause und legte dort angekommen eine Schallplatte von Charlie Parker auf. Sie war ihm noch vom Verkauf geblieben, Parkers Spitzname war „Bird", das passte zu den Begegnungen mit den Vögeln am See. Das Leben des Saxofonisten war ein Auf und Ab zwischen einer genialen Kreativität und dem selbstzerstörerischen Drogenrausch, Parker starb schließlich mit nicht einmal 35 Jahren, er hatte sich buchstäblich zu Tode gesoffen und gefixt. Was half eine ausgesuchte Kreativität, wenn man den eigenen Körper zu Grunde richtet? S-C-H-N-A-P-S-L-A-D-E-N schallte es Gabler wieder im Ohr. Er hatte dem Alkohol beinah rigoros die Türe gewiesen, das war gut so. Er trank nur noch selten.

Am kommenden Vormittag machte er sich auf den Weg zur Praxis von Albrecht. Er hatte schon kein besonders gutes Gefühl, dennoch schritt er guten Mutes voran, oder er versuchte es zumindest.

„Hallo Herr Gabler", begrüßte Albrecht. „Wie geht es Ihnen?"

Nervig, diese Frage stellten Ärzte permanent, was sollten sie auch sonst fragen.

„Danke, es geht so weit gut." Gabler hätte am liebsten wieder die Praxis verlassen, doch nun war er schon einmal da, und er sollte auch sein Vorhaben, nach der Depotspritze zu fragen, in die Tat umsetzen.

„Ich denke darüber nach, mir eine Depotspritze geben zu lassen."

„Ja, wir haben ja schon darüber gesprochen, ich halte das für eine praktikable Lösung. Das würde Ihnen das Prozedere mit den Tabletten ersparen. Es gibt verschiedene Möglichkeiten. Ich würde vorbereitend erst einmal Ciatyl Acuphase empfehlen. Das macht wenig Nebenwirkungen, selten kann es zu Krämpfen kommen, aber wie gesagt, das passiert nicht oft."

Gabler dachte kurz nach. Nun war er schon einmal hier und dann sollte er auch kooperieren.

„O. K., wie lange wirkt dieses Mittel, wird es gespritzt?"

„Ich kann es Ihnen spritzen, die Wirkung dauert zirka zwei Wochen. Wenn Sie es gut vertragen, können wir die Therapie fortsetzen."

Augen zu und durch, dachte Gabler.

„Was sind die eventuellen Nebenwirkungen?"

„Selten kann es zu Dyskinesien kommen, das sind Krämpfe, gegen die man aber ein anderes Medikament geben kann, das die Krämpfe wieder zum Stillstand bringt. Wie gesagt, das passiert selten."

Albrecht war ehrlich. Das war eine seiner wenigen guten Eigenschaften. Die Nebenwirkungen eines Medikaments mit einem anderen Medikament behandeln, das war wie der berühmte Teufel, der mit dem Beelzebub ausgetrieben wird.

„Dann machen wir das so." Gabler stimmte zu, obwohl er im Grunde gar nicht das wollte, was jetzt unmittelbar bevorstand.

„Sie müssen die Hose runter ziehen, ich spritze Ihnen das Medikament in die Hüften."

Gabler tat wie befohlen und machte seine Hüfte frei. Der kleine Piks tat nicht weh, soweit war zunächst alles im Lot.

„Wenn Sie zuhause sind, ruhen sie sich ein paar Stunden aus und melden sich am Nachmittag telefonisch bei mir, wenn es ihnen gut geht, natürlich auch wenn es nicht gut geht."

Gabler verabschiedete sich und verließ die Praxis. Er machte sich auf den Heimweg und machte sich zuhause angekommen einen Kräutertee. Er hatte das Bedürfnis nach Ruhe und legte sich auf sein Bücherbett. Kerstin war in der Wohnung, sie übte auf ihrem Kontrabass. Gabler stierte an die Decke und nach etwa einer halben Stunde spürte er ein eigenartiges Ziehen im Gesicht. Es war zunächst kaum spürbar, wurde aber binnen weniger Minuten stärker und stärker. Schlussendlich ging das Ziehen auf den ganzen Körper über, Gabler konnte plötzlich nicht mehr schlucken, und sein ganzer Körper begann sich zu verkrampfen. Es war wie eine Art Spastik, er bekam es massiv mit der Angst zu tun und nachdem das Ganze immer schlimmer wurde ging er zu Kerstin und bat sie, einen Notarzt zu rufen. Er konnte nicht mehr sprechen und folglich auch kein Telefonat mehr führen. Kerstin verstand sofort, dass die Lage ernst war und wählte auf ihrem

Smartphone den medizinischen Notruf. Mittlerweile konnte Gabler binnen weniger Minuten weder gehen noch liegen, er kauerte in einer Ecke seines Zimmers und bekam es massiv mit der Angst zu tun. Kerstin konnte nichts tun, der Notarzt sollte in wenigen Minuten da sein. Es klingelte dann auch kurz nach Kerstins Anruf, es kamen zwei Männer in weißen Kitteln die Treppen hoch und gingen unter Anweisung von Kerstin in Gablers Zimmer. Sofort schien klar, was zu tun war. Einer der Ärzte zog eine Spritze auf und setzte Gabler eine Injektion.

„Sie sollten gleich zur Ruhe kommen. Haben Sie ein Medikament genommen?"

Gabler konnte noch nicht antworten. Nachdem er die Spritze bekommen hatte, lösten sich in wenigen Sekunden die Krämpfe wie in Luft auf. Es war grotesk, aber es stellte sich das Gefühl einer vollkommenen Entspannung ein. Er hatte die Hölle wieder verlassen, noch nie hatte er derartiges erlebt.

„Ich habe Ciatyl von meinem Arzt bekommen."

„O. K., das erklärt alles. Sie gehören zu der seltenen Spezies, die dieses Medikament nicht verträgt. Fühlen Sie sich besser?"

„Ja, es geht, danke. Mir ist etwas schummrig."

„Das wird sich die kommenden Minuten und Stunden wieder legen. Wir würden Sie dennoch zur Beobachtung in eine psychiatrische Klinik bringen. Sind Sie damit einverstanden?"

Gabler zögerte. Ein Aufenthalt in einer Psychofarm war das letzte, was er jetzt brauchen konnte. Andererseits war die Lage ernst, das ließ sich nicht leugnen.

„Es wäre nur für ein oder zwei Tage, natürlich nur wenn Sie damit einverstanden sind, wir können Sie nicht zwingen."

Für ein oder zwei Tage. Das hörte sich nicht besonders schlimm an. Gabler war bis dahin komplett durch den Wind. Die Krämpfe waren zwar verschwunden, aber er fühlte sich alles andere als wohl. Kobler hatte ihm einst geraten, Hilfe in Anspruch zu nehmen, wenn er sie benötigte. Das war jetzt der Fall, es ging schlecht, warum sollte er das leugnen.

„O. K., vielleicht ist das für den Moment die beste Lösung."

„Packen Sie ein paar Sachen zusammen und Waschzeug, wie gesagt, nur für ein oder zwei Tage."

Gabler tat, wie ihm befohlen, und verabschiedete sich mit einer innigen Umarmung von Kerstin. Sie hatte ihn schließlich gerettet. Nicht auszudenken, was passiert wäre, wäre sie nicht vor Ort gewesen. So war die Episode noch glimpflich verlaufen. Wenn auch mit Schmerzen.

Die Fahrt in die Klinik dauerte nur wenige Minuten, Gabler war immer noch benommen. Er war hundert Mal mit dem Auto an dieser Klinik vorbeigefahren, ohne auch nur im geringsten darüber nachzudenken, dass er jemals hier als Patient landen würde.

Man brachte ihn zur Aufnahmestation, dort nahm man seine Personalien auf und wies ihm in einem Schlafsaal ein Bett zu. Ein Schlafsaal mit einem Dutzend Betten, Gabler traute seinen Augen nicht. Aber er musste es nehmen wie es kommt. Eine Ärztin mit goldblonden Haaren nahm ihn auf. Als Gabler seinen Namen sagte, stutzte sie kurz und fragte dann, ob der von Beruf Journalist sei. Gabler bejahte.

„Kann es sein, dass Sie über Bücher schreiben?"

Gabler bejahte abermals. Es war das zweite Mal, dass er binnen weniger Wochen auf seine Tätigkeit als Literaturkritiker angesprochen wurde.

„Ich lese Ihre Kritiken regelmäßig, dann und wann kaufe ich eines der Bücher, die Sie besprechen."

Gabler war trotz der widrigen Umstände, die er hier vorfand, nun doch besser gestimmt, er fühlte sich in guten Händen.

„Danke, das freut mich, ich habe nicht erwartet, dass ich hier bekannt bin."

„Haben Sie ein Medikament genommen heute?"

„Ja, mein Arzt hat mir Ciatyl gespritzt."

„O. K., und dann kamen die Krämpfe?"

„Aber holla, es war die Hölle."

„Manchmal passiert das, es ist sehr selten, aber Sie haben offenbar eine Art Allergie oder besser eine Überempfindlichkeit. Einer von tausend. Geht es Ihnen besser?"

„Ja, ich fühle mich nur sehr müde."

„Wenn Sie möchten, können Sie sich gerne ausruhen und ein wenig schlafen."

„Kann ich ein Bett in einem anderen Zimmer als dem Schlafsaal haben?"

„Ich schaue, ob etwas frei ist."

Die Ärztin war bemüht und freundlich. Nach ein paar Minuten kam sie mit einer guten Nachricht zurück.

„Sie sind ja nicht privat versichert, ich kann Ihnen dennoch ein Zweibettzimmer anbieten. Ist das in Ordnung?"

„Ja, vielen Dank." Gabler war etwas besser gestimmt.

„Haben Sie schon gegessen?"

„Nein, noch nicht."

„Ich lasse Ihnen etwas richten. Normale Kost oder vegetarisch?"

„Vegetarisch wäre gut."

„O. K., dann können Sie sich in Zimmer zwölf erst einmal ausruhen, das Essen kommt dann."

Gabler verließ das Untersuchungsraum und wollte gerade in sein Zimmer, als ihn von hinten eine Stimme ansprach.

„Die Welt ist voller Moleküle", hörte Gabler den Satz und erkannte die Stimme sofort. Er drehte sich um und sah den alten Herrn, der ihn vor Wochen an der Seepromenade angesprochen hatte. Zuerst wusste Gabler nicht, wie er reagieren sollte.

„Wir haben uns noch gar nicht bekannt gemacht", sagte Gabler. „Mein Name ist Gabler, Alexander Gabler."

„Ich bin Walter Scholz, Doktor der Chemie."

Auweia, dachte Gabler. Ein Doktor der Chemie in der Heilanstalt, das war eher ungewöhnlich.

„Ich habe Ihnen angesehen, dass es Ihnen nicht gut geht. So hatte ich recht?"

„In dem Fall ja, ich habe eine Ciatylspritze bekommen, die ich nicht vertagen habe, das ist im Grunde alles, sonst geht es gut."

„Das habe ich hinter mir. Haldol, wenn Sie verstehen was ich meine."

Gabler hatte von Haldol gehört, das sollte ein echtes Teufelszeug sein.

„Und was machen Sie hier in der Klinik?"

„Sie müssen wissen, ich leide an einer schizophrenen Psychose, die Moleküle in meinem Kopf spielen verrückt. Die Ärzte sagen, es wäre heilbar, aber ich kämpfe schon lange, bisher ohne Erfolg. Wissen Sie, als Doktor der Chemie können einem die Synapsen schlimme Streiche spielen. Die Moleküle sind in der falschen Bahn gewissermaßen."

Gabler wusste nicht, ob er solch ein Gespräch im Moment verkraften konnte. Er wollte nicht unhöflich sein.

„Wir können uns gerne später unterhalten, ich muss erst einmal mein Zimmer beziehen."

„Nur zu junger Mann, nur zu."

Gabler begab sich in Zimmer zwölf, das mit zwei Betten

aus Holz – die im Schlafsaal waren aus Metall – einem Schrank und einem kleinen Tisch ausgestattet war. An der Wand hing ein Kalender mit Landschaftsfotos, alles in allem war das Zimmer lustlos eingerichtet.

Gabler nahm eine Dusche, das Bad war sauber, wenigstens etwas. Danach, es war gegen siebzehn Uhr, war auch schon das Abendessen gerichtet. Gabler passierte einen Gemeinschaftsraum, in dem ein paar Insassen Mensch-Ärgere-Dich spielten. Eine Gestalt stand am Fenster und wippte in einem willkürlichen Rhythmus hin und her. So kannte man das aus Jack Nicholsons „Kuckucksnest". Gabler fühlte sich nun doch eher unwohl.

„Na, auch wieder mal hier", fragte ihn eine Frau mittleren Alters mit ungepflegten fettigen Haaren und vernachlässigter Kleidung.

Gabler antwortete nicht, er begab sich in den Speisesaal und fragte einen Pfleger, wo er sich hinsetzen konnte. Er saß an einem Tisch mit nur einer Person, ein junger Kerl, auf nicht einmal zwanzig Jahre schätzte Gabler ihn.

„Hallo, ich bin Michael."

„Alexander."

Mehr brachten beide nicht über die Lippen, das war Gabler angenehm, er verspürte nicht das Bedürfnis nach Konversation. Gleichzeitig mit dem Essen machte der Pfleger mit einem Tablett die Runde, auf dem die Medikamente für die Anwesenden gerichtet waren.

„Wenn Sie möchten können Sie ein leichtes Schlafmittel zur Nacht nehmen, sonst hat die Frau Doktor nichts angeordnet."

„Vielleicht", antwortete Gabler. Sein Tischnachbar nahm gleich vier Pillen auf einmal. Gabler wurde schier schlecht, das Klischee Kuckucksnest schien sich abermals zu bewahrheiten.

Die Fenster waren verriegelt, man konnte sie nur einen Spalt öffnen, gerade mal soweit, dass etwas frische Luft den Weg nach innen fand. Gabler goss sich einen Tee ein und verspeiste lustlos ein Käsebrot mit ein wenig Gurke. Er hatte keinen Appetit. Der Tee war lauwarm, die Wände im Speisesaal waren schmutzig, kein Ort an dem man sich wohlfühlen konnte. Walter Scholz saß an einem anderen Tisch und stopfte mechanisch das Essen in sich hinein. Er stierte auf dem Tisch, ohne den Blick zu heben. Gabler empfand so etwas wie Mitleid. Ein Doktor der Chemie, Krankheiten machen eben auch vor gescheiten Leuten nicht halt.

Im Gemeinschaftsraum lief der Fernseher, keiner schaute hin, irgendeine Vorabendserie. SOKO Leipzig oder so was. Die Menschen, die Gabler auf dem Flur begegneten, hatten alle den gleichen seltsamen Gesichtsausdruck. Beruhigende Medikamente hatten augenscheinlich die Oberhand. Gabler nahm sich aus dem Aufenthaltsraum eine Zeitung und ging auf sein Zimmer. Das zweite Bett war nicht belegt, das war ihm recht.

„Wir würden Sie gerne bis übermorgen hier zur Beobachtung bei uns behalten", hatte die Ärztin gesagt.

Das war machbar, so lange wollte es Gabler aushalten. Aber keine Minute länger. Nach ein paar Minuten überkam ihn ein tiefer Schlaf, auch ohne medikamentöse Hilfe.

Morgens um halb sieben wurde man geweckt, Gabler musste vor dem Frühstück Blut abgeben, das war Routine. Die Brötchen waren lümmelig, die Marmelade aus einer Plastikverpackung. Der Kaffee ohne Koffein schmeckte wie von vorgestern. Die Ärztin bot Gabler ein Gespräch in ihrem Büro an. Er war einverstanden. Das Zimmer war im Gegensatz zum Rest der Station geschmackvoll eingerichtet, an der Wand hingen Bilder, vermutlich teils von Patienten, auch ein Druck von Chagall, der den Eiffelturm mit einem Vogel und einem Liebespaar zeigte.

Gabler durfte in einem bequemen Sessel Platz nehmen. Die Ärztin stellte sich vor als Frau Dr. Hund. Gabler musste grinsen, ein lustiger Name.

„Nun bin ich also auf den Hund gekommen", dachte er.

„Waren Sie schon einmal in stationärer Behandlung", wollte Frau Dr. Hund wissen.

„Nein, das ist das erste Mal."

„Ich kann es Ihnen sagen, es ist hier nicht so schlimm, wie es sich vielleicht anfühlt. Wir geben unser Bestes, damit sich unsere Patienten wohl fühlen. Aber erzählen Sie, Sie werden einen Grund haben, warum Sie hier sind?"

Gabler erzählte von der verabreichten Spritze, das wusste die Ärztin schon. Sie kannte auch Albrecht wie sich herausstellte.

„Er hätte Sie vielleicht besser aufklären sollen." Ein Mediziner würde selten über die Versäumnisse eines Kollegen sprechen.

„Sonst, was sind die Gründe, warum sie bei einem Therapeuten in Behandlung sind?"

Gabler überlegte und kam zu dem Schluss, am besten bei seiner Trennung von Anne zu beginnen. Das war schlussendlich auch der Grund für sein Unbehagen, wie er es denn auch nannte.

„Es ist eine lange Geschichte, angefangen hat es mit der Trennung von meiner Lebenspartnerin. Wir waren fünf Jahre zusammen, sie hat mich verlassen und lebt jetzt mit einem anderen Mann in Australien."

Gabler erzählte im Stenogrammstil von seinem USA-Trip. Es hatte wohl etwas Lustiges, die Ärztin schmunzelte. Im Nachhinein konnte auch Gabler darüber lachen, das wertete er vor sich selbst als gutes Zeichen.

„Beziehungsprobleme sind häufig der Auslöser für seelische Krisen. Es ist wichtig, dass Sie darüber sprechen können."

„Ja, mittlerweile habe ich mich auch damit abgefunden. Schließlich ist ja auch die Welt nicht untergegangen. Wie sagt man so schön: Neues Spiel, neues Glück."

„Sie sind ein attraktiver Mann, Sie werden sicher wieder eine Partnerin finden."

Gabler war überrascht über die Offenheit der Ärztin.

„Wenn Sie das sagen."

„Wir müssen noch über das weitere Vorgehen in puncto Medikamente sprechen. Ich kann verstehen, dass Sie erst einmal genug von dem Thema haben. Ich würde vorschlagen, die Depot-Geschichte nicht weiter zu verfolgen. Es gibt zwar noch andere Mittel, aber ich halte das momentan für wenig sinnvoll. Was haben Sie denn vorher genommen?"

Gabler erzählte von Kobler, und dass er ihm eine leichte Dosis eines Neuroleptikums empfohlen hatte. Damit war er schon mehrere Monate zurechtgekommen.

„Dann sollten Sie das beibehalten. Es dient zum Schutz und macht so gut wie keine Nebenwirkungen, auch nicht wenn man es längere Zeit einnimmt. Würden Sie dabei bleiben wollen?"

Gabler überlegte kurz.

„Ich denke ja. Bisher habe ich es gut vertragen."

„O. K., dann wäre soweit alles besprochen. Eine Frage noch: Wollen Sie leben?"

Das kam doch sehr überraschend, war aber angesichts seiner momentanen Situation nicht verkehrt zu fragen.

„Ja klar", war Gablers eindeutige Antwort.

„Dann ist es gut", beendete die Ärztin das Gespräch. „Sie können morgen wieder nach Hause, ich empfehle Ihnen, einen anderen Therapeuten zu suchen. Vielleicht sind Sie besser bei einer weiblichen Kollegin aufgehoben, denken Sie einmal darüber nach. Wenn Sie möchten kann ich Ihnen die Telefonnummer einer Kollegin geben, sie ist kompetent, treffen Sie sich mit ihr auf ein Gespräch."

Gabler bedankte sich und gab der Ärztin die Hand. Er fühlte sich besser. Wenn auch noch nicht wirklich gut.

Es war Mittagszeit, der Speisesaal war gefüllt, lediglich der Platz des alten Scholz war frei. Eine Krankenschwester ging mit dem Tablett durch die Reihen und verteilte die Medikamente. Gabler war als einziger quasi freigestellt, er sollte erst abends etwas bekommen.

Die Krankenschwester ergriff kurz das Wort.

„Wir haben eine schlechte Nachricht, Herr Scholz hat sich gestern Abend vor den Zug gelegt, er ist verstorben. Wenn jemand mit uns darüber sprechen möchte, sind wir gerne zu einem Gespräch bereit."

Gabler war geschockt. Scholz hatte er lieb gewonnen, auch wenn er nur ein paar wenige Worte mit ihm gewechselt hatte. Im Saal herrschte eisiges Schweigen, die Stimmung war beklemmend. Die Worte der Krankenschwester hatten etwas Mechanisches. Klar, Suizid gehörte ebenso zur Psychiatrie wie der Krebs zu der Inneren Station in einem normalen Krankenhaus. Und doch war es erschreckend. Scholz hatte vermutlich einen langen Kampf hinter sich. Er war zu intelligent für diese Welt. Der Satz mit den Molekülen hallte Gabler im Ohr.

Den anderen Patienten schien die Nachricht nicht nahe zu gehen. Die Atmosphäre hatte etwas Abgestumpftes. Fast alle der Insassen schienen mit Tranquilizern ruhig gestellt zu sein. Ein junger Mann am Nebentisch wippte schematisch mit dem Oberkörper hin und her. Hospitalisiert nannte man das wohl. Gabler war kein Fachmann für psychische Krankheiten, und er wollte es auch nicht werden. Wenn er sich mit der Ärztin nicht abgesprochen hätte, hätte er sofort die Station verlassen. An diesem Ort konnte man sich nur schwer wohl fühlen. Im Gegenteil, die Stimmung war schlichtweg beklemmend. Ob es den anderen Patienten auch so ging? Das war nur schwer zu beurteilen. Gespräche fanden so gut wie keine statt, jeder schien mit sich beschäftigt, jeder fuhr mit den eigenen Gedanken im Kreis herum. Es war so etwas wie eine Art psychotisches, manisches oder depressives Karussell. Man hätte auch den Vergleich zu einer Geisterbahn ziehen können. Gabler setzte sich in den Aufenthaltsraum, nahm eine Illustrierte und blätterte lustlos darin. Er schaute die Fotos von lachenden, schönen Gesichtern an und entwickelte so etwas wie Sehnsucht. Scholz war durch die Hölle gegangen, dachte er. Ein Doktor der Chemie ist nicht gemacht für die Welt, in die Gabler für zwei Tage eintauchen musste.

„Highway to Hell", dachte Gabler. Er war alleine in dem Zimmer, er wollte auch mit niemandem sprechen, über was auch. Er hatte kein Thema, außer vielleicht dem Tod von Scholz.

Am nächsten Morgen bat die Ärztin vor der Entlassung noch um ein kurzes Gespräch.

„Sie haben es mitbekommen mit Herrn Scholz?"

Gabler nickte schematisch.

„Was macht das mit Ihnen?"

Gabler erzählte, dass er Scholz schon vor Wochen an der Seepromenade getroffen und mit ihm damals ein kurzes Gespräch geführt hatte.

„Ich glaube er war ein guter Typ, vielleicht zu intelligent für diese Welt."

„Ja, sie mögen Recht haben. Für uns ist ein Suizid immer besonders schlimm, es ist so ein wenig als ob wir versagt hätten. Man kann nicht in einen Menschen hinein schauen. Dr. Scholz hatte mit uns nie über Suizid gesprochen. Wir waren vollkommen überrascht. Hätte er uns seine Gedanken mitgeteilt, hätten wir vielleicht gegensteuern können. Nun ist es so, eine bittere Pille für uns alle."

„Für mich ist es auch schlimm, ich hatte auch nicht mit so etwas gerechnet."

„Zu Ihnen, Sie verlassen uns heute wieder. Soll ich Ihnen die Telefonnummer meiner Kollegin geben? Dann könnten Sie mit ihr einen Termin machen, vielleicht kommen Sie ja mit ihr besser zurecht."

Gabler bejahte, viel mehr gab es nicht zu besprechen. Er bedankte sich, wusste im Grunde nicht für was, die Ärztin machte ihren Job.

„Auf Wiedersehen möchte ich besser nicht sagen, also Ade."

Dr. Hund gab Gabler die Hand und verabschiedete sich mit einem Lächeln.

„Machen Sie es gut und bleiben Sie kreativ."

Diese Episode war erst einmal ausgestanden, Gabler fielen Zentner von Steinen vom Herzen. Er war über das Kuckucksnest geflogen, sicher wieder in der normalen Welt gelandet und zum ersten Mal seit Tagen wieder richtig glücklich. „Freiheit", dachte er, „Freiheit."

Ihm war nach einer Reise zumute. Ohne festes Ziel, ohne aufwendigen Flug oder schon gar nicht im Sinne einer Beziehungsrettungsaktion. Einfach weg aus der Stadt. Seine Wahl fiel auf Frankreich, er war schon oft dort gewesen, immer hatte er sich dort wohl gefühlt. Auto hatte er keines mehr, er beschloss mit dem Zug zu reisen. Als erstes Ziel wollte er die Bretagne ansteuern. Die Wellen des Atlantiks waren das beste Therapeutikum, das man sich denken konnte. Ganz ohne Nebenwirkungen und kostenlos.

No 29

Aufgrund der Tatsache, dass Gabler keine festen Verpflichtungen hatte, weder im Job noch familiär, konnte er frei entscheiden, ob und wohin er verreisen wollte. Er nahm sich erst einmal ein paar Tage vor, der Weg sollte zuerst nach Quimperle führen, das war im Norden der Bretagne, dort wollte er etwas abschalten, sich irgendwo in dem Dorf ein kleines Zimmer mieten und die gute Luft des Atlantik genießen. Im Anschluss zwei oder drei Tage Paris, dort war er auch schon öfter gewesen, die Stadt war ein ewiger Quell reicher Inspiration. Zuerst galt es den Trip mit Kerstin und Daniel abzusprechen, man konnte die beiden gut alleine lassen. Bei Kerstin hatte sich Gabler noch für deren Hilfe zu bedanken, ohne sie hätte die Geschichte mit der Spritze böse enden können. Sonst ereignete sich in der WG wenig neues, Kerstin war beschäftigt mit ihrem Kontrabass, Daniel war immer noch mit seiner Diplomarbeit zugange. Gabler sah seine E-mails durch, er hatte eine Anfrage für ein Lektorat eines Bekannten, der ein Buch schreiben wollte und jemanden suchte, der ihm dabei unter die Arme greifen konnte, das waren gute Neuigkeiten, so sollte auch wieder ein wenig Geld in die Kasse kommen.

Gabler nahm den Weg in die Stadt, kaufte sich seine Wochenzeitung und zur Feier des Tages ein paar neue Schuhe. Schuhe waren wichtig, die wichtigsten Kleidungsstücke überhaupt. Wichtiger als Hosen oder Hemden oder Sakkos. Schuhe mussten einen ganzen Menschen tragen, sie waren sozusagen verantwortlich für das Wohlbefinden dessen, der sie trägt. Schlechte Schuhe erzeugten nicht nur ein Unwohlsein bei den Füßen, sondern auch aufwärts bei den Hüften, der Wirbelsäule und vom Hals bis zum

Kopf. Schuhe waren der omnipotente Wohlfühlfaktor für den Körper, vorausgesetzt, sie waren von guter Qualität. Gabler gab selten viel Geld für Kleidung aus, bei Schuhen machte er eine Ausnahme. Dieses Mal hatten es ihm ein Paar dunkelblaue Wildlederschuhe mit elastischen Sohlen angetan. Darin würde er wieder auf den Damm kommen, mit diesen Schuhen würde er eine zweite Anne finden.

Nach dem Schuhkauf ging Gabler zum Bahnhof und erkundigte sich nach einem Bahnticket in die Bretagne. Es waren an die zweihundert Euro für die einfache Fahrt, er wusste noch nicht genau, wie lange er dort bleiben würde. Gabler buchte und war voller Vorfreude.

Hallo Welt, ich lebe noch und habe beschlossen ein Comeback zu feiern, dachte er.

„On the Road again" hätte es auch heißen können.

Zuhause stöberte er in einer Schublade und suchte seinen Reisepass. Er hatte ihn nach dem USA-Trip irgendwo abgelegt und wusste nicht mehr wo. Bei der Suche fiel ihm ein kleines Tütchen Gras in die Hände, das hatte er gar nicht mehr aus seinem Radar gehabt. Er beschloss das bisschen mit auf seine Reise zu nehmen. Vielleicht würde er jemanden treffen, mit dem er das Vergnügen teilen konnte.

Übermorgen sollte es losgehen, schnell waren ein paar Klamotten gepackt, viel brauchte er nicht, zwei paar Hosen, ein paar Hemden, einen Kapuzenpulli, Unterwäsche, Socken, ein zweites Paar Schuhe und etwas Lesestoff. Tabletten waren wichtig. Schließlich sollte auch das Laptop mitkommen, vielleicht würde Gabler die Muße finden, ein wenig zu schreiben.

Sonnenbrille, und falls keine geeignete Unterkunft zur Verfügung stand, konnte auch der alte Bundeswehrschlafsack von Nutzen sein. Die Freude war groß, lediglich der

Tod von Scholz beschäftigte Gabler noch. Er hätte sich gerne noch über die These der Welt voller Moleküle ausgetauscht, dafür war es zu spät.

Die Guten gehen immer zu früh, dachte er. Und Scholz war ein Guter gewesen.

Die Zugfahrt führte durch halb Frankreich, die Strecke ging durch weite Landstriche voller Felder, Wälder und Wiesen. Das Land ist weniger dicht besiedelt als Deutschland, Gabler las in einem Buch, das er mitgenommen hatte, ein Roman von Paul Auster, den er sehr mochte. Immer wieder ging der Blick aus dem Fenster, die Fahrt hatte etwas Meditatives. Direkt hinter ihm saß ein junges Ehepaar, es waren Franzosen und Gabler schnappte ein paar Brocken Französisch auf, er hatte nicht mehr viel Übung, doch ein wenig konnte er verstehen. Nahe der Bretagne änderte sich der Baustil der Häuser, Gabler erkannte die Dächer mit schwarzem Schiefer wieder, die weiß getünchten Mauern, man konnte spüren, dass der Atlantik nicht mehr weit war.

In dem kleinen Dorf Quimperle angekommen, suchte Gabler den Weg in das erstbeste Bistro und fragte, ob man jemanden kenne, der ein kleines Appartement oder Zimmer vermieten würde. Er hatte Glück, man gab ihm eine Adresse und eine Telefonnummer, es war nicht weit, man konnte die kurze Strecke zu Fuß machen. Gabler ließ sich den Weg beschreiben, nahm einen schnellen Espresso und bedankte sich. An dem Haus angekommen, klingelte er direkt, er hätte auch anrufen können, aber so war es unkomplizierter. Ein Mann mittleren Alters öffnete die Tür und sah Gabler fragend an.

„Ich habe gehört, Sie hätten ein Zimmer zu vermieten?"

„Ja, nicht direkt ein Zimmer, es ist eher eine ausgebaute Garage."

„Dürfte ich mir den Raum einmal anschauen?"

Der Vermieter war freundlich.

„Selbstverständlich, ich holte kurz den Schlüssel. Sind Sie als Tourist unterwegs?"

„Ja, ich möchte ein paar Tage Ferien machen."

Die Garage war unterteilt in zwei kleine Räume, einer Wohnküche und einem Schlafraum. Gabler war nicht besonders anspruchsvoll.

„Sehr schön, wie hoch wäre dann die Miete?"

„Die Woche zweihundert Euro."

Das war mehr als günstig.

„D'accord, ich gebe Ihnen das Geld im voraus, wenn es recht ist.

Bis dato kam Gabler mit seinem Französisch gut aus.

„Sind Sie alleine?", wollte der Vermieter noch wissen.

„Ja, ich bin alleine."

„Ich habe einen Hund, einen Riesenschnauzer, wenn Sie möchten, können Sie gerne mit ihm spazieren gehen."

„Gerne, gleich morgen früh?"

„Wenn Sie möchten, ich bin ab sieben Uhr wach."

Gabler freute sich, kramte zweihundert Euro aus seinem Geldbeutel, drückte sie seinem Gegenüber in die Hand und bedankte sich. Das mit dem Hund war prima, so hatte er einen Grund, früh aufzustehen.

„Ich bin Malermeister müssen Sie wissen, tagsüber arbeite ich meist auswärts, wenn Sie irgendetwas brauchen, schreiben Sie eine Nachricht, meine Mobilnummer haben Sie?"

„Ja, danke, soweit ist alles gut."

Gabler testete erst einmal die Matratze, es ging ja die Mär, in französischen Betten könne man schlecht schlafen. Das stellte sich tatsächlich als Gerücht heraus, das Bett war bequem, die Bettwäsche sauber. Alles war gut so, einzig die Steckdosen waren nach französischem Standard, Gabler würde am kommenden Tag einen Adapter kaufen, damit er sein Laptop benutzen konnte. Er hatte noch etwas Reiseproviant übrig und kochte sich einen Kaffee. Ein paar wenige Lebensmittel waren in einem Schrank über dem Spülbecken. Nudeln, etwas Reis, Kaffee und ein paar Teebeutel. Auf einer kleinen Kommode stand ein Radio, Gabler schaltete das Gerät an und suchte einen Sender, der Musik spielte. Im Radio wurde in Frankreich meist unendlich viel gequatscht, dabei verstand Gabler nur die Hälfte. Es lief Jazzmusik, das war entspannend. Draußen war es bereits dunkel, Gabler las noch ein wenig in seinem Paul Auster und ging dann zu Bett.

Am nächsten Morgen war früh aufstehen angesagt. Das Domizil lag mitten im Ort, so war der Weg nicht weit zum nächsten Bäcker, die französischen Croissants waren einfach die besten, Gabler orderte gleich zwei und kaufte ein Baguette dazu, sowie ein Glas Marmelade und eine Flasche Milch. Die fremde Sprache, die gar nicht so fremd war, klang wohl in den Ohren, übersetzte man die Wortfetzen, die man aufschnappte konnte, setzte sich eine Art Sprachpuzzle zusammen, Französisch hatte einen anderen Klang, es waren weichere Laute, dann wieder etwas unverständliches, aber das meiste konnte man verstehen. Gabler gingen Sätze auch auf Englisch durch den Kopf, er übersetzte quasi simultan. Es waren nur wenige Meter zum Meer, er nahm den Weg zum Hafen, wo die Fischer ihren Fang vom frühen Morgen aus den Netzen nahmen. Die Luft war hier eine vollkommen andere als zuhause, man schien schon das Salz schmecken zu können, die Gischt schlug gegen die Hafenmauer, kleine Schaumkrönchen entstanden und verschwanden wieder. In jedem Fall würde Gabler einen frischen Fisch kaufen, vielleicht morgen, er wollte erst noch richtig ankommen. Wieder in seiner Garage, klingelte er bei Monsieur Bernard, seinem Vermieter. Es war wohl niemand zuhause, die Türe war nicht abgeschlossen. Gabler beschloss einzutreten und wurde gleich stürmisch von dem Riesenschnauzer begrüßt. „Gaspard" war der Name des Hundes, er war zutraulich und schien voller Freude über den überraschenden Besuch.

Gabler nahm die Leine vom Tisch und ging mit Gaspard im Schlepptau in Richtung Strand. Kilometerweit war niemand zu sehen, es war keine Badesaison, und in der Bretagne waren Touristen zu dieser Jahreszeit eher selten. Gaspard rannte auf und ab, er hatte sichtlich Freude an dem Auslauf. Und Gabler spürte schon, wie die Luft hier seine Nase frei machte. Er zog seine Schuhe aus und ging barfuß über den Sand, es war noch Ebbe, seltsame Figuren gruben sich in den Sand, die Wellen waren nicht besonders hoch, das Meer war nicht warm, nicht kalt, eher erfrischend. Gabler nahm eine Handvoll Wasser und benetzte seine Zunge. Es schmeckte wie er es kannte, salzig und ein wenig nach Algen.

Als Kind waren die ersten Ferien, an die er sich erinnern konnte, hierher gegangen. Damals hatte die Familie die Menhire von Carnac besichtigt, das war Gabler immer noch in guter Erinnerung. Die Menschen hier waren rau, aber freundlich, nicht nur in der Bäckerei, auch auf der Straße grüßte man sich. Die Fischer riefen Gabler ein lautes „Bonjour" zu.

Hier war der Ort, Geschichten zu erfinden, dachte Gabler. Hier konnte er kreativ sein. Er spielte mit dem Gedanken, sich einmal für eine längere Zeit hier niederzulassen. Das wäre ein Grund um Geld zu sparen, mit dem er ein paar Monate hier bleiben konnte. Rechnete man die Miete bei Monsieur Bernard, war das auch nicht teurer als die Bleibe zuhause. Gaspard jedenfalls freute sich, er lief sichtlich gerne den Strand entlang, sprang immer wieder an Gabler hoch und war voller Lebensfreude.

Gabler nahm, in der Garage angekommen, ein Frühstück, kochte sich einen starken Kaffee und ließ sich die Croissants schmecken. Er würde Bernard fragen, ob der einen Adapter hatte, damit Smartphone und Laptop geladen werden konnten. So lange machte er sich ein paar handgeschriebene Notizen. Nichts weltbewegendes, einfach eine Art Tagebucheintrag, wie er hierher gekommen war, über die Zugfahrt, die Landschaft die er gesehen hatte, die Menschen, die er bisher hier kennen gelernt hatte. Der Tag verging wie im Flug, am späten Nachmittag kam Bernard von der Arbeit nach Hause. Er klopfte an Gablers Türe.

„Und, haben Sie sich gut eingelebt?"

„Ja sehr gut, Dankeschön. Ich war mit Gaspard laufen, ein Prachtexemplar von einem Hund. Gerne laufe ich morgen wieder mit ihm."

„Immer wenn Sie mögen. Haben Sie schon gegessen?"

„Ich wollte gerade etwas kochen, nichts großes, ein paar Spaghetti. Haben Sie Hunger? Ich könnte zwei Portionen machen.

„Gerne, wie können auch bei mir kochen, ich habe auch noch einen guten Rotwein da, wenn Sie mögen."

Gabler freute sich über Bernards Gastfreundschaft.

„O. K., dann kochen wir bei Ihnen. Soll ich die Spaghetti mitbringen?"

„Ich habe alles da, Sie sind mein Gast. Mögen Sie Austern?"

„Ja, sehr sogar, ich habe lange keine mehr gegessen."

„Wissen Sie, ich hole die Dinger morgens direkt aus

dem Meer, die haben wir hier reichlich. Viele werden von den Fischern nach Paris verkauft, damit lässt sich gutes Geld verdienen. Wissen Sie wie man sie öffnet?"

„Nicht wirklich, man braucht ein spezielles Messer..."

„Ich zeige es Ihnen."

Bernard ging mit einem kleinen Messer an die Auster, die er aus dem Kühlschrank geholt hatte und setzte es an die Muschel an. Es sah spielend leicht aus, aber man musste den richtigen Kniff finden, dann war es einfach.

„Ich glaube, wir nehmen doch besser einen Weißwein, das passt besser. Ich hätte einen Chablis da, einverstanden?"

„Gerne."

Bernard hatte die erste Auster offen und reichte sie Gabler.

„Sie müssen noch etwas Zitrone drauf geben, dann ist der Geschmack perfekt."

Gabler schlürfte vorsichtig das Innere der Auster in seinen Mund und erlebte die schiere Geschmacksexplosion. Dann einen Schluck Chablis, schon lange nicht mehr hatte er so etwas Leckeres gegessen. Bernard öffnete ein gutes Dutzend, der Kühlschrank war voll davon. Dann setzte er einen Topf mit Nudelwasser auf und öffnete eine Dose geschälte Tomaten.

„Was sind Sie von Beruf?", wollte er von Gabler wissen.

„Ich bin Journalist. Freier Journalist. Das heißt, ich arbeite an mehreren Baustellen auf einmal. Ich lektoriere auch Bücher, schreibe Buchkritiken, führe Interviews et cetera."

„Kann man davon leben?"

„Man kann, wenn man sparsam ist." Beide lachten.

„Austern kann ich mir in meiner Heimatstadt nicht leisten." Beide lachten wieder.

„Wir haben Sie hier fast umsonst. Ich gehe oft früh morgens, wenn es noch dunkel ist mit dem Boot raus und hole mir welche. Ich liebe Austern. Haben Sie Familie?"

„Nein, momentan bin ich Single. Und Sie?"

„Ich bin geschieden, meine Frau lebt auch hier im Ort, wir haben zwei Töchter, die studieren beide, eine lebt in Paris, die andere in Lyon."

Gabler musste an Scholz denken. Er verspürte ein Stechen in der Brust. Bernard hatte in etwa das Alter von Scholz. Nur war er bei guter Gesundheit, zumindest machte es den Anschein.

„Und Sie sind selbstständig", wollte Gabler wissen.

„Ja, ich arbeite alleine, wenn ich mal jemanden brauche, habe ich einen jungen Burschen, der mir zur Hand geht."

Die Spaghetti waren fertig, Bernard hatte eine leckere Soße zubereitet. Während des Essens wurde kaum gesprochen, Bernard schien glücklich, dass er Gesellschaft hatte, Gabler freute sich, dass er hier so sorgsam beherbergt wurde.

„Wenn Sie Fernsehen schauen möchten, kommen Sie einfach zu mir, Sie stören mich nicht."

Gabler fragte noch nach dem Adapter, Bernard hatte in seiner Werkstatt eine Fülle von technischem Krimskrams, es fand sich auch der benötigte Adapter.

„Was schulde ich Ihnen?"

„Ich bitte Sie."

Nach dem Essen plauderten die beiden noch etwas, unter anderem über die bevorstehenden Wahlen in Frankreich. Danach verabschiedete sich Gabler und zog sich in sein Garagen-Appartement zurück. Er aktivierte den Adapter und schloss sein Laptop an. Einige Minuten lang machte er ein paar Notizen in sein Tagebuch und lud sein Smartphone auf. Keine neuen Nachrichten, es war gut so, er wollte abschalten und das war der richtige Weg. Morgen früh würde er mit Gaspard laufen, frisches Baguette kaufen und schauen, was der Tag bringen mochte. Der Wetterbericht sagte gutes Wetter für die nächsten fünf Tage voraus. Vielleicht konnte er von Bernard ein Fahrrad leihen und damit etwas die Gegend erkunden.

Am nächsten Morgen schlief Gabler länger als sonst. Warum auch nicht, er hatte alle Zeit der Welt. Bernard war längst aus dem Haus, er begann immer früh mit der Arbeit. Gaspard war in Habachtstellung und wartete schon auf den Spaziergang. Gabler duschte noch, bevor er den Hund holte, und gerade als er seine Garage verlassen wollte, klopfte eine ältere Dame an die Tür. Sie stellte sich als Madame Bernard vor, die geschiedene Frau des Vermieters.

„Ich wollte nur kurz Guten Tag sagen, ich bin Madame Bernard. Ich habe gehört, dass Sie hier zu Besuch sind und wollte mich Ihnen vorstellen. Brauchen Sie etwas? Zu essen oder zu trinken?"

„Danke, ich habe soweit alles, wenn ich etwas benötige, haben Sie ja einen sehr schönen Supermarché."

Gabler war schon an dem Einkaufszentrum vorbei gegangen. Dort gab es alles, was man sich denken konnte, vom Camembert bis zum Elektrorasenmäher.

„Wissen Sie, unser Dorf ist klein, wenn da jemand ankommt, wissen das immer gleich alle."

Die Frau lachte und zeigte ihre makellosen, weißen Zähne. Sie hatte rotblondes Haar, wobei Gabler nicht feststellen konnte, ob die Haare gefärbt waren oder nicht. Ihre Kleidung war sportlich elegant, sie trug einen Anzug aus beigem Cord und ein paar lässige Turnschuhe. Ganz im Gegensatz zu ihrem Mann, der als Maler sehr grobe Hände hatte, waren die der Madame sehr schlank und fein.

„Woher kommen Sie?", wollte sie wissen.

„Aus Süddeutschland, nahe der Schweizer Grenze."

„Ah, schön, ich war noch nie dort, wir, das heißt ich verreise nur sehr selten. Wenn, dann besuche ich unsere Töchter in Paris oder Lyon. Alle paar Jahre mal nach Südfrankreich an die Cote d'Azur. Wir haben hier so gut wie gar nie Besuch, unser Dorf lebt nicht vom Tourismus, sondern von der Fischerei. Wir haben sehr viele Austern hier, die verkaufen wir nach Paris, das läuft gut. Mein geschiedener Mann ist Maler, das hat er Ihnen vermutlich schon erzählt. Ich bin schon in Rente, ab und an gebe ich Klavierstunden. Was sind Sie von Beruf?"

Die Hände von Madame Bernard waren die einer Klavierspielerin.

Gabler erklärte abermals seinen Status und erwähnte, dass auch er gerne Klavier spielte. Das war der gemeinsame Nenner, Madame Bernard war sympathisch.

„Vielleicht kommen Sie mich besuchen, ich würde mich freuen."

„Gerne", Gabler war überrascht über die Offenheit der Madame.

„Dann einen schönen Tag Ihnen, genießen Sie die Tage hier bei uns, eine Woche ist ja nicht besonders lange. Au revoir."

„Au revoir", Gablers Französisch taugte noch gut für die kleine Konversation. Er holte Gaspard ab und machte eine große Runde am Strand entlang und dann noch zu dem großen Einkaufszentrum. Er kaufte ein paar Lebensmittel, die regionale Zeitung und eine Tüte Leckerli für den Hund. Wieder im Appartement angekommen, kochte er sich einen Gemüseauflauf mit Kartoffeln und ließ es sich schmecken. Den Nachmittag verbrachte er mit Lesen und dem Eintrag einiger Zeilen in sein Tagebuch. Den Rest des gekochten Essens stellte er Bernard auf den Tisch im Wintergarten des Hauses mit einem Zettel dazu, auf dem er guten Appetit wünschte. Er ging früh zu Bett, schlief die Nacht durch, das Klima hier tat gut. Gabler schaffte es in den paar Tagen, das Thema Beziehung so gut wie komplett aus seinen Gedanken auszuklammern. Er schaufelte sich den Kopf frei, entspannte sich bei langen Spaziergängen und schöpfte neue Kräfte. Er dachte nicht einen Augenblick an Anne, das Thema war durch, ab und an kam im Scholz ins Bewusstsein, er war froh darüber, dass die Episode Kuckucksnest nur von so kurzer Dauer gewesen war, Moleküle hin oder her. Die restlichen Tage vergingen im Flug, Gabler stattete Madame Bernard einen kurzen Besuch ab, brachte Kuchen mit und unterhielt sich launig. Er spielte eine kurze Improvisation auf dem Klavier, erntete Beifall und hinterließ beim Abschied seine Adresse, falls Madame wider Erwarten einmal nach Deutschland kommen sollte. Nun stand Paris auf dem Programm, Gabler plante dafür zwei Tage ein, er würde von dort mit dem Flugzeug wieder nach Hause fliegen. Die Reise ging zunächst mit dem Zug weiter, etwas wehmütig verabschiedete sich Gabler von Monsieur Bernard und sagte dem Atlantik Adieu.

No 30

Paris war für Gabler schon immer die Stadt der Städte gewesen. Hierher war er schon einige Male gereist, hier
schlug der Puls in schwindelerregende Höhen. Die schönste Tageszeit war früh morgens, wenn die Stadt erwachte
und die Menschen aus ihren Häusern zur Arbeit oder in
die Universität mussten.

Gabler nahm sich ein billiges Hotel in der Nähe des
Montmartre, duschte erst einmal und machte sich dann
auf den Weg Richtung Les Halles, Centre Pompidou. Hier
konnte man gut und preiswert einkaufen, dort konnte
man immer wieder sehenswerte Ausstellungen besuchen.
In einem Bistro am Brunnen von Jean Tinguely und Niki
de Saint Phalle nahm er das Frühstück. Der Asphalt flimmerte, in der Stadt herrschte Hitze. Gabler wollte noch das
Musée D'Orsay besuchen, dort waren die großen Maler
des Impressionismus ausgestellt, außerdem gab es eine
große Abteilung mit Möbeln aus dem Jugendstil und dem
Art déco.

Die Metro war voller Menschen, die Straßen voller
Autos und Motorräder. Die Stadt war laut, aber auf eine
angenehme Art und Weise. Gabler fühlte auch seinen Puls
schneller schlagen. Er passte sich dem Tempo der Stadt
an. Es war wie ein Rausch. Zwei Tage waren nichts, in zwei
Tagen konnte man nicht einmal einen Bruchteil dessen
sehen, was sehenswert war. In jedem Falle wollte Gabler
das Nachtleben genießen, er war schon lange Zeit in keiner Disco mehr gewesen.

Berühmt war das Palace, dort war es nur sehr schwer
hineinzukommen. Für Frauen war es leicht, als Mann hatte man es schwer. Gabler hatte aus seinem Hotel ausge-
checkt, er wollte die Nacht durchmachen, Gepäck und

Schlafsack hatte er am Gare du Nord in einem Schließfach deponiert. Gegen 23 Uhr nahm er den Weg zum Palace, vielleicht hatte er Glück. Auf dem Flohmarkt am Port Clignancourt kaufte er sich einen dunkelblauen Trenchcoat, den trug er über seiner Lederjacke und schaute wohl cool aus, jedenfalls machte er allem Anschein nach Eindruck auf den Türsteher, der ihn einließ, ohne dass er hätte etwas bezahlen müssen. Drinnen im Palace spielte man hauptsächlich schwarze Musik, viel Soul aus den sechziger und siebziger Jahren. Es war voll, Gabler bestellte sich einen Cuba Libre, die Preise erlaubten keine großen Sprünge, er tanzte was das Zeug hielt, er schwitzte und fühlte sich gut.

Spät dann in der Nacht, es mochte gegen vier oder fünf Uhr sein, fiel sie ihm auf. Sie gehörte zu den letzten, die noch übrig geblieben waren, als es draußen schon langsam hell wurde. Müde von der durchgetanzten Nacht, stand sie an eine Säule gelehnt. Sie hielt eine Zigarette in der einen und ein Glas Rotwein in der anderen Hand. Bekleidet war sie mit einem schwarzen Rock, schwarzer Bluse, einer Jeansjacke und roten Schuhen. Vermutlich hatte man beiden angesehen, dass sie von den Preisen für die Getränke und der ganzen Stadt Paris völlig ausgezehrt waren. Gabler hatte nicht mehr viel Bargeld bei sich, es sollte auch noch für den Flug nach Hause reichen.

Das Mädchen war alleine, sie schien schon halb zu schlafen und Gabler beschloss, sie anzusprechen. Irgendwo im Hinterkopf hatte er noch ein französisches „Guten Morgen" gelagert, das er eher schüchtern an sie herantrug. Sie lächelte ihn an, stellte ihr Glas auf einen Tisch, drückte die Zigarette aus und knöpfte ihre Jacke zu. Er verstand zuerst nicht, was das zu bedeuten hatte, war verlegen und wollte schon wieder auf die leere Tanzfläche gehen, als sie seinen

Arm ergriff und auf Englisch sagte: „Lass uns gehen."

Damit hatte Gabler nicht gerechnet. In dem Moment gingen die Lichter an und er konnte zum ersten Mal in ihr Gesicht sehen. Sie hatte rötliche Haare, vermutlich gefärbt, kastanienbraune Augen, einen schmalen Mund, dessen geschminkte Lippen fast schwarz waren. Sie war schön.

„Ich heiße Alexander", sagte er zu ihr und sie nickte, ohne eine Antwort zu geben.

Es bleibt zu erwähnen, dass er nie ihren richtigen Namen erfuhr, er nannte sie Rahel. Sie verließen den Tanzpalast und gingen auf die Straße. Draußen war es fast schon hell, es herrschte reger Autoverkehr und beide hielten sich instinktiv den Arm vors Gesicht, damit sie nicht geblendet wurden.

Gabler wusste nicht genau, in welchem Arrondissement sie sich befanden, er kannte nicht einmal den Namen der Straße. Als er sie fragte - inzwischen hatte er verstanden, dass es einfacher war, sich auf Englisch zu verständigen - wo sie wohne und was sie beide jetzt vorhätten, zuckte sie mit den Schultern.

„Ich weiß es nicht", sagte sie noch und schlug dann vor, ein Hotel zu suchen. Ob sie müde sei, fragte er sie, und sie legte ihren Arm um seine Schultern und nickte. Gabler begriff, dass es nicht viel zu reden gab und umarmte sie ebenfalls. Er ging davon aus, dass auch sie kein Geld hatte. Aber sie waren zu zweit. Allein das war wichtig. Ohne miteinander zu sprechen, gingen sie die Straße entlang bis sie zu einem Hotel kamen. Inzwischen hatte Gabler auf einer Uhr an der Metrostation gesehen, dass es halb sechs war.

Er fragte sie nach ihrem Namen und sie schüttelte nur den Kopf. Das sei nicht wichtig, sagte sie. Also war ihr Name für ihn Rahel. Das ist Hebräisch und bedeutet so viel wie „Mutterschaf."

Die Türe des Hotels war verschlossen, Gabler klingelte und der Nachtportier kam angelaufen. Er war dem Aussehen nach arabischer Herkunft, vermutlich aus Marokko oder Algerien. Als er die beiden sah, schüttelte er den Kopf und drehte das Schild mit der Aufschrift „Chambres libres" um, so dass sie die Rückseite zu lesen bekamen: „Complet".

Gabler hatte so etwas vorher noch nie erlebt, vermutlich sah dem Portier das Pärchen zu verkommen aus, jedenfalls machte er auf dem Absatz kehrt und verschwand wieder. Sie suchten das nächste Hotel auf. Es war keines der gehobeneren Kategorie, vielleicht zwei oder drei Sterne, Gabler erinnerte sich nicht mehr. Die Tür war ebenfalls verschlossen und auf das Klingeln wiederholte sich ziemlich genau derselbe Vorgang: Der Portier kam angelaufen, sah die beiden, schüttelte den Kopf und verschwand wieder. Rahel und Gabler hatten bis zu diesem Zeitpunkt nur wenige Worte miteinander gewechselt. Ihnen war nicht nach Reden zumute, sie waren beide unsagbar müde und wollten einfach nur noch schlafen. Und sie verspürten das Bedürfnis nach Zärtlichkeit. Sie hatten sich mittlerweile verständigt, dass sie beide fremd in der Stadt waren. Rahel war aus Israel, sie hatte Mühe beim Gehen, ihr Schuhe hatten hohe Absätze, sie zog sie aus und ging barfuß. Es war Sommer, sie hatte schöne Füße. Sie lachten sich an und es war beiden klar, dass sie noch ein wenig Zeit miteinander verbringen wollten. Gabler entdeckte eine Tätowierung auf Ihrem rechten Unterarm.

„Ich bin eine Soldatin", sagte sie. Soldatinnen in der israelischen Armee haben eine Nummer tätowiert. Gabler erinnerte sich nicht mehr an die Ziffernfolge, das spielte auch keine Rolle. Er konnte Rahels Alter nur schätzen, sie war vermutlich etwas jünger als er, vielleicht Anfang/Mitte zwanzig. Mittlerweile war es hell geworden, sie hatten die Nuit blanche hinter sich und das Bedürfnis nach Schlaf war groß. Beim dritten Hotel schließlich hatten sie Glück, der Portier war freundlich und gab ihnen ein Zimmer. Gabler musste bezahlen, Rahel hatte keinen Euro mehr, was ihn nicht störte. Sie waren beide froh, endlich eine Bleibe gefunden zu haben. Das Zimmer befand sich im dritten Stockwerk, es ging eine schmale Treppe nach oben, Fahrstuhl gab es keinen. Die Einrichtung war schlicht, außer dem Bett gab es lediglich einen Tisch und einen Stuhl, an der Wand hing ein Fernsehgerät. Oben angekommen blinzelte Rahel ihn an.

„Wir kennen uns gar nicht", sagte sie.

„Stimmt, ist das schlimm?"

„Nein gar nicht."

Rahel ging in das kleine Badezimmer, wo sie sich auszog. Mit einem umgebundenen Handtuch kam sie wieder ins Zimmer.

„Hast du was zu rauchen?", fragte sie.

Er hatte noch ein wenig von dem Gras bei sich, es reichte gerade noch für einen letzten Joint. Er drehte eine kleine Zigarette, sie rauchten mit Genuss und saßen wie zwei unschuldige Kinder auf dem Bett und lachten sich an.

„Willst du Liebe machen", fragte sie.

„Ja, ich glaube schon."

„Glaubst du oder willst du?"

„Ja ich will."

Vorsichtig berührten sie sich, er hatte sich auch bis auf die Shorts ausgezogen.

„Du hast schöne Hände", sagte sie.

Draußen war es mittlerweile taghell geworden.

„Wie ist es in der Armee", wollte er wissen.

„Ich bin desertiert."

„Einfach so?"

„Einfach so, drum bin in hier in Paris. Ich darf gar nicht mehr zurück in mein Land, sie würden mich ins Gefängnis stecken."

„Warst du im Krieg?"

„Nein, das nicht, aber ich hatte einen Einsatz auf der Westbank. Da habe ich erst gespürt, dass ich nicht mehr Soldatin sein möchte. Aber ich musste einen Eid schwören, man kann nicht einfach wieder aus der Army austreten. Und was machst du so?"

Er erzählte kurz woher er kam, und was er beruflich tat, im Gegensatz zu Rahel war sein Leben eher langweilig. Er war sozusagen legal unterwegs, als Tourist. Jetzt begann der Joint zu wirken, die beiden verloren keine Worte mehr, es war alles gesagt. Rahel nahm Gablers Hände und führte sie an ihre Brüste. Ihm lief ein Schauer über den Rücken, es tat gut und es war angenehm. Er spürte, dass nicht mehr viel anderes passieren würde, sie waren unschuldig wie die Kinder. Sie und er. Was hatte sie zueinander geführt? Er konnte es nicht sagen. Sie eine desertierte Soldatin, er war nie in einer Armee gewesen. Sie hatten zwei verschiedene Muttersprachen und verstanden sich doch blind.

Ihre roten Haare glitten über sein Gesicht, sie hatten sich noch nicht geküsst. Gabler war wie elektrisiert. Er wollte mehr, andererseits hatte ihre Schüchternheit auch etwas Schönes. Lange streichelten sie sich, dabei sollte es auch bleiben. Er schaute auf Rahels Tätowierung und dachte wie absurd das ist, dass ausgerechnet die Soldaten Israels eine Nummer tätowiert haben.

„Israel ist ein schönes Land", sagte sie. „Doch wir sind immer im Konflikt mit den Nachbarn."

„Hast du Heimweh?"

„Ein bisschen schon."

Daraufhin wollte sie wissen, wohin ihn sein Weg führen sollte. Er erklärte, dass er zurück nach Deutschland gehen würde.

„Ach, du bist Deutscher, ich dachte du seist Engländer oder Amerikaner."

„Ist mein Englisch so gut?", lachte er. „Was hast du vor, kennst du Leute hier in Frankreich?"

„Nein", antwortete sie.

Er wollte nicht weiter nachfragen. Sie setzten ihr kindliches Liebesspiel fort, schlussendlich schliefen sie Arm in Arm ein und erwachten erst wieder am frühen Nachmittag.

Als sie sich anschauten war ihnen klar, dass sich ihre Wege wieder trennen würden. Er konnte Rahel nicht helfen, sie musste selbst schauen, wie sie zurechtkam. Er riet ihr, die Israelische Botschaft aufzusuchen. Vielleicht konnte sie dort Hilfe bekommen. Jetzt war es richtig hell draußen, bei dem Licht sah sie noch hübscher aus als in der Nacht. Es tat ihm weh, er mochte sie gerne, aber er hatte nicht so viel Bares bei sich als dass es für beide gereicht hätte.

Er gab Rahel seine Telefonnummer und die Adresse in Deutschland, sie hatte keinen festen Wohnsitz. Es gab auch keine Telefonnummer, unter der er sie hätte erreichen können. Es war wahrscheinlich, dass sie sich nie wieder sehen würden. Sie zogen sich ihre Kleider an und verließen das Hotel.

„Wohin gehst du jetzt", frage er sie.

„Ich komme schon klar, vielleicht bleibe ich noch eine Weile hier, die Stadt gefällt mir."

Die Situation war ihm unangenehm, er wollte sie nicht einfach alleine lassen in dieser großen Stadt. Er hatte eine Idee.

„Es gibt hier in der Stadt doch sicher eine jüdische Gemeinde, oder nicht?"

Rahel schaute überrascht, sie schien ihn zu verstehen.

„Vielleicht können die dort etwas für dich tun?"

„Würdest du mir bei der Suche helfen", fragte sie

„Klar." Zeit hatte er.

Er schlug vor, einfach den Portier des Hotels zu fragen, vielleicht wusste der etwas. Und tatsächlich konnte er ihnen eine Adresse aus dem Telefonbuch geben von einer Communauté Juife. Deren Büro befand sich in der Nähe des Centre Pompidou, dort war das Jüdische Viertel. Es war nicht weit weg, sie gingen zu Fuß.

„Hast du Papiere", fragte er sie auf dem Weg.

„Ja, einen Pass habe ich noch."

Immerhin etwas, das machte die Lage ein bisschen weniger kompliziert.

Als sie im 3. Arrondissement, dem Marais, angekommen waren, ging Rahel ein Lächeln übers Gesicht. Sie schien wie zuhause zu sein. Männer mit schwarzen Mänteln und Hüten kreuzten die Bürgersteige, Geschäfte boten koscheres Essen an und Straßenmusiker spielten Klezmermusik. Sie fanden das Büro der Gemeinde auf Anhieb.

„Soll ich die Wahrheit sagen", fragte sie.

„Ich denke ja."

Das Büro hatte geöffnet, sie betraten einen schlichten Raum, ein paar Kalenderblätter an der Wand, sparsam möbliert mit einem großen Tisch und ein paar billigen Stühlen. Eine sympathische Frau mittleren Alters begrüßte sie und lächelte freundlich. Er konnte kein Hebräisch, Schalom hatte er noch verstanden. Zwischen den beiden Frauen entwickelte sich ein lebhaftes Gespräch. Gabler wollte nicht unhöflich sein und wartete geduldig. Schließlich schien in Rahels Gesicht die Sonne aufzugehen.

„Was habt ihr denn besprochen", fragte er.

„Ich habe meine Situation erklärt, sie hat Verständnis. Es gibt ein Gemeindezentrum, sie haben auch Zimmer, dort kann ich vorläufig erst einmal unterkommen. Vielleicht können sie mir auch einen Job vermitteln, ich habe ja Bibliothekarin gelernt, die haben hier auch eine kleine Bücherei. In Tel Aviv habe ich auch schon gekellnert, das wäre eine zweite Möglichkeit. Cafés und Restaurants gibt es hier ja mehr als genug. Ich glaube ich werde in Paris bleiben, das ist für Menschen wie mich genau die richtige Stadt."

Die Dame von der Commune hatte dann gleich noch eine erfreuliche Nachricht: Für Fälle wie dem von Rahel gab es eine Art kleiner finanzieller Soforthilfe. Es war nicht viel, dreißig Euro am Tag, das war gerade genug für einen Kaffee am Morgen und eine warme Mahlzeit mittags. Das Geld wurde als Zuschuss für drei Monate gewährt, dann musste Rahel selbst schauen, wie sie sich finanziell über Wasser halten konnte. Die beiden Frauen lachten schlussendlich herzlich miteinander, Rahel war glücklich, weil ihr so unkompliziert geholfen wurde und die Dame von der Commune freute sich, dass sie einen Menschen glücklich machen konnte. Sie gab Rahel dreißig Euro und erklärte ihr, wo sich das Haus mit den Zimmern befand. Dort gab es einen Hausmeister, der die Zimmer zuteilte, sie würde gleich dort anrufen und Rahels Kommen ankündigen.

„Tudah, Danke", sagte Rahel und sie verabschiedeten sich.

„Lass uns noch was essen gehen", schlug Rahel vor. „Dieses Mal bist du mein Gast."

„Gerne."

Sie gingen in ein jüdisches Bistro in dem Quartier in

dem sich die Unterkunft befand, in welcher Rahel eine Bleibe gefunden hatte. Sie bestellten Matze mit Käse und Bohnen. Gabler hatte das bis dahin noch nie gegessen, es schmeckte vorzüglich.

„Erzähl noch ein wenig von deinem Land", forderte er Rahel auf.

„Israel ist vermutlich das schönste Land, das ich kenne. Ich habe noch nicht so viele Länder gesehen, aber unser Land ist etwas ganz besonderes. Wir haben Zitronen und Orangen im Winter, wir haben das Meer und die Wüste. Wir haben die Berge, wunderschöne Städte, eine blühende Kultur. Das alte Jerusalem, das moderne Tel Aviv. Unser Geheimdienst ist der beste der Welt. Und wir können Liebe machen…"

Sie musste lachen.

„Ja, das könnt ihr", bestätigte er mit einem Grinsen.

Er dachte an die vergangene Nacht und daran, dass sie beide sich vermutlich nie mehr wiedersehen würden. Rahel würde irgendwann nach Israel zurückkehren oder vielleicht würde sie tatsächlich in Paris bleiben. Es gab viele Juden hier in der Stadt, an Kontaktmöglichkeiten würde es nicht mangeln. Er war froh, dass die doch noch sehr junge Frau eine Unterkunft hatte, alles andere würde sich finden. Den Rest des Mittagessens sprachen sie nicht mehr viel, Gabler erzählte ein wenig von seiner Heimat, das war nicht so spektakulär. Es war auch nicht wichtig. Schließlich wollte er aber doch ein Signal senden und gab Rahel auch noch seine Adresse in Deutschland. Wer weiß, vielleicht wollte sie ihn eines Tages besuchen kommen. Dann war es Zeit Abschied zu nehmen. Sie umarmten sich ein letztes Mal, beide hatten sie ein paar Tränen im Gesicht. Er küsste sie auf den Mund.

„Schalom", war alles, was ihm an Worten noch einfiel.

„Schalom", entgegnete Rahel. „Es war schön mit dir."

„Ja, es war sehr schön."

Rahel war im Grunde sehr viel männlicher als er, der er noch nie eine Waffe getragen hatte. Sie war auf der Flucht, er musste an die tätowierte Nummer auf ihrem Unterarm denken. Was sie beide verbunden hatte, war die Ungewissheit, mit der sie unterwegs waren. Seine Situation war zwar weniger dramatisch, aber auch er wusste nicht wie es die kommenden Wochen und Monate weitergehen sollte. Er wusste lediglich, dass er wieder nach Deutschland zurückkehren würde. Mehr nicht. Er tauchte in die nächste Metrostation ein und fuhr zum Gare du Nord.

No 31

Nachdem Gabler sein Gepäck eingesammelt hatte, fuhr er mit der Metro zum Flughafen Charles de Gaulle. Er wollte den Flieger nach Zürich nehmen, wenn möglich mit einem Last-Minute-Ticket. Während der Fahrt dachte er an Rahel. Es war eher unwahrscheinlich, dass er sie wieder sehen würde. Die Nacht oder besser der Morgen war das erste Mal, dass er nach der Trennung von Anne wieder mit einer Frau zusammen war. Es war schön gewesen, und es tat gut, von jemandem Zuneigung zu erfahren. Gabler steuerte zuerst den Counter von Swissair an und erkundigte sich nach einem Last-Minute-Ticket. Die Dame dort sprach Deutsch und verneinte.

„Wir haben keine Last-Minute-Tickets mehr, Sie können bei Air France fragen, vielleicht haben Sie dort mehr Glück."

O. K., Gabler tat wie ihm geraten, und begab sich zum Schalter der Air France. Auch dort schüttelte man mit dem Kopf. Ein reguläres Ticket würde an die 300 Euro kosten, das war mehr als Gabler noch an Bargeld bei sich hatte. Es war bereits später Nachmittag, Gabler überlegte, ob er mit dem Zug fahren sollte, das würde etwas billiger werden. Er beschloss, erst einmal einen Espresso zu trinken und nachzudenken.

Als erstes wollte er seinen Schlafsack, der schon einige Jahre auf dem Buckel hatte, loswerden. Das gute Stück ging schon aus dem Leim und hatte im Grunde seit langem ausgedient. Die gestohlene Tasche in New York war Gabler eine Lehre gewesen, er ließ sein Gepäck nicht eine Sekunde aus den Augen. Als er die nächste Toilette aufsuchte, kam ihm der Gedanke, den Schlafsack einfach dort liegen zu lassen, eine Putzfrau würde ihn dann schon entsorgen.

Gesagt getan, Gabler wusch sich noch Hände und Gesicht und deponierte den Schlafsack neben dem Waschbecken unter dem Handtuchhalter.

Nachdem er die Toilette verlassen hatte, ging er in das nächste Café und bestellte sich einen Espresso. Es dauerte keine fünf Minuten, dann kam eine Hand voll Sicherheitsbeamter, die das Terrain um die Toiletten großräumig mit einem rot-weiß gestreiften Plastikband absperrten. Gabler verstand zuerst nicht, was da vor sich ging, bis nach weiteren Minuten zwei Männer in weißen Plastikanzügen mit dem Schlafsack in den Händen die Toiletten verließen. Es war eindeutig, man hielt das gute Stück für eine vermeintliche Bombe und brachte es an einen sicheren Ort, um es zu entschärfen. Gabler grinste still in sich hinein, obwohl die Situation alles andere als lustig war. Er überlegte, ob er sich in das Geschehen einschalten sollte, beschloss jedoch, es nicht zu tun. Vermutlich hätte man ihn verhaftet, das war das letzte, was er in diesem Moment brauchen konnte.

So wartete er leise, bis die groteske Zeremonie beendet war. Vermutlich würden die Sicherheitsleute froh sein, wenn sich der Schlafsack als harmloses Utensil entpuppte. Nach einer halben Stunde wurde das Absperrband wieder eingerollt, alles hatte sich in Wohlgefallen aufgelöst. Niemand schöpfte Verdacht, dass Gabler in die Geschichte involviert war, zum Glück gab es an der Stelle keine Videokameras.

Gabler ließ sich seinen Espresso schmecken und überlegte. Mit dem Rest seines Barvermögens konnte er keinen Flug buchen. Also was tun? Er war müde und legte sich auf eine unbequeme Bank, um ein wenig zu schlafen. Erst spät am Abend, es war gegen 22 Uhr, wachte er wieder auf. Im Flughafen herrschte nur noch wenig Betrieb, einige wenige

Flüge wurden noch aufgerufen. Gabler verstand nicht, warum die Fluggesellschaften keine Last-Minute-Flüge anboten. Nicht alle Flüge waren ausgebucht, so hätte man die Maschinen doch voller machen können.

Auf den Anzeigetafeln der An- und Abflüge war der nächste Flug nach Zürich am kommenden Morgen einer der ersten. Um 6.15 Uhr sollte der Flug mit Swissair gehen. Das Gate, von dem der Flug abgehen sollte, war nur wenige Meter von der Bank entfernt, auf der Gabler sich ausgestreckt hatte. Er beschloss, noch ein wenig zu schlafen. Gegen vier Uhr morgens wachte er auf und beobachtete den Check In genau. Noch waren keine Passagiere dort, es war noch zu früh. Gabler holte sein Laptop aus dem Rucksack und schaute nach seinen Mails. Es war nichts Wichtiges darunter. Das nächste Café hatte noch geschlossen, das bedeutete warten. Gegen 5 Uhr kam eine Gruppe Asiaten zum Check In, es waren ungefähr zwanzig oder fünfundzwanzig Personen. Gabler kam eine absurde Idee. Vielleicht konnte er sich zu den Asiaten dazu schmuggeln und ohne Ticket an Bord kommen. Das war normalerweise vollkommen unmöglich, jeder musste mit seinem Ticket durch das Check In. Dennoch beschloss Gabler, die Situation weiter im Auge zu behalten. Gegen viertel vor sechs wurde der Flug aufgerufen, der Check In war immer noch nicht besetzt. Dann geschah etwas vollkommen Ungewöhnliches: Die Gruppe der Asiaten setzte sich in Bewegung und ging ohne Kontrolle der Bordkarten in Richtung Gangway. Im gleichen Moment kam die Crew mit den Piloten und den Stewardessen und nahm den Weg ins Flugzeug. „Jetzt oder nie", dachte Gabler und schmuggelte sich unter die Asiaten. Er hatte seinen blauen Trenchcoat an, die Asiaten waren durchweg schwarz oder dunkelblau gekleidet, so fiel Gabler nicht auf. Sein Puls schnellte nach oben, es war nicht auszudenken was passieren würde, würde er als blinder Passagier erkannt. Am Eingang der Maschine stand eine Stewardess, die die Fluggäste begrüßte. Sie nickte auch Gabler zu und machte keine Anstalten, ein Ticket sehen zu wollen. Gabler nahm sich eine Zeitung und setzte sich in das hintere Drittel der Maschine, der Flug war nicht einmal zur Hälfte ausgebucht. Auch dass Gabler eine Tasche bei sich hatte, die größer war als das übliche Handgepäck fiel nicht weiter auf.

„Wenn ich diese Geschichte erzähle, wird sie niemand glauben", dachte er. Langsam kam der Puls wieder auf Normalmaß. Die Maschine startete, außer den Asiaten waren nur wenige Passagiere an Bord. Gabler war immer noch zu nervös, um in der Zeitung zu lesen. Er schloss die Augen und versuchte, sich zu entspannen. Der Flug dauerte nur anderthalb Stunden. Würde es in Zürich eine Kontrolle geben? Noch war die Situation nicht ausgestanden. Wollte der Zoll ein Ticket sehen? Wohl kaum. Gabler verließ die Maschine nach der Landung und passierte ohne Kontrolle den Zoll. Er hatte es geschafft. Als blinder Passagier von Paris nach Zürich, das war vermutlich eine Story, wie sie sich nur alle paar Jahre mal ereignet. Die wesentlichen Momente der vergangenen Wochen schossen ihm durch den Kopf. Anne, Dallas, New York, das Kuckucksnest, Scholz, Paris und Rahel, der blinde Passagier, es geschah alles im Zeitraffer, rasend schnell. Gabler nahm den Zug nach Hause und empfand eine seit langer Zeit nicht mehr erlebte tiefe Zufriedenheit. „Master of the Universe", dachte er. „Master of the Universe, nur für zwei Stunden."

Johannes Fröhlich

Geboren 1963 in Singen/Htwl, studierte nach dem Abitur Jura in Augsburg und Berlin, lebte in München, bevor er sich am Bodensee niederließ.

Er arbeitete u.a. als Rechtsberater, Krankenpfleger, Pressesprecher und Gerichtsreporter. Seit den 2000er Jahren Tätigkeiten als Fotograf, Zeitungsredakteur, Biograf, Kulturjournalist, Theatermacher und Autor. Zuletzt erschien das Lesebuch „Anstiftung zur Melancholie".

Fröhlich lebt und arbeitet in Konstanz am Bodensee.